KB262149

九劈 雷雲

구벽 뇌운

구벽뇌운 1

미르영 新무협 판타지 소설

초판 1쇄 찍은 날 § 2007년 5월 9일
초판 1쇄 펴낸 날 § 2007년 5월 19일

지은이 § 미르영
펴낸이 § 서경석

편집장 § 문혜영
편집책임 § 이재권
편집 § 최하나 · 문정흠 · 김동화

펴낸곳 § 도서출판 청어람
등록번호 § 제1081-1-89호
등록일자 § 1999. 5. 31
어람번호 § 제2-1198호

주소 § 경기도 부천시 원미구 심곡1동 350-1 남성B/D 3F (우) 420-011
전화 § 032-656-4452   팩스 § 032-656-4453
http://www.chungeoram.com
E-mail § eoram99@chollian.net

ⓒ 미르영, 2007

ISBN 978-89-251-0695-3 04810
ISBN 978-89-251-0694-6 (세트)

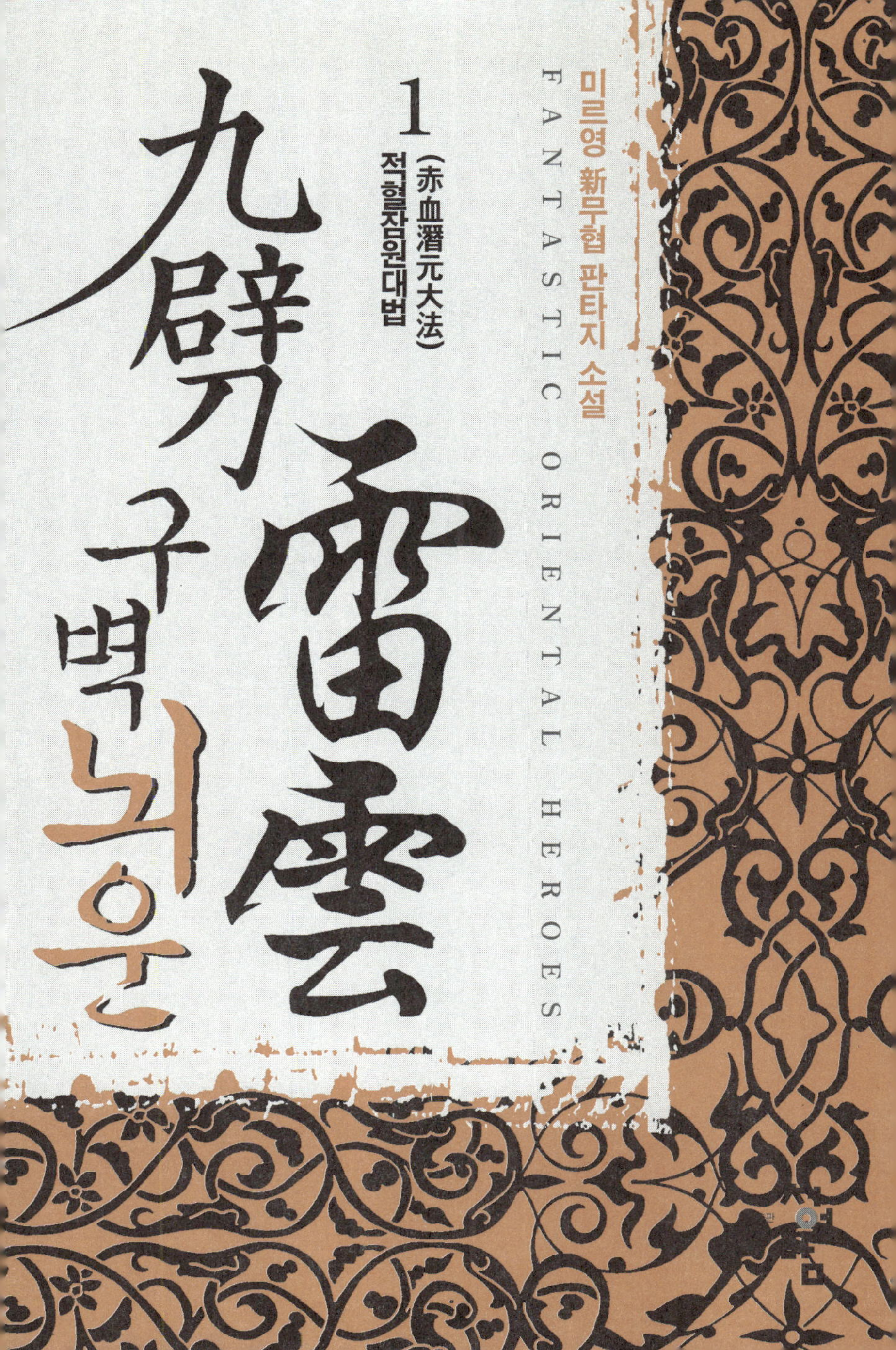

九劈雷雲
구벽뇌운
1
〈赤血潛元大法〉
적혈잠원대법
미르영 新무협 판타지 소설
FANTASTIC ORIENTAL HEROES

目次

어린 시절 꿈이 있었습니다. 태권도를 오래한 덕에 국가대표나 외국의 코치가 되는 것이 꿈이었던 시절이 있었지만, 불의의 사고로 인해 아쉽게 꿈을 접어야 했습니다.

사고를 당하고 어느 날이었습니다. 친구 집에 놀러가 뒹굴거리며 시간을 죽이고 있을 무렵, 방바닥을 뒹굴고 있는 책 한 권을 보았습니다. 어려서부터 책을 좋아하기는 했지만 그런 책은 처음이었습니다.

"아!! 이런 것도 있구나."

세로로 내려가며 쓰여진 책의 내용을 보면서 참 흥미롭더군요. 황당하면서도 잘 짜여진 스토리 전개가 무척이나 마음에 들었습니다.

아마도 그때가……. 그러니까 중학교 2학년 때가 제가 처음 무협이라는 것을 접해본 시기였을 겁니다.

세로로 쓰여진 글들을 읽어 내려가면서 태권도를 비롯해, 특공 무술, 합기도를 배운 탓에 책에 쓰여진 동작 하나하나가 눈에 보이는 듯했습니다.

같은 방식으로 쓰인 삼국지를 일곱 번 완독한 후라 읽는데 불편함이 없었고, 생소한 용어들도 금방 친숙해지더군요.

그렇게 공부하는 틈틈이 만화방에 들러 책을 빌리고는 밤새 읽었던 그 시절부터 지금까지 참 많이도 읽었구나 하는 생각을 가끔 하곤 합니다.

후후! 이제 불혹의 나이에 접어들었으니 무협을 접한 지 벌써 이십오 년이 넘었군요.

학교 다닐 때는 성적이야 항상 상위권을 유지하고 있었으니 부모님께서도 무협지를 읽는다는 것에 그리 나무라지 않으셔서 공부에 찌든 스트레스를 날려 보낼 수 있었으니 많은 도움이 되었던 것 같습니다.

결혼을 하고 나서도 항상 책방에 들러 책을 빌려 집에서 읽으니 어느 날 집사람이 그러더군요. 그게 그렇게 재미있느냐고요.

직장 생활에서 받는 스트레스를 해소할 수 있으니 술 먹는 것보다는 괜찮지 않느냐는 말에 집사람도 그때서야 이해를 하더군요. 사실 술값보다는 경제적으로 덜 부담이 되니 집사람도 애써 이해한 모양입니다.

그런데 그렇게 오랫동안 책을 읽으면서도 기억에 남을 만한 책이 별로 없었습니다. 그저 신간만 나오면 무조건 빌려다 읽는 스타일이기도 하지만 소장할 만한 가치가 있는 책을 발견하기란 좀처럼 힘들더군요.

　그러던 어느 날, 한 삼 년 전의 일일 겁니다. 읽기만 할 것이 아니라 저도 한번 써보기로 한 것이 어쩌다 보니 여기까지 왔네요.

　이번이 세 번째로 책을 내는 것이지만 앞서 낸 것에 아쉬움이 많은 터라 좀 더 신경을 썼는데 여러분이 읽으시는 데 어떨지 잘 모르겠군요.

　중국 대륙의 역사를 살펴보시면 아시겠지만, 대륙을 제패한 자들을 살펴보면 순수한 한족(漢族)이 대륙을 차지했던 시기는 그야말로 얼마 되지 않는 기간이라는 것을 여러분도 아시게 될 겁니다.

　수많은 황조를 탄생시켰던 그들이 지금은 동북공정에 의해 중국 역사로 편입되고 있지만 엄연히 역사적으로는 민족을 달리하는 것을 알게 된 후, 전 혈왕전서로 시작되는 전사(戰史) 시리즈를 구상하게 됐습니다.

　구벽뇌운은 보통 보여지는 무협의 설정과는 조금 다른 방식으로 이야기가 전개됩니다. 바로 한족 이외에 중원을 차지했던 자들의 후예들이 펼치는 이야기입니다.

　삼국시대에 고구려와 백제의 전쟁 이면에서 활약했던 매자(魅者)나 음자(陰者)들도 나오고, 세계를 정복했던 원의 후예도 나오게 됩니다.

　자료도 빈약하고 필력도 달려서 이야기를 전개해 나가기
가 힘들지만 최선을 다해 써볼 예정입니다.
　후후! 너무 거창했나요?
　전 글을 쓰면서 한 가지 바람밖에는 없습니다. 여러분이 제
글을 읽고 우울했던 기분을 풀고 스트레스를 날릴 수 있다면
그것으로 만족합니다.
　제가 그랬던 것처럼 말입니다.

夢谷에서 미르영 拜上.

序章

“다시!! 처음부터 다시 하도록 해라!”

싸늘한 음성이 석실에 울려 퍼졌다.

“크… 으! 아… 버지!”

지칠 대로 지쳐 땀으로 범벅이 된 아이는 떨리는 목소리로 아버지를 불렀다.

“긴 말 할 것 없다! 어서 다시 시작해라! 어서!!”

추호의 여지도 없는 목소리다. 아이는 움직이지 않는 손발을 억지로 이끌어 다시 움직이기 시작했다.

큭큭! 이제는 아버지가 야차같이 보인다. 벌써 네 시진이 넘었다. 다른 무가의 자식들은 토납법이다, 운기법이다, 내공을 익히고 무공을 수련하지만 빌어먹게도 난 아니다.

명색이 도법으로 이름을 날리고 있는 가문의 장자(長子)란 놈이 내공 한 자락 없이 이런 이류 무공이나 익히고 있다니……. 제길!!

크크!! 웃기는 일이다.

이제 내 나이 여덟 살!

도법을 가전 무공으로 삼는 무가의 자식인데 다섯 살 때부터 삼 년째 오직 이 쓸데없는 권법만 익히고 있다. 조금이나마 이름이 있는 무관이라면 제자들의 기초 체력이나 다지기 위해 익히게 했을 이 빌어먹을 권법을…….

으… 으으! 몸이 천 근 같다. 팔과 다리에 끊어지지 않는 족쇄를 채운 것 같은 느낌이다. 크으!! 정말 싫다.

내가 지금 수련하고 있는 것은 소림의 속가들이 널리 퍼진 탓에 웬만한 무관이라면 다 가르치는 것이다. 그런데 장자라면 당연히 배워야 할 가전 무예도 아니고 이런 기초 무공을 매일 반복해서 수련해야 하다니…….

이토록 무식하게 몰아붙이는 아버지가 미워 견딜 수가 없다. 매일같이 똑같은 동작을 무한 반복해야 하는 내 처지가 처량할 뿐이다.

풀썩!

체력이 다한 탓에 힘없이 연무장 바닥으로 곤두박질쳐야 했다. 석실 바닥이 바로 눈앞에 보였다.

"힘이 없다, 힘이!! 어서 일어나지 못할까?"

하지만 여지없이 쏟아지는 아버지의 불호령!

"이제 네 나이 여덟 살이다. 벌써 삼 년이나 수련해 온 놈이 그따위밖에 못하는 것이냐? 일 촌의 거리에서 쏟아내는 명경의 힘이 생사의 간극을 잡을 수 있도록 최선을 다하라는 말이다, 최선을!!"

암경(暗勁)이라면 일 촌 내에서 가능할지 모르겠지만, 내력 한 줌 없는 내가 명경을 발휘하는 것도 불가능한 일인데…….

크크크! 일 촌의 간격으로 생사를 주관하란다. 이건 정말 미친 짓이다, 미친 짓…….

"어서 일어나지 못할까?!"

"으… 으으!!"

찬바람이 쌩쌩 도는 서늘한 눈에서는 단호함만이 자리 잡고 있다. 아버지의 불같은 호령에 다시금 일어나 젖 먹던 힘까지 짜내야 한다. 피가 마를 때까지 몸 안에 남아 있는 힘을 한 올 한 올 모두 짜내야 하는 것이다.

설마!! 아버지가 이것으로 끝을 보라는 이야기는 아닐 거다. 분명 아닐 거다. 이유가 있겠지. 크… 크크! 그래, 미쳐 보는 거다. 미쳐 보는 거야!!

내게 왜 이러시는지 이유를 알 때까지 말이야! 크크크!

第一章

백가장의 혈겁(血劫)!

九劈雷雲

휘이이익!

떨어지는 낙엽과 함께 시월로 접어드는 초가을.

파파팟!

바람을 등지고 거친 황야를 달리고 있는 두 사람은 무엇이
그리 바쁜지 떨어지는 낙조를 빠르게 쫓고 있었다. 북방이라
쌀쌀한 기운이 감돌고 있는 가운데 그들은 인적이 없는 관도
를 따라 경공을 펼치고 있었다.

한참을 달리던 두 사람은 인가가 보이기 시작하자 이내 경
공을 멈추고는 서서히 걷기 시작했다.

"추밀사(樞密使) 어르신, 이번 요동행은 무엇 때문에 하시

는 겁니까?”

“그리도 궁금하더냐?”

북경에서부터 투덜거리며 오는 것이 못내 지겨워 한번 치도곤을 쳤었다. 이제는 기가 죽은 탓인지 고분고분해진 천위현(千衛鉉)의 마음을 생각해 주무성(朱武晟)은 요동으로 온 까닭에 대해 입을 열기로 했다. 지금은 잠잠하지만 이대로 성질을 죽일 천위현이 아니었기 때문이다.

‘이그! 이 녀석 눈 돌아가는 것 봐라! 이야기해 주지 않으면 저 성질에 당장이라도 터져 버릴 것 같으니…… 쯔쯔쯔!’

지금 요동행의 진정한 목적을 알려주지 않으면 일을 저질러도 크게 저지를 것 같은 그의 모습에 절로 입가에 작은 미소가 그려졌다. 궁금증이 일면 무엇이든 파고들어 끝장을 보고야 마는 그의 성격을 잘 아는 까닭이다.

이번에 천위현을 대동한 것도 끝장을 보고야 마는 그런 성격이 필요해서였다. 이번에 요동에서 꼭 파헤쳐야 할 중대한 사안이 발생했기 때문이다.

“왜 안 그렇겠습니까? 추밀사 어르신께서 이 바쁜 와중에 요동행이라니요? 금의위(錦衣衛)에서 진무사(鎭撫使)의 일이 제일 바쁠 때가 요즘 아닙니까.”

가장 바쁜 시기에 한가롭게 요동을 찾아가는 주무성을 향해 천위현은 볼멘소리를 해댔다.

“하긴 요즈음이 제일 바쁠 때지. 진무사에 들어온 자들 중에 추밀사로 들일 신참들도 뽑아야 하고, 요식 행위지만 그간의 경과에 따라 고과도 매겨야 하니 말이야. 후후, 걱정 마라. 네 고과는 최고로 매겨줄 테니.”

“누가 그런 것 때문에 그럽니까? 하필이면 어째서 이런 때에 요동행이냔 말입니다. 가뜩이나 동창 놈들 움직임도 심상치 않은 판에…….”

진무사에서 직접 일을 보는 것은 아니지만 천위현도 나름대로 할 일이 많은 사람이었다. 요동에서의 일이 끝나고 돌아가면 산더미처럼 쌓여 있을 사안을 생각하면 머리가 돌아갈 지경이라 주무성이 누구인지를 잊은 듯 언성을 높였다.

“중요한 일이 있다 하지 않았느냐?”

“글쎄, 그 중요한 일이 뭐냔 말입니까? 좀 알려주시란 말입니다. 궁금해 죽겠다고요.”

천위현의 투덜거림에 주무성의 입가에 묘한 미소가 감돌더니 예상치 못한 말이 흘러나왔다.

“너도 알지? 흑혈의 겁풍이란 놈들을 말이야.”

“예에? 지금 흑혈의 겁풍이라고 하셨습니까?”

천위현의 눈이 더할 나위 없이 커졌다. 그 또한 흑혈의 겁풍이 가지는 의미를 잘 알고 있기 때문이다. 그 사건은 주무성에게 있어 유일하게 오점으로 남아 있다는 것을 누구보다 잘 알고 있었다.

“그렇네.”

"아이쿠야! 그런데 어르신한테는 말씀드리고 오신 겁니까?"

"오면서 전서구를 날렸다. 말리실 것이 틀림없으니 말이야."

'정말 못 말릴 양반이네. 어르신 허락도 받지 않고 무작정 쫓아온 거잖아.'

금의위의 최고 권력 기관이 바로 진무사였다. 그리고 진무사 내에서도 최고 기밀에 속하는 조직이 바로 주무성의 관직이기도 한 추밀사였다. 그런 진무사의 수장이자 자신들의 직속 상관에게 허락조차 안 받고 무작정 온 것이 분명하자 천위현은 머리가 아파왔다.

'이제 난 죽었군. 수보 어르신이 가만있지 않을 텐데. 휴우! 이제는 할 수 없지. 뭐, 이미 저지른 일을 중간에 멈출 양반이 아니니까. 그나마 전서구로라도 보고를 했으니 조금 덜 혼이 나려나……'

주무성만큼이나 성질이 더러운 진무사의 수장을 생각하자 머리가 지끈거리며 아파왔다.

"무엇을 그리 생각하는 것이냐?"

"아, 아닙니다. 하지만 어르신, 놈들의 움직임은 이미 육 년 전에 사라졌지 않습니까? 당시 추밀사에서도 놈들의 뒤를 쫓았지만 알아낸 사실은 전혀 없었다고 들었고요. 그런데 난데없이 흑혈의 겁풍이라니요?"

마지막 사건이 일어난 후 벌써 상당한 기간이 지났다. 일체의 증거조차 남기지 않은 자들이다. 그만큼 철두철미한 자들이다. 그런데도 이번 요동행을 결심한 주무성의 흉중이 궁금했다.

"바람이 불고 있어, 바람이. 요동 쪽에서 겁풍이 몰아치기 시작할 것이라는 말일세. 이번에야말로 놈들의 꼬리를 잡아야 할 텐데."

주무성은 눈빛을 빛내며 먼 동쪽을 바라보았다.

'그나마 놈들이 흘리는 피가 적어야 할 텐데……'

추밀사가 되기 전 진무사에서도 최고의 실력자라 인정받는 그였다. 진무사에 있는 동안 자신에게 유일한 오점을 남긴 흑혈의 겁풍에 대한 단서를 쥐고 무리를 해서 요동 쪽으로 향하는 발걸음이었다. 이번에도 그들을 놓친다면 추밀사에서 발을 빼는 한이 있더라도 평생을 쫓을 생각으로 향하는 길이었다.

'이 양반이 이리 나서는 것을 보면 뭔가 있기는 있군.'

천위현은 자신이 모시고 있는 추밀사의 수장에 대해서 너무도 잘 알고 있었다. 당금 황제의 방계지만 괴팍한 성격과 외골수적인 성격으로 골육상쟁도 마다 않는 권력 투쟁에서도 아예 무시되는 존재가 바로 이 주무성이었다.

그렇지만 주무성이 얼마나 집요하고 무서운지 천위현은 잘 알고 있었다. 그런 그가 바로 수십 년 전부터 몇 년을 주기로 불어오는 피의 겁풍을 멈추기 위해 요동행을 자처한 것이다.

'이 양반 별명이 미친 개[狂犬]인데……. 젠장! 한 번 물면 절대 놓지를 않는 성격이니 근시일 내에 돌아가기는 그른 것 같군. 그나저나 별명에 견(犬) 자가 들어간 분이니 냄새를 맡긴 맡은 모양인데, 어디 한번 흑혈의 겁풍이라는 놈들에 대해 조사나 해볼까나. 크크! 그나저나 이럴 때 낙화생이나 있었으면 그나마 덜 심심할 텐데. 저 양반 때문에 먹지도 못하고…….'

흑혈의 겁풍을 향해 결의를 다지는 주무성의 모습에 밤부엉이[夜鵂魂]라 불리는 천위현은 짙은 혈향을 맡을 수 있었다. 음모의 냄새가 짙었다. 어둠 속에서만 부는 혈향이 그의 흥미를 돋우고 있었던 것이다.

*　　　*　　　*

두실솔(斗蟋蟀)이라고 하기도 하고 솔투(蟀鬪)라 불리기도 하는 귀뚜라미 싸움은 가을철이면 어디서나 열렸다. 재미있는 이야기들을 실은 요재지이(聊齋志異)에 실려 있을 만큼 많은 사람들의 사랑을 받아왔다. 어느 집이나 한두 마리는 기를 정도로 누구나 좋아하는 것이다.

솔투는 가을이 적격이다. 가을이 오면 짝을 찾기 위해 다른 수컷들을 무자비하게 죽이는 것이 귀뚜라미의 습성이기 때문이다.

찌르르! 찌르!

흑산 외곽의 허름한 창고 앞에서는 오늘도 사람들이 빙 둘러서서 술투를 구경하고 있었다. 중인들이 지켜보는 있는 가운데 투기가 오를 대로 오른 두 마리 귀뚜라미가 커다란 그릇 안에서 혈투를 벌이고 있었다. 상대를 죽이지 않으면 자신이 죽기에 둘의 싸움은 조그마한 몸집과 달리 무척이나 처절했다.

"혁! 혁! 대형!"

귀뚜라미 싸움이 벌어지는 곳으로 헐레벌떡 뛰어오는 모습이 심상치 않았다. 술투가 벌어지는 곳에 있을 누군가를 찾는 듯 연신 소리를 지르며 달려오고 있었다.

"무슨 일이야?"

술투를 지켜보던 사람 중 하나가 약간은 신경질적인 목소리로 뛰어오는 사람을 향해 소리를 질렀다. 다부진 체격에 상당히 큰 몸집을 가진 청년이었다. 그러나 몸집은 크지만 아직은 어린 듯 앳돼 보였다.

그는 다급하게 뛰어오는 사람의 얼굴을 보며 의아한 듯한 표정을 지었다. 다가오는 청년이 웬만큼 급한 일이 아니면 저리 숨차게 뛰어올 성격이 아님을 잘 알기 때문이다.

"혁! 혁! 대… 대형!!"

나이가 훨씬 많아 보임에도 뛰어오는 청년은 동안의 청년을 대형이라 불렀다.

"장도(張棹)야, 무슨 일이냐?"

"헉! 헉! 큰일 났어요, 대형! 도이(島夷) 형이 당했어요."

"도이 형이?"

동안의 청년은 다급히 뛰어온 청년을 붙잡으며 물었다. 도이는 흑산(黑山)에서 객잔을 운영하는 사람으로, 그에게는 의형이 되는 자였기 때문이다.

"흑수방 패거리들이 객잔으로 쳐들어오더니 객잔을 넘기지 않는다고 도이 형을 두들겨 패고 있어요."

"흑수방 새끼들이? 장도야, 어서 가자!"

동안의 청년은 자신을 부르러 온 장도를 이끌고는 도이가 운영하는 객잔으로 향했다.

'제길!! 흑수방 새끼들이 객잔을 노리고 있다는 것은 진작에 알았지만 설마 오늘 칠 줄이야!'

객잔을 향해 달려가는 청년의 마음은 조급했다. 한 번은 손을 봐주려 했던 흑수방이 자신이 없는 사이에 자신의 의형을 칠 줄은 몰랐기 때문이다.

솔투장에서 한달음에 내달린 청년은 얼마 안 있어 자신의 의형이 운영하는 객잔에 당도할 수 있었다.

"헉! 헉! 으드득! 개새끼들! 아주 박살을 냈구먼!"

대도객잔은 현판이 부서지고 문과 창문이 박살나 있었다. 청년은 여기저기 부서진 객잔의 모습을 보며 이를 갈고는 황급히 안으로 들어갔다.

객잔 한구석에는 피투성이가 된 청년 하나가 쓰러져 있었다. 대도객잔의 주인인 도이였다. 얼마나 맞았는지 얼굴을 분간할 수 없을 정도로 그의 얼굴은 피로 범벅이 된 채 부어 있었다.

"도이 형, 어떻게 된 거야?"

동안의 청년은 쓰러진 청년을 흔들어 깨웠다.

"크… 윽! 무… 아구나. 흑… 수방 새끼들이 객… 잔을 넘기라고 찾… 아… 왔었다. 으… 으으! 그리고 그… 놈들이 강제로 매… 매 문서에 수인을 찍어갔어. 크… 윽!"

흑수방은 오래전부터 도이의 대도객잔을 노리고 있었다. 다른 사람의 이목이 있어 그동안 기회만 노리고 있다가 오늘 찾아와 행패를 부린 것이다. 그동안 팔라고 해도 팔지 않았기에 이제는 도이를 겁박하여 빼앗으려 했던 것이다.

흑수방이 대도객잔을 노리는 것은 흑산 저잣거리로 들어서는 입구에 있어 몫이 좋은 탓이었다. 잘 손질한 후 홍루로 만든다면 수입이 괜찮을 것이었기 때문이다.

"이 새끼들이 정말!!"

"크… 으! 안 된다."

무라 불린 동안의 청년이 일어서 뛰쳐나가려 하자 도이가 청년의 손을 잡았다.

"그놈들, 가만두면 큰일 낼 놈들이에요, 도이 형. 객잔을 팔지 않는다고 사람을 이 지경으로 만들다니……."

"그… 래도 위험하다, 무아야."

"괜찮아요, 도이 형. 문서를 찾아야 하기도 하지만, 이번에 손을 쓰지 않으면 흑수방 놈들은 또다시 찾아와 형을 괴롭힐 거예요. 그리고 객잔을 놈들에게 내주게 되면 아이들은 어떻게 하구요. 그러니 초장에 아주 그런 생각을 뿌리뽑아야 된다구요. 내가 문서를 찾아올 테니 걱정 말고 있어요."

도이의 만류에도 백무(栢楙)는 듣지 않았다. 객잔을 빼앗기게 되면 도이가 운영하는 고아원이 문을 닫아야 하고, 어린 목숨 여럿이 졸지에 거리로 나앉을 수도 있기 때문이다.

"하… 지만 무아야……."

"걱정 말고 기다려요, 도이 형. 알잖아요. 나도 만만치 않으니까요. 그동안 벼르고 있었는데 염흑도(焰黑刀) 놈만 박살내면 다시는 이런 짓을 하지 못할 거예요."

"무, 무아야!"

흑산에서 완력하면 알아주는 백무였다. 언제나 힘없는 자들 편에 서서 흑도 무리들에 맞섰지만 지금은 아니었다. 염흑도는 흑산의 암흑가에서는 무시할 수 없는 자였기 때문이다. 비록 이류고수이기는 하지만 한때 무림인이었던 것이다.

도이는 객잔을 나서는 백무를 잡을 수 없었다. 백무의 고집을 아는 탓이었다. 한번 마음먹은 것은 절대로 바꾸지 않는 것이 그가 지금까지 보아온 백무의 모습이었던 것이다.

대도객잔을 나선 백무는 숨을 천천히 고르며 저잣거리를 걷기 시작했다. 술투를 구경하다 다급하게 뛰어온 탓에 근육의 피로가 있었기 때문이다.

자신이 지금 상대하려고 하는 자는 비록 흑산의 뒷골목을 전전하는 자였지만 내공을 쓸 줄 알기에 최적의 상태에서 그를 상대하려는 것이다.

숨을 고르며 흑수방의 본거지이자 흑산에서 제일 큰 기루인 야홍루(夜虹樓)로 걸어갔다. 염흑도를 상대할 방법을 고심하는 사이, 어느새 야홍루 앞에 도착했다.

"후우! 단번에 깨뜨려야 하는데. 그 새끼가 무공을 익히고 있어 자칫하면 내가 당한다. 숨 쉴 틈 없이 몰아쳐 일단 염흑도부터 잡아야 한다. 다른 새끼들이 끼어들면 내가 곤란해지니까. 좋아!"

마음을 다잡은 후 기루 안으로 들어섰다.

'언제나 북적거리는군. 이런 데도 도이 형의 피땀으로 일구어놓은 객잔을 노려?'

대도객잔에서 일각 정도 걸리는 거리에 있는 야홍루에는 아직 한낮임에도 손님들로 북적였다. 조선과의 후시(後市)를 위해 온 자들로 상인이 대부분이었다.

야홍루에 들어선 백무는 태연한 모습으로 이층으로 올라갔다. 염흑도가 이층에 머물러 있을 것이기 때문이다. 이층으

로 올라가자 거나하게 한창 술판이 벌어진 자리를 볼 수 있었
다. 몇몇 수하들이 호위를 하고 있었고, 흑염도와 흑수방의
이인자라는 짝귀가 술판을 벌이고 있는 것이 보였다.

"헤헤헤, 방주님, 대도객잔의 도이 놈이 내일쯤 객잔을 방
주님께 두 손으로 바칠 겁니다. 몇 푼이라도 건지려면 말입니
다."

비열하기 짝이 없는 웃음을 흘리며 짝귀는 오늘 자신이 거
두어들인 성과를 보고했다. 그동안 무력을 사용하자고 여러
번 건의한 끝에 얻어낸 성과였다.

"하하하! 그래, 그래! 좋다! 이제 흑수방의 앞날이 번창할
것이다! 자, 들자! 흑수방의 앞날을 위하여!"

흑염도는 기분이 좋았다. 오늘 조선의 암상(暗商)으로부터
좋은 물건을 얻었을 뿐만 아니라 짝귀로부터 좋은 소식을 들
었기 때문이다.

내일이면 그토록 원하던 대도객잔이 자신의 수중에 놓일
것이 분명했다. 짝귀가 어떻게 했는지는 보지 않아도 짐작이
갔다. 매매 문서에 수인을 찍느라 조금 다툼이 있었을 것이
분명하지만 현령에게 몇 푼 쥐어주면 끝날 일이었다.

"카아!!"

그는 기분 좋게 술잔을 들이켰다.

타타타탓!

그때 이층이 갑자기 소란스러워졌다. 누군가 급히 뛰고 있었던 것이다. 입 안을 감도는 주향을 음미하며 술잔을 내려놓던 흑염도는 술잔 너머로 자신을 향해 신형을 날려오는 청년을 볼 수 있었다.

"제길!!"

그의 입에서 욕이 흘러나왔다. 백무의 얼굴을 본 순간 오늘 일이 잘못되었다는 것을 알 수 있었다. 흑산에서 제일 만나기 싫은 자가 재수없게도 대도객잔과 관련이 있었던 것이다.

그는 다급히 도를 잡으려 했다. 하지만 탁자를 타 넘으며 날 듯이 달려오는 백무의 신형이 더 빨랐다.

타탁!

휘이익!

빠각!!

음식이 놓여 있는 탁자를 타 넘으며 날아든 백무의 다리가 흑염도의 손을 가격했다. 호위무사들이 손을 쓸 시간조차 없이 빠른 공격이었다.

"크… 윽!"

도를 빼어 들 수 없자 흑염도는 손으로 백무의 공격을 막았다. 둔중한 충격과 함께 뼈에 금이 간 듯 짜릿한 고통이 전해졌다.

휘이익!

흑염도는 다급히 뒤로 피하며 자신의 애병을 빼 들려 했다. 하지만 그는 도를 뺄 수 없었다. 마치 먹이를 노리는 뱀처럼 이어지는 백무의 연속 공격 때문이었다.

"이 새끼가!!"

자신이 비록 무림에서는 이류라지만 뒷골목에서까지 밀릴 실력은 아니었다. 자신을 공격하는 자가 독종이라는 것은 알고 있지만 내력도 없는 권각술에 계속 밀리자 그의 입에서는 저절로 욕설이 튀어나왔다.

퍼퍼퍽!

웬만한 무관이면 가르치는 권법이었지만 자신을 향해 쏟아지는 공격은 흔히 볼 수 있는 몸놀림이 아니었다. 연속으로 떨어지는 권각에 정신을 차릴 수가 없었다.

"제길!!"

흑염도는 일류고수 뺨 칠 정도의 빠른 공격으로 인해 반격할 기회를 잡지 못하고 연신 피할 수밖에 없었다.

툭!

연이어지는 권격에 뒷걸음치며 피하던 흑염도는 자신의 등이 벽에 닿는 것을 느꼈다.

휘이익!

턱!

흠칫하는 사이 백무의 신형이 옆에 있던 의자를 딛고 떠올랐다. 지금까지 상반신을 노리는 것과 다른 공격이었다. 주먹

대신 자신의 머리를 방아 찧듯 날린 것이다. 도를 잡고 있는 왼쪽으로 신형을 날린 탓에 도를 뽑아 공격하는 것은 늦어버렸다.

빡!!

"큭!"

주먹으로 이어지는 공격에 대비해 가슴만 방어하다 순식간에 머리를 강타한 백무의 일격에 흑염도는 자신의 눈앞이 뿌옇게 변하는 것을 느꼈다.

쿵!

정신을 잃은 흑염도가 도끼질에 쓰러지는 통나무처럼 힘없이 바닥으로 쓰러졌다.

이층으로 올라와 흑염도가 앉아 있던 탁자를 타 넘고 그를 쓰러뜨리기까지 걸린 시간은 그야말로 촌각이었다. 흑염도가 쓰러지는 것을 확인한 백무는 신형을 뒤로 돌려 자신에게 덤벼들려 하는 흑수방도들을 노려보았다.

"이 새끼들! 니들 다 죽었어!! 감히 도이 형을 건드려!"

"너… 너… 넌!!"

흑수방의 이인자인 짝귀는 백무의 얼굴을 확인하자 사색이 되었다. 분명히 확인했다. 도이가 운영하는 대도객잔이 백무와 상관없다는 것을 확인하고 오늘 일을 벌였던 짝귀로서는 아연실색하지 않을 수 없었다.

혹산에서 절대로 건드려서는 안 되는 자의 얼굴이 나타나자 흑수방도들 또한 사색이 되었다. 내심 자신들의 방주가 흑산괴룡이라 불리는 백무보다 한 수 위라 여기고 있었던 그들이다. 하지만 촌각 만에 방주가 쓰러지자 어찌할 줄 몰라 했다. 앞으로 벌어질 일이 보지 않아도 눈에 선했기 때문이다.

파파팟!

제일 상대하기 힘든 흑염도를 쓰러뜨린 이상 겁날 것이 없었다. 흑수방의 방도들이야 힘만 믿는 자들이었기 때문이다. 내공은 없지만 지금의 실력으로도 충분히 상대할 수 있었다.

"그동안 지켜봐 왔는데, 잘됐다! 내 오늘 다시는 그런 짓을 못하도록 네놈들 모두 반병신으로 만들어주마!"

신형을 날려 흑수방도들을 타작하기 시작했다. 내뻗는 주먹 하나하나에 힘이 실려 있었다.

퍼퍼퍽!!

"으악!!"

"크… 윽!"

"억!!"

거의 대부분의 흑수방도들이 팔다리가 부러져 나갔다. 손속에 사정을 두지 않았던 것이다. 권각을 휘두르며 공격하다가는 뱀이 먹이를 조이듯 다가드는 즉시 팔을 꼬아 부러뜨리거나 휘돌 듯 내지른 발길질로 흑수방도들의 다리를 단번에 부러뜨렸던 것이다.

"크… 윽! 살려주십시오."

"자, 잘못했습니다. 컥!"

연신 비명을 질러대면서 흑수방도들은 백무의 타작이 빨리 끝나기를 기다렸다. 몇 군데 부러졌으니 이제는 뒷골목 생활을 끝내야 하겠지만, 흑산괴룡이라 불리는 백무가 절대로 사람을 죽이지 않는다는 것을 알기 때문이다.

'크… 으윽!! 대도객잔이 흑산괴룡과 관련이 있었다니…….'

짝귀는 부러진 오른팔을 부여안고 비명을 삼켰다. 팔목 뼈가 으스러지고 관절이 꺾여 불구가 될 것이 분명했다. 자신들을 타작하고 있는 백무가 대도객잔과 관계가 있다는 것을 알았다면 절대 넘보지 않았을 것이다.

그가 바로 흑산의 암흑가를 장악하고 있는 흑산괴룡이었기 때문이다.

퍼퍽!

"크… 악!"

"으윽!"

백무는 신형을 빠르게 움직이며 흑수방도들에 대한 타작

을 멈추지 않았다. 거침없이 공격을 가했다. 다시는 대도객잔을 넘보지 못하도록 할 심산이었기 때문이다.

"네 이놈!!"

막 흑수방도 중 한 명에게 주먹을 날리려던 백무의 손이 급히 멈추어졌다. 터져 나온 고함의 주인공이 누구인지 아는 까닭이었다.

'제길!! 재수도 더럽게 없군. 분명 오늘 요하에 볼일이 있다고 하셨는데…….'

흑수방도의 멱살을 잡았던 손이 풀어지고 백무의 신형이 뒤로 돌았다.

'제기랄! 역시…….'

백의를 입고 있는 중년인이 이층 계단 입구에 서 있었다. 허리춤에 매달린 기다란 장도가 꽤나 특이한 중년인이었다. 자신을 바라보는 눈에서 강한 노여움의 기운을 읽을 수 있었다. 역시나 목소리의 주인공은 자신이 제일 어려워하는 사람이었던 것이다.

"따라 나와라! 어서!!"

화가 난 듯한 굵은 목소리였다. 중년인은 더 이상 할 말이 없다는 듯 말을 마친 후 신형을 돌려 계단을 내려갔다.

'니들! 다시 도이 형을 겁박하면 이 정도로 끝나지 않을 테니 알아서들 해라!'

백무는 쓰러져 있는 흑수방도들을 향해 눈을 부라린 후 흑

염도에게로 다가갔다. 그리고 그의 품에서 도이에게 강제로
수결을 맺게 한 문서를 빼 들고는 이층을 내려왔다. 조금 전
야수처럼 흑수방의 무리를 공격하던 것과는 달리 잔뜩 풀이
죽어 있는 모습이었다.

'제길! 오늘은 또 몇 시진이나 하려나…….'

백무는 말없이 중년인의 뒤를 따르고 있었지만 앞으로 벌
어질 일에 대한 생각뿐이었다. 자신이 가장 싫어하는 일을 해
야 했다. 가장 싫어하는 것이지만 그렇다고 안 할 수도 없었
다. 고함을 친 후 야홍루를 나서는 이가 바로 자신의 아버지
였기 때문이다.

＊　　　＊　　　＊

거칠기 이를 데 없는 요동의 젖줄인 요하!

넘실거리는 강물이 내려다보이는 언덕에 일단의 무리가
은신한 채 한곳을 지켜보고 있었다. 그들의 목표는 언덕에서
백여 장가량 떨어진 곳에 있는 장원이었다. 장원은 모두 잠든
듯 정문에만 불이 밝혀져 있었다.

자시가 훨씬 지난 시각이었다. 어두운 밤중에 검은색의 복
면을 하고 있는 것이 심상치 않아 보인다. 은신해 있는 무리
는 아무리 좋게 봐줘도 비적의 무리가 분명했다.

잘 벼려진 검처럼 살벌한 기세를 흘리고 있었다. 흉흉한 안

광을 흘리고 있는 것이 마치 잘 조련된 병사들을 보는 듯했
다. 보통의 비적들은 아닌 것이다.

"준비는 끝났나?"

"예, 대주!"

"무량액(霧浪液)은?"

"이미 술시 무렵에 풀어놨습니다. 지금쯤 모두들 약효가
돌고 있을 겁니다. 지금 치시겠습니까?"

"백가장은 만만한 곳이 아니다. 특히 백찬웅은 거칠기로
유명한 요동에서도 알아주는 자다. 행여 일을 그르칠지도 모
르니 반 시진만 더 기다렸다가 친다."

"알겠습니다, 대주! 모두들 반 시진 후 칠 것이니 만반의 준
비를 하도록 해라."

대주의 지시를 받은 자가 나지막하게 대주의 뜻을 전하자
은신해 있는 복면인들이 일제히 고개를 끄덕였다.

한편, 복면인들이 노리고 있는 장원에는 밤이 깊은 시각임
에도 아직 잠들지 않고 있는 이들이 있었다. 어두운 방 안에
서 백가장주의 자식들이 깊은 밤임에도 불구하고 이야기를
나누고 있었다.

"오빠, 괜찮아?"

"으… 으으… 삭신이야. 하지만 괜찮으니 걱정하지 마
라."

힘겨운 몸짓으로 손을 내젓는 오빠를 보며 입이 부을 대로 부은 수린은 또다시 잔소리를 시작했다.

"그러게 흑산 저잣거리에는 왜 가서 또 사고를 치냐고! 도대체 오늘은 몇 놈이나 박살 낸 거야?"

"누군 하고 싶어서 그랬겠냐? 도이 형이 흑사방 놈들에게 객잔을 빼앗길지도 모르는 판이니 나도 어쩔 수 없었다. 으갸갸갸! 죽겠다. 아주 골고루 쑤시는구나. 한바탕 수련관에서 지랄발광을 했더니 삭신이 다 쑤신다. 그러니 이제 그만 해라, 수린아."

동생의 잔소리에 그만 하라는 듯 백무는 다시금 손을 내저었다.

"오늘도 또 그거 수련한 거야?"

"수린아, 그 말은 하지 말랬지? 너에게 말했다는 것을 아버지가 아시면 나 집에서 진짜 쫓겨난다."

무슨 큰일이라도 되는 것처럼 다시 한 번 손사래를 치는 백무였다.

"칫! 아빠는 내공도 익히지 못하게 하면서 왜 자꾸 그딴 것을 수련시키는 거야? 아무 무관에나 가도 가르쳐 주는 건데. 그러니 오빠가 만날 흑산(黑山)에 가는 거 아냐? 정말!!"

"후후후! 낸들 알겠냐, 아버지가 왜 그러시는지. 그나마 그 거라도 익히고 있어 맞지 않고 다니니 다행이지. 으휴! 이제 지겨우니 그 이야기는 그만 하자. 그렇다고 너나 나에게 아버

지가 내공 수련을 하게 해주시는 것도 아니고……. 그나저나
먹을 것은 없냐?"

"아직 밥도 못 먹은 거야? 하긴, 아빠한테 잡혀와서 수련관
으로 곧바로 끌려갔으니 뭐 먹기나 했겠어. 자, 이거 먹어! 몰
래 가져오느라고 혼났어."

수린의 품에서 나온 것은 식은 만두 몇 조각이었다. 수린은
아버지의 금식령에도 불구하고 가지고 온 것이다. 아무것도
먹지 못하고 수련했을 오빠를 생각해 점심 나절에 쪄놓은 식
은 만두를 몰래 가지고 온 것이었다.

"우와! 이거 만두잖아!"

백무는 수린에게서 만두를 빼앗듯이 잡아채고는 허겁지겁
먹기 시작했다. 흑산에서 사고를 친 후 집으로 돌아와 장장
세 시진을 반복한 수련으로 인해 등가죽과 배가 달라붙을 지
경이었다. 점심 나절부터 아무것도 먹지 못한 탓에 만두는 순
식간에 백무의 입속으로 사라졌다.

"꺼… 억!! 잘 먹었다, 수린아!"

"밥이나 제때 먹고 다녀. 제발!"

"알았다, 알았어. 너도 이제 그만 가서 자라. 네가 여기 있
는 거 아버지에게 들키면 난 또 수련관에 끌려 들어가야 하니
까."

동생이 자신에게 먹을 것을 줬다는 사실을 아버지가 알게
되면 다시금 수련관에서 지겨운 수련을 해야 하기에 백무는

수린을 밖으로 내보내려는 듯 손사래를 쳤다.

"흥! 알았어. 갈 테니까. 너무하네, 진짜! 기껏 배고플까 봐 싸왔는데 이게 뭐야! 오늘 하루 종일 흑산에서 사고 치느라고 나랑 놀아주지도 않고. 자기 볼일 다 봤으니 어서 가라 하고."

토라진 모습을 보니 화가 단단히 난 모양이다.

'이 아이가 화나면 아무도 못 말리니 일단 달래야겠다.'

"미안하다, 수린아. 내일은 무슨 일이 있어도 너하고 놀아줄 테니 삐치지 마라. 응?"

백무는 수린의 입이 한 자나 나오자 급히 수린을 달랬다. 다음에 이런 경우가 생기면 분명 수린은 먹을 것 같은 것은 가져오지 않을 것이 뻔했기 때문이다.

"오빠, 그러니까 이제 사고 치고 다니지 마. 언젠가 아버지도 내공을 수련하게 해주실 거야. 내공도 없으면서 그러다 재수없게 고수라도 만나면 어쩌려고 그래?"

"알았다, 알았어. 피곤하니까 빨리 가서 너도 자라. 이 오라비는 이제 그만 눈 좀 붙여야겠다."

"오빠, 자꾸 그럴 거야?"

잔소리라 생각하는지 귀찮은 듯 자신을 내쫓으려 하는 백무를 보며 수린은 눈꼬리를 치켜떴다.

"미안하다, 미안해. 오빠가 잘못했다. 내일 요하로 같이 놀러 갈 테니 오늘은 이만 하자. 응, 수린아."

동생의 화를 삭이려는 듯 요하로 놀러 가자는 말로 수린을 달랬다.

"으휴! 내가 말을 말아야지. 지금은 안 그런다고 하면서 또 몰래 빠져나가 사고 칠 거잖아. 어디 한두 번 그랬어? 내일 요하에 간다는 것도 내일 가봐야 알지."

"헤헤헤."

백무가 겸연쩍은 듯 웃음을 흘렸다. 흑산에서 사고를 친 것이 아직 수습되지 않았기에 수린의 말대로 될 것이 틀림없었기 때문이다.

"크아악!"

"누구냐? 으악!"

그때 어디선가 난데없는 비명 소리가 들려왔다.

"오빠!!"

수린은 비명 소리에 놀라 백무를 쳐다보았다. 연이어 비명이 터지는 것으로 보아 누군가 침입했다는 것을 알 수 있었다. 요동 일대에서 알아주는 무가인 자신들의 집에 누군가 침입했다면 예삿일이 아닌 것이다.

"조용히 해라. 나도 들었다."

장원 안에서 급작스럽게 터진 비명으로 인해 놀랄 만도 하건만 백무의 음색은 생각보다 침착했다.

스르르!

조심스럽게 방문을 조금 열고는 밖을 살폈다. 비명 소리에 사람들이 방에서 나오고 있는 모습이 보였다. 그리고 기다렸다는 듯이 방에서 나오는 사람들을 향해 칼질을 해대는 복면인들의 모습이 눈에 들어왔다.

속절없이 쓰러지는 세가의 식구들을 보면서 자신이 나설 자리가 아님을 알 수 있었다. 세가의 식구들을 베어 넘기는 자들의 실력이 일류고수의 경지를 넘어 보였기 때문이다.

"큰일이다, 수린아. 비적 떼들이 습격해 온 것 같다. 너하고 나는 이곳에 있어봐야 아버지께 도움이 되지 않으니 일단 피해야겠다. 무슨 일이 있더라도 조용히 해야 한다. 알았지?"

"알았어, 오빠."

백무는 떨고 있는 수린의 손을 잡고 방을 나섰다. 다행히 침입자들은 아직 자신의 거처에까지는 이르지 않고 있었다.

'피할 곳도 없을 것 같으니 일단 전에 아버지께서 말씀하신 곳에 숨어야겠다.'

오래전 가문에 위험한 일이 닥치면 가보라고 했던 아버지의 말이 불현듯 생각났다. 장원에 침입한 복면인들의 시선을 피해 동생을 이끌고 툇마루에서 내려왔다. 그리고 지면과 한 자 정도 벌어진 전각 밑으로 황급히 기어들어 갔다.

"웬 놈들이냐? 어떤 놈들이기에 감히 백가장을 넘어온 것이냐?”

　마루 밑으로 피하는 와중에 아버지의 목소리가 들렸다. 내공 수련을 허락하지 않는 까닭에 불만이 많은 백무였지만 이때만큼은 아버지의 목소리가 반가웠다.

　차차창!

　“수린아, 아버지가 놈들을 상대하기 시작했으니 조금 있으면 비적들을 물리칠 것이다. 그러니 조용히 하고 이곳에 있어야 한다. 알았지?”

　조용한 백무의 음성에 수린은 고개를 끄덕였다.

　차차창!

　“크악!!”

　“으… 윽!”

　복면인들과 백가장의 식솔들 간에 격전이 벌이진 모양이었다. 요녕제일도라 칭해지는 아버지였기에 백가장의 담을 넘은 비적 떼들을 쉽게 처리할 수 있을 것이라 생각했다.

　“수린아, 여기서 기다려. 어떻게 됐는지 보고 올 테니까.”

　“알았어, 오빠.”

　수린은 겁이 나는지 오들오들 떨고 있었다. 백무는 동생의 등을 가볍게 두들겨 주고는 몸을 돌려 자신이 들어온 곳으로 조심스럽게 기어갔다. 밖의 상황이 어떻게 되어가고 있는지 살펴보기 위해서였다.

　차차차창!

파파팟!

"막아라! 어서!!"

도검이 부딪치는 소리와 함께 아버지의 목소리가 들렸다. 백무는 조심스럽게 밖을 내다보았다. 세가 내의 전각에서 불이 난 것인지 화광이 충천했다. 타오르는 불빛으로 인해 바깥의 전경이 눈에 훤하게 보였다.

아버지는 적을 맞아 싸우고 있었다. 복면인과 접전을 벌이고 있었던 것이다. 그렇지만 그동안 보아왔던 모습과는 전혀 달랐다. 평소의 모습이 아니었던 것이다.

복면인의 검을 피하며 연신 도를 휘두르고 있었지만 어쩐지 힘이 없어 보였다. 입가로 피를 흘리는 것이 내상을 심하게 입은 듯 보였다. 복면인과 맞서 싸우고는 있었지만 역부족인 듯했다. 복면인은 마치 고양이가 쥐를 가지고 놀 듯 연신 아버지를 핍박하고 있었다.

"크… 으! 무엇을 말이냐? 네놈들이 대체 누구기에 본가에서 이토록 잔인하게 혈겁을 일으키는 것이냐? 정체를 밝혀라!"

복면인이 아버지에게 무엇인가를 물은 듯했다.

"으음! 진짜 모르는 모양이로군."

자신의 목적과 부합되지 않는 대답을 들은 듯 복면 속의 두 눈이 찌푸려지는 것이 실망하는 듯한 기색이 역력했다.

휘이익!

‘어디로 갔지? 응?’

복면인의 모습이 순식간에 시야에서 사라졌다. 그가 사라졌다가 나타난 곳은 아버지의 등 뒤였다.

푹!

아버지의 심장을 관통하고 나온 은빛 검신이 보였다. 놀라할 말을 잃은 백무의 두 눈동자에 검신을 타고 흐르는 붉은 선혈이 선명히 맺혔다.

‘크… 으! 아… 아버지!’

일순 아버지의 시선과 백무의 눈이 마주쳤다. 자식들이 혈겁을 피해 숨어 있다는 것을 확인한 듯 죽어가면서도 안심하는 표정이 역력했다.

‘크… 으!!’

복면인들에게 들키지 않으려 입을 손으로 막아 신음을 삼켰다. 당장이라도 뛰쳐나가 복민인들과 싸워야 했지만 그럴 수 없었다. 아버지가 죽은 이상 동생을 보호해야 했다. 그리고 놈들에게 달려든다는 것은 그야말로 계란으로 바위 치기라는 것을 누구보다 잘 알고 있었던 것이다.

스으윽!

털썩!

검이 빠지자 힘을 잃은 아버지의 신형이 바닥에 쓰러졌다.

‘크… 으흑!’

가슴에서 피눈물이 흘렀다. 내공을 수련하지 않은 것이 이토록 원망스러울 수가 없었다. 생사의 간극을 넘나드는 것이 무인의 삶이지만 자신의 눈앞에서 죽어가는 아버지를 보면서도 아무것도 할 수 없다는 것이 미치도록 괴로웠다. 악문 입술이 찢어지며 한줄기 선혈이 흘렀다.

'젠장!! 빌어먹을!! 지금은 수… 린이를 살려야 한다, 수린이를.'

아버지는 이미 죽었다. 동생이라도 살려야 한다. 백무는 엎드린 채 신형을 돌렸다.

'수린아!!'

멍하니 빛을 잃은 동생의 눈동자!

어느새 옆으로 기어온 것인지 동생도 자신과 같이 아버지의 죽음을 지켜본 것이다. 가슴이 찢어질 것 같은 아픔을 삼키며 떨고 있는 동생을 보듬어 안은 백무는 조용한 목소리로 다짐하듯 말했다.

"수린아, 울지 마라. 절대로 울지 마라. 크… 으! 그리고 반드시 기억해라. 아버지의 죽음을……. 이 오빠도 절대 잊지 않을 테니까. 크… 윽!"

아버지의 죽음을 절대 잊지 말도록 동생과 스스로에게 다짐했다. 그렇지만 백무와 수린의 눈에서는 하염없이 눈물이 흐르고 있었다.

차차창!

"크… 아악!"

"으악!"

"한 놈도 남기지 마라! 완벽히 증거를 없애라!"

복면인들의 목소리가 백가장 구석구석에서 들려왔다.

'젠장할!! 조금 있으면 세가 곳곳을 뒤질 텐데. 놈들에게 들키기 전에 어서 빠져나가야 한다.'

도검이 부딪치는 소리가 계속해서 이어졌다. 비명 소리와 함께 증거를 없애기 위해 재촉하는 목소리가 들렸다. 아버지를 잃은 슬픔에 정신을 놓고 있을 수만은 없었다.

'침착해야 한다, 침착.'

진정하려 했지만 떨려오는 몸을 가누기가 힘들었다. 수린이의 눈이 공포로 떨고 있다. 동생을 생각해 억누르기 힘든 공포를 잠재웠다.

"흐흑! 오빠, 이젠 어떻게 하면 좋아. 흑."

갑작스럽게 침입한 비적들로 인해 아버지와 세가의 식구들이 죽어나가는 모습을 보자 수린은 공포를 이기기 힘들었다. 의지할 사람이 자신의 오빠밖에 없기에 수린은 작은 소리로 흐느끼며 백무에게 매달렸다.

"수린아, 걱정하지 마라. 넌 이 오빠가 지켜줄 것이니 말이다. 그러니 울지 말아라. 자칫 우리가 있는 곳을 저놈들에게 들킨다면 우린 살아남지 못해. 그러니 울음을 그치고 소리를 죽여야 한다. 알겠지?"

남달리 똑똑한 머리와 옹고집이긴 하지만 역시 여자 아이는 여자 아이였다. 파르라니 떨며 자신의 품 안으로 파고드는 동생을 살며시 보듬어 안으며 목소리를 죽여 다독거렸다.

"흑! 아… 알… 았어, 오빠. 이제 안 울게."

장난치기 좋아하는 오빠였다. 놀기를 좋아해 아버지에게 매일 꾸중을 듣기는 하지만 수린은 오빠에 대해 너무도 잘 알고 있었다.

내공을 익히지 못하게 하는 아버지로 인해 무공을 익히는 것에 심드렁한 것을 빼곤 한번 결심한 것은 무슨 일이 있어도 성취해 내는 성격을 지난 세월 동안 숱하게 보아왔기 때문이다.

'이제 아버지가 돌아가신 이상 태어나서 엄마 얼굴도 모르고 자란 불쌍한 우리 수린이는 반드시 내가 지킬 것이다.'

툇마루 밑에 숨어 활활 타오르는 전각들을 바라보는 백무는 떨고 있는 자신의 동생을 꼭 안았다. 울지 않겠다고 하면서도 아직도 소리없는 울음을 그치지 않는 동생을 꼭 보듬어 안고는 다시 밖을 살폈다.

"크아악!"

"아악!"

처절한 비명 소리와 함께 쓰러져 가고 있는 가문의 식구들을 볼 수 있었다. 툇마루 밑에서 동생과 함께 가문의 식솔들이 죽어가는 모습을 지켜본다는 것은 무척이나 힘겨운 일이었다.

'내가 흔들리면 둘 다 죽는다. 어서 빨리 도망갈 길을 찾아야 한다, 도망갈 길을……. 생각해 내라, 생각을…….'

자신보다는 동생을 위해 힘겹게 공포를 참으며 주변을 살피기 시작했다. 살육이 벌어지고 있는 백가장을 벗어날 방도를 찾기 위해서다. 자신들이 숨어 있는 툇마루 밑도 자칫 들킬 위험이 있기에 살 길을 찾으려는 백무의 눈은 필사적이었다.

한밤중에 장원으로 쳐들어온 자들은 모두 복면을 하고 있었다. 그들은 싸늘한 살기를 흘리며 식솔들을 무차별 도륙하고 있었다.

요녕성 인근에서 성세를 자랑하던 백가장(柏家莊)의 담을 넘은 자들은 그 배짱만큼이나 고강한 무공을 가지고 있었다. 백가장의 무사들을 거침없이 도륙하는 것을 보면 한낱 비적의 무리라고는 볼 수 없었다.

천섬일도(天閃一刀)라 칭해지며 요녕성 십대고수 중 일인인 백찬웅(栢璨雄)도 그들에 의해 십여 초를 못 버티고 쓰러졌다. 합공이 아닌, 담을 넘은 복면인 중 우두머리로 보이는 자에게 처참하게 당한 것이다.

툇마루 밑에 숨어서 본 광경은 참혹하기 그지없었다. 자신과 동생이 숨고 나서 얼마 지나지 않아 아버지가 쓰러지고, 백가장을 지키는 무사들과 사형들 모두가 복면인들의 잔인한 손속에 쓰러져 갔다.

지금도 무공도 모르는 가문의 식솔들이 복면인들에게 하나하나 도륙당하고 있었다. 증거를 인멸하려는 듯 백가장에 살아 있는 생명은 남김없이 그들에 의해 생의 종지부를 찍고 있었다.

"찾아라!! 풀은 뿌리째 뽑아야 다시는 나지 않는 법이다! 백가의 자식놈들이 어딘가에 숨어 있을 것이다! 어서 찾아라!"

백무는 아버지를 쓰러뜨린 자의 목소리를 들을 수 있었다. 그는 수하들로 하여금 백가장을 뒤지게 했다. 복면인들은 전각이며 객방, 창고까지 뒤져 숨어 있는 사람들을 찾아내 하나하나 죽이기 시작했다.

죽어가는 식솔들을 바라보는 백무의 눈에서 피눈물이 흘렀다. 얼마나 손을 꽉 쥐었는지 손톱이 손바닥을 파고들었지만 아픔조차 느껴지지 않았다.

"살아남은 자들이 없어야 한다! 숫자를 파악해라!"

'으드득! 죽일 놈들!! 이 원한은 반드시 갚는다!'

자신과 동생을 제외한 일가를 모두 죽인 자의 목소리를 듣자 분노가 치밀어 올랐다. 이가 갈리다 못해 부러질 지경이었다.

하지만 지금 나선다면 개죽음일 뿐이다. 그리고 자신에겐 보호해야 할 동생이 있지 않은가. 분노를 씹어 삼키며 생각을 해야 했다. 복면인들이 자신과 동생을 찾기 전에 벗어날 방법을 생각해 내야 했던 것이다.

'으… 음! 전에 아버지가 말씀하신 것이 이런 때를 대비하신 것인가?'

오 년 전 자신의 아버지가 한 말을 기억해 냈다. 무지막지한 수련을 끝내고 무심결에 지나가는 투로 한 말이었다. 장원에 변고가 발생하면 무조건 자신이 거처하는 전각의 툇마루 밑에 있는 대들보로 가보라고 한 말을 생각해 낸 것이다. 자신이 무의식적으로 툇마루 밑으로 숨어든 것도 아마도 아버지의 말을 잊지 않고 있었던 까닭인지도 몰랐다.

"수린아, 일단 저곳으로 가자. 소리를 내면 안 되니까 천천히 기어가야 한다. 알았지?"

들킬세라 백무는 조용한 목소리로 동생을 이끌었다.

"흐흑! 아, 알았어, 오빠."

백무는 동생에게 대들보로 가도록 했다. 어느새 울음을 그친 것인지 수린은 조용히 대들보를 향해 기기 시작했다. 백무 또한 주변을 살피며 조심스럽게 동생의 뒤를 따랐다.

밤이 깊었지만 툇마루 밑으로 간혹 화마의 불빛이 비치고 있었기에 남매는 어렵지 않게 전각을 받치고 있는 대들보로 기어갈 수 있었다.

“수린아, 여기다. 여기가 아버지가 알려주신 곳이다.”

“여기에 뭐가 있는데, 오빠?”

수린의 목소리가 커졌다. 백무는 다급히 수린의 입을 막았다.

“쉿! 조용히 해. 들키겠다.”

백무의 말에 수린이 알았다는 듯 고개를 끄덕였다. 여기서 들킨다면 도망가 보지도 못하고 복면인들에게 죽는다는 것을 잘 알고 있었던 것이다.

“일단 찾아봐야지. 분명 집안에 위기가 닥치면 아버지께서 이곳으로 피하라고 했으니까 분명 도망갈 길이 있을 거야. 그러니 안심해라. 알았지?”

“알았어, 오빠!”

조용한 목소리로 동생을 안심시킨 후 대들보를 둘러보았다. 자신이 머물고 있는 청운각(靑雲閣)의 중앙을 받치고 있는 대들보의 주춧돌은 보기보다 컸다. 아니, 필요 이상으로 컸다.

주춧돌은 둘레가 이 장이 넘는 크기로 이단으로 된 것이었다. 조심스럽게 돌며 주춧돌을 살폈다. 전각의 중심부라 타오르는 불빛도 잘 비치지 않았다. 손으로 더듬어가며 대들보를 살피다가 작은 돌출부를 찾아낼 수 있었다.

“이건가?”

“오빠, 뭐가 있어?”

궁금한 듯 수린이 다가들며 조용한 목소리로 물었다.

"그래, 뭔가 있다. 잠시만 기다려."

백무는 돌출부를 이리저리 만지기 시작했다. 분명 기관을 여는 장치임이 분명했지만 여는 방법을 몰랐기에 그냥 만지작거리기만 할 뿐이었다.

'분명 아버진 다른 말씀도 하셨다. 그때 구벽뇌운(九劈雷雲)을 잊지 말라고 하셨는데, 이 문양을 말씀하신 거였나?'

손바닥만 한 돌출물을 만지던 백무는 돌로 만들어진 돌출물에 뇌전 같은 문양이 음각되어 있는 것을 알 수 있었다. 뇌전을 따라 손가락이 움직였다.

스윽!

그르르륵!

돌출물이 안으로 밀려들며 미세한 소리가 들렸다. 주춧돌 일부분이 뒤로 밀려나며 밑으로 내려가는 조그마한 구멍이 나타났다. 사람 하나가 겨우 몸을 들이밀 만한 구멍이었다. 아버지가 만약을 대비해 만든 비밀 통로가 분명했다.

"됐다, 수린아. 이리로 들어가라. 아마도 이곳은 아버지가 마련해 놓으신 비밀 통로가 분명한 것 같으니 말이다. 안에 들어가면 이곳을 빠져나갈 비밀 통로가 있을 거야."

"아, 알았어, 오빠."

살았다는 안도감에 떨리는 목소리로 대답을 한 수린은 비밀 통로에 다리부터 집어넣었다. 아버지가 죽고 가솔들이 모

두 죽었지만 오빠가 함께 있기에 수린은 있는 힘껏 용기를 내
고 있었다.

　"대주, 백가의 자식놈들이 어디 숨었는지 찾지 못했습니
다. 벌써 피한 모양입니다."
　백무 남매를 찾던 복면인들은 백가장 내에서 모습을 발견
할 수 없게 되자 도주했으리라 생각하고는 오늘 밤 일을 지휘
하는 자에게 보고했다.
　"그럴 리가 없다. 백가의 자식놈들은 분명 백가장 안에 있
다. 비밀 통로가 있을지 모르니 샅샅이 뒤져라. 툇마루 밑도
뒤져 보아라. 어서!!"
　자신의 동생을 비밀 통로로 집어넣던 백무는 툇마루 밑을
뒤지라는 복면인의 목소리를 들을 수 있었다.
　"젠장!! 수린아, 어서 들어가라. 그리고 무슨 일이 있어도
나오지 말고 숨어 있어. 서남쪽 통로를 따라가다가 바깥으로
나가서도 숨어 있다가 주변에 사람이 있는지 확인하고 도망
가. 나중에 오빠가 찾으러 갈게."
　"흐흐흑! 오빠! 흑흑! 같이 가!"
　혼자서 도망가라는 말에 수린의 울음이 다시 터졌다.
　"시간이 없어. 이 통로가 놈들에게 발견되면 둘 다 저놈들
손에 죽어. 어서!"
　백무는 통로를 막아야 했기에 수린을 달랬다.

“흑흑! 싫어! 오빠도 같이 가!”

수린은 백무의 손을 놓지 않았다. 같이 가자는 것이다. 이대로 헤어진다면 영원히 만나지 못할 것 같기에 겁이 난 수린은 백무의 손을 놓지 않았다. 이미 비밀 통로에 몸을 집어넣은 수린은 백무의 손을 잡고 허공중에 매달린 모습이었다.

“에잇!”

백무는 자신의 손을 놓치지 않으려 필사적으로 잡고 있는 수린의 손을 뿌리쳐 버렸다. 수린은 이내 비밀 통로 안으로 떨어져 내렸다.

쿵!

“오빠! 흑흑!”

울먹이는 외침이 비밀 통로 안에서 들려왔다.

“수린아, 어서 가라! 오빠가 꼭 살아서 너를 찾아갈 테니까! 어서!!”

비밀 통로로 떨어진 수린이 바닥에 닿는 소리가 들리자 꼭 찾으러 간다고 소리치고는 서둘러 돌출부를 찾았다. 떨리는 손가락으로 다시금 번개 문양을 따라 움직였다.

“제… 제발… 움직여야 할 텐데.”

그르르르!

우려와는 달리 밀려 들어갔던 돌들이 다시 나오며 통로를 가리기 시작했다.

'다행이다. 어서 이곳을 빠져나가 놈들을 유인해야 한다. 그래야 수린이가 살 수 있다."

기관을 움직이던 돌출부는 다시 튀어나오지 않았다. 그것으로 이곳이 비밀 통로라는 사실은 완전히 감추어졌다.

"이런!!"

비밀 통로가 닫히고 나자 갑자기 툇마루 밑이 밝아졌다. 수린과 백무의 대화를 들은 것인지 복면인들이 횃불을 들이민 것이다.

"여기 있다! 저기 툇마루 밑에 백가의 자식놈이 있다!"

툇마루 밑을 뒤지던 복면인이 백무를 발견하고는 소리를 질렀다. 그러자 한곳을 제외하고는 횃불과 함께 복면인들이 툇마루 안으로 들어오기 시작했다.

'어서 도망가야 한다. 수린이가 비밀 통로로 빠져나갔다는 것을 들키지 않으려면 내가 최대한 멀리 도망가야 한다.'

백무는 동생을 살리기 위해 복면인들이 운집해 있는 연무장과는 다른 방향으로 기기 시작했다. 횃불이 비치지 않는 곳, 바로 청운각 뒤편에 위치한 가산 쪽으로 기기 시작한 것이다.

어른은 완전히 엎드려야 들어올 수 있는 높이인지라 복면인들이 백무를 쫓는 속도는 느릴 수밖에 없었다. 또한 청운각이 가산(假山)을 등지고 있는 곳에 세워져 있기에 복면인들이 돌아오는 데도 시간이 걸릴 것이 분명했다.

　그들이 청운각으로 돌아오기 전에 가산 쪽으로 가면 도망갈 길이 있었다. 장원을 빠져나가 흑산의 저잣거리를 구경하기 위해 자신이 예전에 뚫어놓은 개구멍이 그곳에 있었던 것이다.

　빠르게 기어가느라 손톱이 빠지고 피가 흘러내렸지만 아픈 줄도 모르고 가산을 향해 필사적으로 기었다. 얼마나 빨리 도달하느냐에 따라 삶과 죽음이 엇갈리는 상황이기에 필사적일 수밖에 없었다.

　“새끼들! 아직 안 돌아왔구나. 다행이다.”

　청운각 밑을 빠져나와 가산에 이른 백무는 복면인들이 아직까지 자신을 쫓아오지 못한 것을 알 수 있었다.

　“이 틈에 빨리 빠져나가야 한다. 놈들에게 걸리는 순간 아버지와 가문의 복수는 끝이다.”

　이를 악다문 백무는 가산 쪽으로 뛰기 시작했다.

　“저기다! 저기에 백가 놈의 자식이 있다!”

　청운각으로 돌아온 복면인들이 백무를 발견하고 소리를 지르며 쫓아오기 시작했다. 백무는 가산을 지나 담벼락 밑에 나 있는 구멍으로 향했다. 어린아이가 겨우 지나갈 만한 작은 구멍이었다. 쥐가 쥐구멍으로 들어서듯 빠르게 구멍을 빠져나간 백무는 요하강이 있는 곳으로 미친 듯이 뛰기 시작했다.

　한참을 뛰다 나뭇등걸에 멈추어 서서는 풀숲을 뒤졌다. 자신이 숨겨놓은 것을 찾기 위해서였다. 한 번도 그런 적이 없었지만 사형들이 자신을 잡기 위해 경공술을 발휘할 때를 대비해 마련해 놓은 것이었다.

'있다.'

오래전에 숨겨놓은 것이지만 자신이 찾는 것이 무사히 있는 것을 확인하고 백무는 속으로 환호성을 질렀다. 그의 손에 들린 것은 앞부분이 완만히 휘어진 널빤지였다.

나뭇등걸에서부터 요하까지는 조금은 급한 경사를 이룬 언덕이었다. 널빤지를 타고 내려간다면 경공을 발휘하는 것만큼이나 빠른 속도를 낼 수 있을 것이 분명했기에 지체없이 널빤지를 타고는 발을 굴렀다.

쉬이이익!

널빤지는 백무의 마음만큼이나 빠르게 언덕을 내려가기 시작했다. 귀밑을 스치는 바람 소리에 어쩌면 살 수도 있겠다는 생각이 들었다.

"최대한 멀리 도망가야 한다, 최대한. 요하(遼河)까지만 가면 어떻게든 살 수 있다."

널빤지를 타고 내려오는 것은 채 반 각도 걸리지 않았다. 어두운 밤이라 언덕을 내려오며 잡목에 스친 상처가 아려왔으나 그런 것을 신경을 쓸 여력이 없었다.

타타타탁!

정신없이 뛰기 시작했다. 전부터 봐둔 지름길을 가로지르며 복면인들의 추격을 따돌리기 시작했다. 이미 오래전부터 놀러 나올 때 가문의 식구들과 숨바꼭질을 해오면서 단련된 것이 있었기에 백무는 쫓아오는 복면인들의 추격을 간신히 피할 수 있었다.

"헉! 헉!"
습기를 머금은 강바람에 흔들리는 갈대밭이 멀리 보였다.
"조금만 더 가면 살 수 있다."
갈대밭을 향해 정신없이 뛰었다. 갈대밭에 들어가야만 몸을 숨길 수 있었기에 많이 지쳤음에도 필사적으로 뛰었다.
무가의 자식이라고는 하지만 백무의 나이 이제 겨우 열다섯이었다. 또한 내공 수련을 못하게 하는 아버지의 알 수 없는 행동에 실망한 이후로는 노는 것에 정신이 팔려 있었다. 무공 수련을 게을리한 백무로서는 요하까지 가는 길은 가시밭길이나 마찬가지였다. 온통 찢기고 흙투성이가 된 옷만 보아도 얼마나 험한 길을 달려왔는지 짐작할 수 있었다.
"헉! 허… 억!! 젠장할!"
연신 숨을 헐떡거리며 요하 근처의 갈대밭을 향해 달려가는 백무는 얼마 있지 않아 자신이 잡힐 것을 짐작했다. 멀리서 자신을 쫓아오는 자들의 기척이 들리기 시작한 것이다.
"헉… 헉! 수린이가 도망칠 시간을 벌려면 더 끌어야 하는데. 젠장할! 힘이 점점 빠져 가니……."

백가장에서 요하로 향하는 길을 백무만큼 잘 아는 이도 드물었다. 무공을 연마하기 싫으면 언제나 개구멍을 통해 요하 쪽으로 도망치던 버릇이 있었기에 누구보다 지름길을 잘 알았던 것이다. 하지만 지름길로 복면인들의 추적을 피하는 것도 이제 끝이 난 것이다.

"헉! 헉! 지금쯤이면 배가 떠날 때가 되었다. 한 대인만 만난다면 분명 살 수 있다. 개새끼들, 두고 보자. 감히 우리 집을 넘봐?"

백무는 자신이 알고 있는 조선의 상인을 찾아가고 있었다. 밀무역을 하고 있지만 보통의 상인들과는 달리 자신의 아버지인 백찬웅도 무시하지 못할 무공을 가진 사람이었다. 한 대인이라면 자신의 어려움을 해소해 줄 것이 분명했다.

돌아가신 아버지 얘기로는 한 대인은 누구 못지않은 고수였다. 아버지도 감당하지 못할지도 모른다고 했으니 그것은 틀림없는 사실일 것이 분명했다. 요동 일대에서 도(刀) 하나로 자수성가한 아버지가 그렇게 자신없어 하는 표정은 본 적이 없었기 때문이다.

한 대인에게 부탁해 무공을 배울 작정이었다. 내공만 익힐 수 있다면 가문을 혈겁으로 몰아넣은 자들에게 어떻게든 복수할 자신이 있었다.

"으드득! 혹산의 괴룡이 어떤 놈인지 꼭 보여주도록 하마! 이곳을 빠져나가면 수린이를 찾고, 반드시 네놈들의 사지를 갈가리 찢어줄 것이다. 평생이 걸릴지라도 한 놈 한 놈의 뼈를 갈아 마실 것이다.”

이번에 살아남는다면 어떻게든 복수할 것이라 다짐했다. 아버지에 대한 불만으로 인해 사고만 쳐온 자신이다. 거칠기로 유명한 흑산의 뒷골목에서 싸움으로 잔뼈가 굵어왔기에 복수할 자신이 있었던 것이다.

第二章 날개가 꺾인 백무(栢楙)

九劈雷雲

흑산은 웬만한 무림인들도 고개를 흔들 정도로 텃세가 알아주는 곳이었다. 끊임없이 비적들이 출몰하고 왜구가 몰려들어 노략질을 해온 탓에 사람들이 매우 거칠었던 것이다.

또한 여진족과의 전쟁에 동원된 낭인들이 몰려든 탓에 숨은 강자들이 많았다. 그로 인해 웬만한 건달패나 무인들도 이름을 내밀기 어려운 곳이 바로 흑산이었다.

대부분의 흑산 건달패들은 적이라고 판단되면 죽음을 두려워하지 않고 죽기 살기로 덤벼들었다. 건달패들이라고는 하지만 병영에서 전해진 무예들을 일부나마 습득하고 있었기에 무림인들이라고 하더라도 상대하는 것이 만만치 않았다.

유명한 무림방파의 제자라도 흑산에서 거들먹거리다가는 자칫 쥐도 새도 모르게 목숨을 잃을 수도 있는 곳이 바로 흑산이었다.

그런 흑산에서 백무는 자신의 나이 열다섯에 이미 건달패 중에서는 거의 상대할 자가 없을 정도로 거칠게 생활해 왔다. 아버지에 대한 반항으로 시작된 것이지만 흑산괴룡이라 불릴 만큼 독한 구석이 있었던 것이다.

'개새끼들, 벌써 쫓아왔구나. 빨리 숨어야 한다.'

요하가 가까운 갈대밭에 이르자 백무는 신형을 갈대 숲으로 감췄다. 어느새 복면인 일행이 자신의 뒤를 쫓아온 것이다.

"그 새끼가 이곳으로 도망친 것이 분명하다! 어서 찾아라! 어서!!"

백무를 찾기 위한 것인지 횃불이 곳곳에서 일렁였다.

'죽은 듯이 있어야 한다. 쥐 죽은 듯이……'

백무는 어리석지 않았다. 집에서 도망 나와 흑산에서 노는 동안 상대가 강하면 숙여야 한다는 것을 몸으로 체득해 알고 있었다. 상대가 강하다면 자신을 죽이고 기회를 기다려야 한다는 것을 경험으로 알고 있었던 것이다.

당장이라도 뛰쳐나가 아버지의 복수를 해야 했지만 그럴 때가 아니었다. 일단은 살아서 가문을 혈겁으로 몰아넣은 자들에게 복수할 기회를 기다려야 하는 것이다.

어두운 갈대밭을 조심스럽게 기어가며 복면인들에게 들키지 않으려 최대한 기척을 죽였다. 이마로 땀이 비 오듯 흘러내렸지만 침착하게 소리없이 강 쪽으로 움직였다.

'조… 금만 더 가면 요하가 나온다.'

ㅂ-스락!

'이런!!'

요하 쪽으로 기어가는데 앞에 누군가가 있었다. 갈대가 스치는 소리가 귓가에 들려온 것이다. 자신을 추적하는 자들 중 하나 같았다.

앞에 있는 자는 조용한 움직임으로 주변을 수색하고 있었다. 다른 곳으로 돌아갈 수도 없었다. 이미 요하로 너무 가까이 와 있었던 것이다. 돌아가는 순간 들킬 확률이 높았다. 일단 앞에서 수색하는 자를 처리해야만 벗어날 길이 열릴 것이다.

'으… 음, 다른 놈들에게 소리가 들리지 않게 저자를 처리해야 한다. 그래야 살 수 있다.'

앞에 있는 자를 해치우다 소리가 나면 추적하는 자들이 모두 몰려들 것이 분명했다. 그러면 빠져나가는 것은 불가능하다. 빠르게 한 번에 끝내야 했다. 백무는 긴장하며 최대한 기척을 죽이고 갈대 숲에 몸을 숨겼다.

맨손이다. 그동안 아버지의 강요로 수련해 온 이류 권법 하나가 전부였다. 하지만 기습을 할 수 있다면 자신을 가로막고 있는 복면인을 충분히 처치할 수 있다고 생각했다.

낮에 흑염도를 쓰러뜨린 것이 자신감이 되었다. 수련할 때와 마찬가지로 침착하게 숨을 죽였다. 긴장한다면 제 실력을 다 발휘할 수 없다는 것을 잘 알고 있기 때문이다.

'단숨에 숨을 틀어막아야 한다.'

복면을 한 채 눈을 번득이는 추적자가 한눈에 들어왔다.

팟!

픽!

'컥!'

앞으로 뛰쳐나가며 내지른 정권이 복면인의 목을 향해 정통으로 들어갔다. 답답한 비명 소리가 그의 입에서 흘러나왔으나 그리 크지는 않았다.

공격을 허용한 자는 흑염도에 비할 바가 아니었다. 목에 강한 충격이 있었지만 어느새 정신을 차린 것인지 반격을 시도하려 했다. 다급한 마음이 들자 빠르게 옆으로 돌며 복면인의 목을 팔뚝으로 틀어 감쌌다.

우드드득!

생각할 겨를도 없었다. 복면인이 소리를 지른다면 곧바로 죽음으로 이어지기에 필사적이었다. 목을 감싸 조이자 복면인의 목뼈가 허무하게 부러져 나갔다.

복면인의 목뼈를 부러뜨리고도 한참을 가만히 있었다. 태어나서 처음으로 사람을 죽인 탓이었다. 심장이 터질 것 같았다. 빠르게 휘도는 피가 전신을 맴돌았다.

'제길!!'

복면인을 처리하느라 기척을 흘린 것인지 멀어져 가던 횃불이 다시금 자신을 향해 오는 것이 보였다. 조용히 복면인의 신형을 갈대밭에 뉘였다.

다시금 요하를 향해 엎드려 기기 시작했다. 숨을 죽인 채 최대한 기척을 죽이며 한참을 기었다. 그리 멀리 가지는 못했지만 성과는 있었다. 다행히 추적자들은 죽은 복면인과 자신의 흔적을 아직까지 발견하지 못한 듯했다.

'저기구나. 이젠 살았다. 두고 보자!!'

희미한 어둠 속에서 멀리 지나가는 배가 보였다. 분명 오늘 밤 요하를 건너기로 한 한 대인의 밀수선이 분명했다. 긴 거리를 숨죽이며 지나온 탓인지 온몸에 땀이 흥건했다.

퐁!

갈대 숲을 나서면서 소리가 나지 않도록 허리를 굽힌 채 조심스럽게 차가운 요하에 발을 디뎠다. 미세한 소리와 함께 요하의 물줄기는 백무의 발을 맞이했다.

휘이익!

"요놈의 새끼!"

파공성과 함께 누군가 백무의 뒷덜미를 낚아챘다.

"어어!!"

휘이익!

신형이 허공으로 치솟았다. 백무를 잡은 복면인이 어깨를 잡아채며 갈대밭으로 내던진 것이었다.

털썩!

"으윽!"

허공을 돌아 떨어져 내리는 신형으로 인해 꺾어지는 갈대들이 비명을 질렀다. 신음을 흘리며 고통에 신형을 뒤트는 백무의 머리 위로 검은 그림자가 비쳤다.

"쥐새끼 같은 놈이 잘도 여기까지 도망쳐 왔군."

"크… 으! 네놈들은 누구냐?"

"죽을 놈이 그것은 알아서 뭐 하려고. 크크! 네놈 때문에 이 어르신이 이 고생을 했으니 죽이기 전에 그 대가를 받아내야겠다. 크크크!"

복면인은 웃으며 백무에게 다가왔다.

우드드득!

쓰러져 있는 백무의 왼팔이 복면인에 의해 뒤로 백팔십도 꺾어졌다.

"으아아악!! 개… 새끼! 주… 죽여라."

"크크! 이 정도 가지고 비명이라니. 그리고 쉽게 죽일 수야 없지."

우드득!

이번에는 오른팔이었다. 쥐를 가지고 노는 고양이처럼 복면인은 장난스러운 말과 함께 백무의 두 팔을 무참히 뒤로 꺾어버렸다.

"크… 아아악! 으… 으!"

닭의 날개를 잡아 비틀 듯 두 손이 완전히 어깨까지 꺾이자 처절한 비명이 터져 나왔다.

"크크!! 이번에는 네놈의 양다리다. 다시는 도망치지 못하도록 완전히 부숴주마!"

번들거리는 복면인의 두 눈엔 희열이 흐르고 있었다. 마치 오래된 원한을 푸는 듯 그는 사정없이 백무의 다리를 밟았다.

우지직!

양팔이 꺾인 고통으로 인해 숨을 헐떡이는 백무의 오른발을 복면인의 발이 무참히 짓밟았다. 뼈가 부러지며 백무의 전신으로 다시금 고통이 찾아들었다.

"크… 어어억!"

뼈가 부서지고 근육이 파열되자 다리를 타고 올라오는 고통에 눈이 뒤집히며 온몸의 근육이 가늘게 떨렸다. 얼마나 고절한 솜씨였는지 외상은 하나도 없었지만 어느새 다리는 푸르스름하게 부풀어 오르고 있었다.

"크크크!"

우지지직!

복면인은 고통에 못 이겨 벌레처럼 꿈틀거리는 백무의 왼

발도 짓밟았다.

“크… 으윽! 끄… 으윽!”

고통에 숨이 넘어가기 직전이었다.

“후후! 잠시만 그렇게 있어라. 조금 있으면 목숨을 끊어줄 테니. 그때까지는 날 고생시킨 대가를 조금이라도 치러야 할 것이다. 크크!”

참으로 잔인하기 그지없는 손속이었다. 아직 다 자라지 않은 아이에게 복면인은 아무런 거리낌 없이 잔혹하게 손을 쓰고 있었다.

신음을 흘리며 꿈틀거리는 모습을 바라보고 있는 복면인의 눈빛은 희열에 들떠 있었다. 가학적인 쾌감을 즐기는 듯했다.

‘개… 개새… 끼! 네… 놈을 언… 젠가……’

고통 속에서도 복면인의 목소리를 기억하려 애썼다. 들어본 적이 있는 목소리였기 때문이다. 양팔이 꺾기고 두 다리의 종아리 부근의 뼈가 완전히 박살났지만 각인하듯 목소리를 기억하려 애썼다.

‘크… 으으! 모두 죽인다. 본… 가의 혈겁과 관련된 놈… 들은 모두……. 그… 리고 네… 놈도……. 으… 으! 끄윽!’

밀려오는 고통에 못 이겨 결국 정신을 잃었다. 자신이 감당할 만한 고통의 한계를 넘어섰기 때문이다.

“후후! 기절한 것을 보니 이제 끝낼 때가 되었군. 이로써 백가의 뿌리는 완전히 끊긴 것인가? 계집아이야 살아 있어도 그만이고. 크크!"

백무가 정신을 잃자 복면인은 손을 치켜들었다. 이제 고통 속에 발버둥치는 백무를 보며 즐기는 것은 그만두고 숨을 끊으려 하는 것이다.

"멈춰라!"

슈슈슉!!

백무의 사혈로 다가들던 복면인의 손은 멈출 수밖에 없었다. 파공성과 함께 강렬한 예기가 그를 향해 다가왔기 때문이다.

"차앗!"

복면인은 자신에게 다가오는 예기를 향해 힘차게 장력을 뿜어냈다.

퍼퍼펑!!

예기를 흘리며 날아오던 갈대는 폭음과 함께 완전히 부서지며 주변으로 비산했다.

턱!

누군가 백무가 쓰러져 있는 곳에 내려섰다. 중원인과는 완전히 다른 복색을 하고 있었다. 복면인의 손속을 저지하며 나타난 이는 백무가 찾고자 했던 한규민이라는 조선의 밀무역상이었다.

한규민은 자신이 날린 갈대를 피해낸 복면인을 노려보고

있었다.

"이렇듯 잔혹한 손속을 베풀다니 상종 못할 놈이로구나."

백무의 모습을 힐끔 본 중년인은 복면인을 향해 분노에 찬 눈빛을 보냈다. 사위가 칠흑 같은 어두운 밤이었지만 한눈에 들어오는 백무의 얼굴이다.

단순하게 안면만 아는 것이 아닌, 자신에게 은혜를 베푼 이의 자식이었기에 그의 분노는 극에 달했다.

"후후!! 괜한 봉변을 당하기 전에 어서 물러나라. 그렇지 않으면 이 자리가 네 무덤이 될 것이다."

예사롭지 않은 기운을 느낀 복면인은 한규민을 향해 물러날 것을 권했다. 그렇지 않으면 일전을 불사할 것임이 분명했다. 말이 권유지 협박이나 다름없었다.

"흥!"

한규민은 코웃음을 친 후 떠오르듯 빠르게 복면인을 향해 달려들었다. 복면인을 향해 달려가는 그의 다리가 바람처럼 앞으로 뻗어졌다.

흔들리는 듯 그의 다리가 세 개로 불어나며 복면인을 강하게 압박했다. 그가 익힌 절학 중 하나인 탄공신(彈空身)이었다. 신형이 마치 공처럼 튀어나가며 손과 발을 자유자재로 뻗어낼 수 있는 절기였다.

파파팟!

날아오는 각법이 예사롭지 않음을 느낀 복면인은 빠르게
신형을 피했다. 잔상을 남기며 순식간에 공격 범위에서 사라
진 것이다.

팍!

발끝이 스치는 곳의 갈대들이 한 줌 먼지로 부서져 내렸다.

"차앗!"

풍차처럼 휘돌며 복면인이 피한 방향으로 한규민의 다리
가 다시금 날아들었다.

"어엇!!"

직각으로 꺾어지며 신형을 날리는 한규민의 신법에 복면
인은 손을 들어 쏟아지는 발길질을 쳐냈다.

파… 파파파… 팡!

눈부시게 쏟아지는 발길질을 막아내는 복면인의 수법 또
한 예사로운 것이 아니었다. 하지만 강력한 경력을 담은 예
상치 못한 공격에 당황한 듯 복면인은 한규민의 공격을 손
으로 막아내며 연신 뒤로 물러섰다. 공격을 피했다고 생각
했건만 어느 사이엔가 따라붙어 다시금 공격을 해댔기 때문
이다.

휘이익!

파… 파… 파파팡!

한 번의 발길질에 다섯 번의 연환격이 다시금 이어졌다. 단
한 번도 바닥에 발이 닿지 않고 공격해 대는 한규민의 각법은

신기에 가까운 것이었다. 허초인지 실초인지 구분 못할 만큼 강력한 각법에 복면인은 어쩔 수 없이 연신 뒤로 물러나야만 했다.

"으… 음!"

복면인의 눈이 일순 긴장으로 물들었다. 본신의 진실한 실력을 꺼낸다면 모를까 지금의 자신으로서는 상대할 수 있는 자가 아니었던 것이다. 단 세 번의 움직임으로 자신을 이토록 궁지에 몰아넣을 수 있는 고수는 당금 무림에 몇 되지 않기에 복면인의 놀라움은 컸다.

'크으! 백가의 자식놈들만 있을 줄 알고 혼자 온 것이 실수다. 수하들만 같이 있었다면 어떻게 해볼 수 있을 터인데.'

욕심이 화근이었다. 욕심만 부리지 않았다면 이리 곤욕을 치르진 않았을 터이다.

'제길!! 아직은 완성되지 않은 것이지만 어쩔 수 없지. 저놈도 문제지만 일단 저 꼬마 놈부터 처리해야 되니까. 청동마수라면 저놈도 어쩔 수 없을 것이다.'

복면인은 자신의 왼손을 슬며시 뒤로 보냈다. 아직은 완성되지 않은 것이지만 자신이 준비한 회심의 일 초라면 중년인을 물러나게 하고 백무의 숨통을 끊을 수 있을 것 같았기 때문이다.

"차앗!"

복면인이 손을 뻗자 푸르스름한 잔광이 그의 손에서 뻗어나왔다.

쐐애액!

갓난아이의 주먹만 한 크기의 암기 같은 것이 파공음을 내며 허공을 날았다. 청록색의 손바닥을 활짝 편 것 같은 기이한 암기가 가느다란 쇠사슬에 매달려 한규민에게 날아들었다.

"차앗!!"

위기를 느낀 듯 그의 손이 검은색으로 물들며 날아오는 암기를 쳐냈다. 손을 강철보다 단단하게 만드는 철사장의 일종인 철환수(鐵丸手)였다.

쾅!!

암기에 강력한 경력이 담겨 있는 듯 손바닥과 부딪치자 폭음이 사방으로 울려 퍼졌다.

"으… 윽!"

암기에서 발해지는 기이한 경력에 신음을 삼켰다. 팔을 타고 올라와 내부를 진탕시키고 있었던 것이다.

타타탁!

복면인의 추가 공격을 피해 연신 뒤로 물러나며 암기에서 발해지는 기이한 경력을 해소해 나갔다.

"이럴 수가!!"

청동마수(靑銅魔手)의 마기를 해소하는 것을 보고 복면인이 경호성(驚號聲)을 발했다.

핏!!

복면인은 상황이 여의치 않음을 느끼고 백무를 향해 지풍을 날렸다.

퍽!!

한규민은 암기에서 흘러나오는 경력을 해소하느라 복면인이 백무를 향해 지풍을 뻗어내는 것을 보지 못했다.

"크… 억!"

지풍이 척추를 파고들자 비명과 함께 백무의 몸이 한 치가량 튀어 올랐다. 비명 소리에 한규민은 화급히 백무를 쳐다보았다. 아직까지 몸속을 파고드는 기이한 경력을 해소하지 못했지만 백무의 안위가 걱정되었던 것이다.

파파팟!!

복면인의 신형이 장내에서 사라졌다. 암기에서 뻗어지던 기이한 경력을 완전히 해소한 한규민은 복면인의 신형을 찾았다. 하지만 이미 자리를 완전히 벗어나고 없었다. 청동마수라 불리는 기이한 암기를 날려 자신을 뒤로 물러나게 한 후 지풍으로 백무의 척추를 끊고는 이미 자리를 벗어난 후였다.

"크크크! 이만 떠나겠다. 오늘은 시간이 없어 이만 간다만 다음에 만나면 각오하는 것이 좋을 것이야."

빠른 속도로 멀어지며 복면인의 음성이 귓가로 들려왔다.

"죽일 놈!! 놈을 경시한 것이 실수로구나. 그나저나 백무는……?"

이미 놓쳤음을 깨닫고 쓰러져 있는 백무를 향해 달려갔다. 그러나 때는 이미 늦은 후였다.

"이 아이에게 무슨 원한이 있기에 이토록 잔혹하게 손을 쓴 것인가. 그나저나 큰일이로군. 빨리 손을 쓰지 않으면 생명이 위태롭다."

휘이익!

한규민은 백무를 들쳐 안고는 신형을 띄웠다. 그는 갈대 숲으로 다가오는 배 위로 떨어져 내렸다. 삼 장여가 넘는 거리를 아이를 안고 건너뛴 것이다. 절정고수라도 흉내 낼 수 없는 고절한 경신법이었다.

백무를 안고 허공을 날아 배에 내린 후 한규민은 다급히 상세를 살폈다.

"큰일이로군."

"무슨 일이십니까, 주인님?"

선실 안에서 나온 것인지 머리가 희끗한 노인이 한규민과 백무를 번갈아 바라보며 물었다. 노인은 한규민의 손에 안겨다 죽어가는 백무의 모습에 인상을 찌푸렸다.

"궁노(穹老)가 한번 봐보게."

"아니, 이 아이는?"

백무를 살피던 궁노는 놀라움을 금치 못했다. 흑산 일대는 물론 요녕에서 알아주는 백가장의 장손이 거의 다 죽어가는 모습이었기 때문이다.

"그렇네. 백가장의 아이일세."

한규민이 물러나자 궁노라 불린 노인은 재빨리 백무의 상세를 살피기 시작했다.

"으… 음!"

신음이 궁노의 입에서 흘러나왔다. 예상보다 심각한 상세 때문이었다.

"어떤가?"

"주인님, 죽지 않은 것이 용한 지경입니다. 어깨뼈는 모두 탈골되었고, 연골과 양팔의 근육마저 모두 파열됐습니다. 더욱 심각한 것은 양다리인데, 뼈가 으스러지고 근맥마저 모두 손상당했습니다. 그리고 명문혈로 스며든 한기에 척추의 신경이 모두 얼어버렸고, 지금도 혈맥을 따라 계속 침습하고 있는 상태입니다."

"어찌하면 좋겠는가?"

"제일 급한 것은 척추에 스며든 한기입니다. 하지만 아시다시피 제 내공이 음한 계열이라 저로서는 한기를 몰아내기 위해 이 아이에게 진기를 주입할 수가 없습니다."

"으음, 그렇군."

"다행히 명문혈로 주입된 한기는 주인님의 내공으로 모두 몰아낼 수 있겠으나 이미 신경이 많이 손상되어 있어 상세를 치유한다 하더라도 평생 이렇게 누워 있어야 할 겁니다.”

“역시 내가 본 것과 다르지 않군.”

한규민은 궁노라 불린 노인의 말을 듣고는 자신의 판단이 틀리지 않았음을 확인했다. 사람의 인체나 의술에 있어서는 궁노가 자신보다 나았기 때문이다.

“궁노, 일단 상황이 급하니 이 아이에게 침습한 한기부터 몰아내고 다른 상세를 살펴야겠네. 호법을 서주시게.”

“알겠습니다, 주인님.”

사지의 상처보다 척추를 파고든 기운이 더욱 큰 문제였다. 자칫 시간이 늦으면 목숨을 잃을 확률이 컸다. 궁노가 호법을 서는 가운데 중년인은 빠르게 손을 놀리기 시작했다.

타… 타… 타타타!

한규민은 백무의 등 어림을 타혈하기 시작했다. 진기를 주입해 백무의 등을 어루만지는 그의 손이 붉게 물들어 있었다. 양화(陽火)의 기운을 담은 진기를 실었기 때문이다.

추궁과혈은 일각이 넘게 지속되었다. 한기가 침습해 푸른 기운이 가득했던 백무의 등은 한규민의 손놀림에 얼마 안 있어 서서히 제 색깔을 찾아갔다.

“어떻게 할 작정이십니까?”

이제 급한 불은 끈 탓에 궁노는 백무를 어떻게 할 것인지 물었다. 궁노는 시비에 휘말려서 좋을 것이 없다는 눈빛이었다. 그들은 지금 중요한 여정을 앞두고 있었기에 자칫 시비에 휘말린다면 일에 차질이 있을까 염려되었던 것이다.

"내 사정이 아무리 급하다고 해도 그냥 지나칠 수야 없지. 우선 궁노는 백가장에서 무슨 일이 일어난 것인지 한번 알아봐 주게. 배는 요하 끝에 머물고 있을 터이니 제반 사정을 알아본 후 그리로 오게."

"알겠습니다, 주인님."

휘이익!

궁노라 불리는 노인은 대답을 한 후 신형을 날렸다. 쓸데없는 시비에 휘말리면 시간이 늦어질지라도 그는 한규민의 말을 거역할 수 없었다. 한번 결심한 일은 절대로 바꾸지 않는 성정을 아는 탓이다.

궁노도 한규민만큼이나 고절한 고수인지 강변에 있는 갈대를 발로 차며 요하를 벗어났다. 갈대 끝이 휘었다가 다시 제자리를 찾는 모습이 초상비의 경공이었다.

"제발 큰일은 없어야 할 텐데……."

궁노가 사라지는 모습을 보며 한규민은 침음성을 삼켰다. 백가장에 음으로 양으로 신세를 많이 진 탓이었다.

한규민은 조선과 명의 밀무역에서 누만금의 거금을 틀어쥔 자로 요녕성에서 활동하는 동안 백가장의 도움을 받은 사람이었다. 처음 인연을 맺을 때는 생명을 구원받은 적도 있었다.

그는 백가장의 소장주인 백무가 이런 모습을 하고 있는 것을 보면서 백가장이 이미 멸문했을지도 모른다는 생각이 들었다. 자신과 대적한 자도 그렇고, 백가장의 위세가 제법 유명한 데도 불구하고 이런 변을 당했다면 분명 예삿일이 아니었다.

한규민은 백가장의 장주인 천섬일도(天閃一刀) 백찬웅이 요녕성 십대고수 중 한 사람이었기에 혹시나 하는 한가닥 기대를 걸고 있었지만, 그것은 그저 자신의 기대일 뿐이라는 것을 알고 있었다.

백가장의 모든 전각이 화마에 휩싸여 불타오르고 있었다. 붉은 화마가 넘실거리는 백가장을 복면인들이 포위하고 있었다. 혹시나 불을 피해 빠져나오는 자들이 있을지 몰라서였다.

휘이이익!

장검을 비껴 차고 타오르는 전각을 바라보는 무리의 곁으로 누군가 다가왔다. 백무를 쫓았던 복면인이다.

"어떻게 됐느냐?"

자신이 찾고자 하는 것의 행방도 문제이긴 하지만 백가장의 맥을 끊는 것도 중요한 일이었다. 혈겁을 주도했던 그는 백무를 쫓았던 자가 돌아오자 어떻게 됐는지부터 물었다.

"그것이……."

“일이 잘못된 것인가?”

추궁하는 빛이 역력했다. 삭초제근하지 못하면 언제나 후환을 남긴다는 것을 잘 알기 때문이다.

“백가의 자식놈을 도와주는 자가 있었습니다.”

“도와주는 자가 있다고? 백가장을 도울 세력은 이미 다 차단했지 않느냐? 그럼 백가의 자식놈은 어떻게 했느냐?”

방수가 있었다는 말에 염려스러웠다. 모든 것이 비밀리에 끝나야 했기 때문이다. 혹시나 백무를 놓친 것이 아닌지 염려스러운 목소리였다.

“걱정하지 마십시오. 놈은 저희의 정체에 대해서는 아무것도 모를 겁니다. 상당한 고수라 놈을 어떻게 할 수는 없었지만 백가의 아들놈은 완벽히 처리했습니다. 영악한 놈이라 요하까지 도망을 갔지만 놈을 잡아 양다리의 근맥과 뼈를 으스러뜨리고, 양팔의 근맥 또한 모조리 틀어놓았습니다. 또한 명문혈에 소골음지(燒骨陰指)를 맞았으니 살지는 못할 것입니다. 만약 살아난다 하더라도 평생을 자리에 누워 있어야 할 것입니다. 숨이 끊어지는 것을 확인해야 했지만 방해를 한 놈이 뛰어난 고수라 행여 일을 그르칠까 하여 돌아왔습니다. 만약 그놈에게 물건이 있다고 해도 사용하지는 못할 겁니다.”

“으음! 그 정도면 화근은 제거한 셈이군. 그런데 자네를 당혹케 할 정도로 뛰어난 고수라니 어서 이곳도 정리해야겠군.

우리의 정체가 아직은 밝혀지면 안 되니 말이야. 그래, 백가
놈의 딸년은 찾았나?"

방해하는 자를 상대하는 것이 불가항력이지는 않았겠지만
전력의 손실을 바라지 않는 그였다. 보고하는 자의 무위를 보
았을 때 자신이라도 쉽게 상대할 수 있는 자가 아님을 직감한
것이다.

백무를 쫓았던 복면인을 방해했다는 자가 궁금했지만 일
단 의문을 접었다. 백가장의 일을 처리하는 것이 우선이었다.
증거가 남지 않도록 철저히 말살시켜야만 했다.

그리고 그것은 나중에 알아보아도 되는 일. 그보다는 백가
장에서 살아남은 백찬웅의 자식 중 하나인 수린의 행방이 더
욱 궁금했다.

"아직입니다. 타고 있는 전각 속에서 빠져나가지 못한 것
이 분명합니다. 바깥으로는 행적이 전혀 나타나지 않았습니
다. 아들놈과 함께 있었던 것도 아니고 말입니다."

좌측에 시립해 있던 자가 불길 속에서 빠져나오지 못했음
을 고했다. 복면인은 고개를 끄덕였다. 수하의 말대로 철저
한 말살을 기본으로 하는 이번 작전에서 살아남은 자는 없었
다.

"으음! 이곳을 샅샅이 수색해 봤지만 살아남은 자는 없는
것 같다. 모든 전각을 남김없이 불질렀으니 지금 즈음이면 숨
어 있었더라도 살아남지 못했을 것이다. 이제 시간이 얼마 없

으니 백가장에서 철수한다. 화재가 난 것을 보고 관군이 곧 몰려올 것이다."

"알겠습니다, 대주!"

"이곳에 남아 있는 흔적을 모두 지운다. 우리가 이곳을 쳤다는 흔적이 남지 않도록 철저히 지워야 할 것이다."

대주라 불린 자는 백가장에서 자신들의 행적을 모두 지우도록 명했다. 행여 흔적이 남기라도 한다면 앞으로의 행보에 지장이 있을 것이 분명했기 때문이다.

"모두들 대주의 말씀을 들었을 것이다. 이제부터 흔적을 지운다. 어서!!"

명령을 받은 복면인은 수하들과 함께 장원 곳곳에 남아 있는 흔적을 지우기 시작했다. 붉은 선혈 속에 누운 백가장의 식솔들이 한곳에 모아졌다. 자신들의 독문 무공의 흔적이 남아 있는 시체들을 처리하기 위해서였다. 한곳에 다 모인 시체들은 타오르는 청운각 속으로 모두 던져졌다. 밤하늘을 가르고 솟아오르는 불길이 모든 흔적을 지울 터이다.

"다친 자들을 먼저 이동시켜라!"

대주라 불린 자는 백가장의 사람들과 싸우다 부상을 당한 수하들은 빠르게 자신들의 본거지로 이송시켰다. 내공을 상실시키는 무량액을 썼음에도 생각지 않은 피해가 생겼던 것이다.

요동 인근에서 성장한 중소 무림문파 중 가장 성세가 높았다는 백가장은 이름값을 했던 것이다.

"남아 있는 흔적은 모두 지웠나?"

"백가장의 모든 전각에 불을 지르고 시체도 모두 처리했습니다."

"좋다. 신속히 이곳을 떠난다."

"알겠습니다, 대주!"

백가장이 외딴 곳에 떨어져 있다고 해도 이런 불길이라면 멀리서도 보일 것이기에 그들은 빠른 속도로 백가장에서 철수하기 시작했다. 사람들이 몰려와서 좋을 것이 없기 때문이었다.

'으… 음! 이곳에도 없다. 들어온 정보로는 그 물건이 백가장에 있는 것이 확실하건만, 그 어디에서도 찾을 수 없다니……. 눈엣가시 같던 백찬웅을 없앤 것만으로 만족해야 하는 것인가? 그나저나 큰일이로군. 분명 난리를 칠 터인데…….'

백가장주와의 대결시에도 물건에 대해 은근히 흘려봤지만 전혀 모르는 것 같았다. 이번에는 반드시 찾을 것이라 생각하고 백가장을 급습했는 데도 불구하고 얻은 것이 하나도 없었던 것이다.

'놈들이 원하는 것을 얻지는 못했지만 요동 지역에서 무가의 싹을 자르는 소기의 목적은 달성했다. 이 정도로 만족해야지. 그나저나 부대주의 일을 방해한 자가 맘에 걸리는군. 워낙 음흉한 부대주라 본신의 무공도 만만치 않을 터인데…….
하지만 백가의 자식이 소골음지를 맞았으니 살기는 어려울
터, 빨리 돌아가서 다음 일을 기약해야겠다.'

대주라 불린 자는 예상치 못한 실패에 씁쓸한 웃음을 흘리
며 백가장을 떠났다. 그의 수하들 또한 백가장에 남은 흔적을
남김없이 지우고는 빠른 속도로 그의 뒤를 따랐다.

파파팟!

백가장을 나서 달려가는 그들의 모습은 상당한 실력들을
소유한 듯 무척이나 빨랐다. 선두에 선 복면인들의 수장이 달
리는 속도에 박차를 가했다. 뒤를 따르는 자들도 수장을 따라
빠른 속도로 경공을 발휘해 남쪽으로 향했다. 그들의 모습은
순식간에 흔적도 없이 사라졌다.

살겁을 일으킨 복면인들이 사라지고 어느새 날이 밝아오
고 있었다. 백가장의 일을 알아보러 궁노를 보내기는 했지만
한규민은 불안한 마음을 감출 수 없었다.

한규민은 뱃전에서 궁노가 오기를 기다리다 좀체 그가 돌
아오지 않자 선실로 돌아왔다. 선실 안에는 식은땀을 쏟아내
며 괴로운 듯 신음을 흘리는 백무가 누워 있었다.

"만일 백가장마저 완전히 멸문했다면 저 아이에게는 너무
도 가혹한 일이다."

되돌려 놓기는 했지만 이미 양팔의 근맥과 관절이 완전히

꺾여 움직일 수 없는 상태였고, 다리는 다시는 걸을 수 없을 만큼 망가져 있었다. 뼈가 완전히 으스러져 버린 것이다.

"으음! 궁노가 오려면 시간이 좀 있어야 할 것 같으니 그동안 이 아이의 상세나 돌보아야겠다. 내 힘이 닿는 데까지 어느 정도 상세를 진정시켜 놔야 그나마 나중에 살아가는 데 조금이나마 도움이 될 터이니."

궁노의 말대로 백무는 살아 있어도 산 목숨이 아니었다. 평생을 자리에 누워 있어야 할 만큼 중상이었다. 한규민은 백무의 상세를 치료하기 시작했다.

비록 정상적인 생활은 못하겠지만 상처가 썩는 것은 막아야 했기 때문이다.

한규민은 내기를 이용해 어느 정도 뼈를 모은 후 양다리와 팔에 부목을 댄 후 통증을 제거할 수 있도록 자신이 가지고 다니는 고약을 붙였다. 검은 고약이 피부를 덮을 때마다 신음소리와 함께 백무의 몸이 가늘게 떨렸다. 의식을 잃은 상태에서도 무척이나 고통스러운 모양이었다.

"휴우! 이제 어느 정도 끝났군. 하지만 근골이 완전히 상해 버렸다. 그나마 이 아이의 정신력이 강해서 그렇지, 안 그랬다면 벌써 숨이 끊어졌을 것이다. 설사 대라신선이 살아온다고 해도 온전한 사람 구실을 하긴 그른 것 같으니……."

두 시진이 넘는 동안의 치료를 끝낸 한규민은 안쓰러운 눈빛으로 백무를 쳐다보았다. 어려서부터 총명한 눈을 가지고 있었기에 기대를 했건만, 이제는 날개가 꺾여 버린 새와 다르지 않았기 때문이다.

"미안하구나. 내가 가진 혈오(血鳥)를 쓰면 네 몸도 어느 정도 호전될 수는 있겠지만 정상으로 돌아온다는 보장은 없다. 그리고 혈오는 내 염원을 위해서라도 반드시 필요한 것이니 너에게 쓸 수 없어 미안하구나."

뭔가 고심을 하던 한규민은 고개를 가로저었다. 백무의 상세를 회복시킬 수 있는 혈오라는 영약이 있기는 하지만, 그건 이미 쓰일 데가 정해져 있었기 때문이다. 그것도 자신에게 가장 소중한 존재에게 쓰일 약이었던 것이다.

"미안한 일이지만 어쩔 수 없지. 이 아이의 명운이 이것밖에는 되지를 않으니. 혈오의 피를 복용한다고 해도 상세가 완전히 나아질 수 있는 것도 아니니까."

그는 고개를 저으며 선실을 나섰다. 미련을 털어버리기 위해서였다. 백무를 쳐다보고 있어봐야 마음의 갈등만 가중될 뿐이었다.

궁노가 돌아온 것은 날이 밝고도 한참이 지난 후였다. 이미 황해로 나갈 큰 배로 갈아탄 후 요하의 끝자락에 대기하고 있던 한규민은 배 위로 올라오는 궁노를 볼 수 있었다. 백가장의 일이 심상치 않은 듯 그의 안색은 더할 나위 없이 심각한 상태였다.

"주인님!"

"다녀왔는가?"

"예!"

"그래, 백가장은 어떻던가?"

"예상대로 완전히 멸문당한 것 같습니다. 살아 있는 자가 아무도 없었습니다. 관병들의 말로는 흉수들이 백가장의 식솔들을 모두 도륙한 뒤 시체를 불타는 전각 안에 모두 던져 넣었다 합니다."

"흐음! 흉수에 대해서는 아무것도 알아내지 못한 모양이로군."

"알아내지는 못했지만 근자에 요녕성 인근에서 벌어지고 있는 살풍과 관련이 있는 것 같습니다."

"요녕성 인근에서 벌어지는 살풍? 혹시 흑혈의 겁풍이라는 그 살풍 말인가?"

"그렇습니다. 요 몇 달 사이 백가장과 같이 알 수 없는 흉수들에 의해 멸문한 가문과 문파들이 꽤 됩니다. 그들은 하나같이 중소 무림방파들로, 백가장이 일곱 번째랍니다. 관에서도 흉수를 찾느라 골머리를 앓고 있는 모양입니다."

"완벽히 흔적을 지우는 놈들이라 흉수를 찾기가 쉽지 않다는 말이로군."

"그렇습니다. 이대로는 흉수를 찾는 것도 어렵고, 하니 이만 도(島)로 가보셔야 할 것 같습니다."

“알겠네. 그나저나 저 아이가 큰일이니……..”

“어쩔 수 없는 일입니다. 도(島)로 돌아가 보살필 사람을 붙여주는 것으로도 주인님의 할 일은 다 하시는 겁니다.”

“으음! 어쩔 수 없겠지. 이제는 돌아가야겠네.”

“예, 주인님.”

얼마 후 그들의 배는 요하를 완전히 벗어나 발해만을 지난 후 황해로 접어들었다. 그리고 남쪽으로 기수를 틀어 머나먼 항해를 시작했다.

역풍을 맞으며 남쪽으로 향한 배는 보름여 동안 바다를 항해했다. 배가 남쪽으로 내려갈수록 더워지는 날씨에 한규민과 궁노는 행여 백무의 상세가 덧이 날까 세심한 신경을 썼다.

보름여가 지났지만 백무의 상세는 호전되는 기미가 보이지 않았다. 계속 의식을 잃은 채 잠자듯 선실 안에 누워만 있던 것이다.

긴 항해가 끝났을 무렵, 일행은 후텁지근한 기운이 감도는 섬에 도착할 수 있었다. 중원의 모습과는 확연히 다른 곳이었다. 이국적인 나무와 기후가 중원에서 상당히 멀리 떨어져 있는 곳임을 말해주었다.

섬의 조그마한 포구에 도착하자 배에서 사람들이 내렸다. 그와 함께 상당한 양의 짐도 배에서 내려졌다. 맨 마지막에 배에서 내린 것은 백무였다. 나무로 만들어진 이동이 가능한 간이 침상에 누운 채 배에서 내려졌다.

포구에는 중원인과는 다른 모습의 사람들이 서 있었다. 약간 검은 피부에 자그마한 체구를 가진 이들로 섬에 사는 원주민들이었다. 그들은 한규민의 배에서 내려진 짐들을 등에 지고는 밀림으로 나르기 시작했다.

밀림을 가로지르는 행렬이 길게 이어졌다. 매번 해온 일인 듯 그들은 일상적인 모습으로 짐을 실어 날랐다. 밀림 속으로 조그맣게 나 있는 소로를 따라 한규민의 근거지로 짐을 나르는 것이었다.

"궁노, 날씨가 심상치가 않군."

집을 찾아가는 개미들마냥 일렬로 늘어서 밀림을 가로지르는 일행 위로 어둠이 밀려왔다. 비가 내리려 하는 것이다.

"이제는 우기에 접어들 때라 그런 것 같습니다. 주임님, 좀 더 서둘러야겠군요."

"그렇게 하게. 그리고 그 아이에게는 비가 해로울 수 있으니 준비를 해두게나. 행여 상세가 도지면 더욱 어려울 수도 있으니 말일세."

"염려하지 마십시오. 이미 준비를 해놓았습니다. 지붕을 만들고 비가 들이치지 못하도록 해놨으니 괜찮을 겁니다."

"수고했네. 궁노는 앞으로도 그 아이에게 신경을 좀 써주게나.”

“알겠습니다, 주인님.”

하늘이 점점 어두워져 왔다. 시커먼 먹구름이 중천의 태양을 가린 때문이다.

우… 르르릉!

후두둑!

천둥소리와 함께 검게 물든 하늘에서는 천지를 적시는 듯 장대비가 세차게 내리기 시작했다. 거대한 삼림이 순식간에 비에 젖어들었다. 땀을 흘리듯 나무를 따라 빗줄기가 세차게 흘러내렸다.

“매번 오는 길이지만 비가 오니 더 힘들군.”

“반 시진만 더 가면 되니 조금만 참으십시오, 주인님.”

“알고 있네.”

자신의 터전이 있는 곳이지만 이런 우기 때는 정말 살기 힘든 곳이 바로 이곳이었다. 얼마 안 있어 도착할 마을을 향해 속도를 높였다. 그들의 뒤로는 까무잡잡한 피부에 하의만 걸친 원주민들이 등짐을 지고 뒤따르고 있었다.

“백무가 걱정이니 궁노가 한번 살펴보게. 이곳은 기온이 높고 습하니 자칫 상세가 도질 수도 있네.”

“알겠습니다.”

궁노는 일렬로 줄지어 가는 행렬의 맨 뒤로 갔다. 맨 뒤에는 나무로 만들어진 간이 침상을 두 사람이 들고 오고 있었

다. 빗줄기 속에서도 안에 누워 있는 사람을 보호하려는 듯
배에서 내려질 때와는 달리 너른 나뭇잎으로 지붕이 만들어
져 있었다. 침상 안에는 백무가 죽은 듯 누워 있었다.

"벌써 보름째 의식을 차리지 못하다니……."

궁노는 백무의 다리와 어깨를 살폈다. 죽은피가 피부로 밀
려 나왔는지 붉고 푸르스름한 멍이 가시지 않았다.

"주인님께서 손을 잘 쓰신 탓에 그나마 썩어 들어가지 않
았으니 다행이로군. 그나저나 이 아이의 운명도 고달프겠군.
가문이 멸문당하고 이제는 사지마저 온전하지 못해 움직일
수도 없게 되었으니……."

타타타탁!

궁노는 백무의 혈도를 짚었다. 의식을 잃었지만 주기적으
로 고통에 몸부림치는 것을 막기 위해서였다. 몸이 움직이면
간신히 아물어가는 근혈과 뼈가 다시 다칠 수 있었기에 어쩔
수 없이 행하는 조치였다.

"이만 하면 됐다."

혈도를 짚은 후 백무의 상세를 자세히 살핀 궁노는 어느 정
도 안정을 되찾자 다시 선두로 돌아왔다.

"어떻던가?"

"전과 똑같습니다. 아직 의식을 차리지 못하고 있는 것으
로 봐서는 충격이 상당히 컸던 것 같습니다."

"이상한 일이로군. 비록 천방지축이지만 의지만은 강한 아

이라고 들었는데…….”

“아마도 가문이 혈겁을 당할 때 모든 것을 본 모양입니다. 그리고 독수에 당하면서 상상 이상의 고통을 겪은 탓에 의식이 돌아오지 못하는 것 같습니다.”

“그렇다면 마을로 들어가서 상세를 다시 한 번 살펴야겠군. 비록 사지를 움직이지 못할망정 죽는 것보다는 나으니 말이야. 그리고 기회가 된다면 그녀에게 보일 수도 있고. 모두들 서둘러 길을 재촉하라 이르게.”

한규민은 길을 서둘렀다. 몸이 상한 상태에서 오랫동안 비를 맞으면 상세가 악화될 수 있었다.

“알겠습니다, 주인님. 모두들 길을 서둘러라! 어서!!”

궁노는 한규민의 말에 일꾼들을 재촉했다.

‘주인님이 마음의 빚 때문에 고민하시는 것은 알지만 혈오의 피는 아가씨를 살릴 수 있는 영약이니 어쩔 수 없는 일이겠지. 그 영약에 미친 마녀가 대가도 없이 이 아이를 치료한다는 것은 씨도 안 먹힐 일이고. 그나저나 이번에는 트집을 잡지 않고 순순히 아가씨를 치료해 주어야 할 텐데…….’

궁노는 한규민의 고심을 짐작하고 있었다. 한규민이 백가장의 장주에게 진 목숨의 빚 때문에 고민하고 있다는 것을 짐작하고 있었던 것이다.

그러나 그것은 그동안 백가장이 성세를 키울 수 있도록 뒷받침해 준 것만으로 어느 정도 상쇄가 됐다고 생각하는 궁노였다. 한규민의 도움 없이는 백가장이 그렇게 클 수 없었던 것이다.

한구민이 밀무역을 하면서 돈을 악착같이 끌어 모은 이유는 자신의 딸을 살리기 위해서였다. 이번에 딸을 살릴 수 있는 혈오라는 영약을 구했지만, 전날의 인연만으로 백무를 위해 쓴다는 것은 자신의 딸을 죽이는 길이 되었다.

또한 한규민이 백무의 상세를 누구에게 보이려는 것인지도 알고 있었다. 오랫 동안 한규민의 딸을 치료해 오고 있는 괴팍한 한 여인에게 보이려 하는 것이다. 의도는 좋았지만 언제나 치료의 대가로 영약을 요구하는 여인이기에 백무를 치료해 줄 가능성은 희박했다.

하염없이 비가 내리는 밀림을 지나 일행이 도착한 곳은 밀림 속에 위치하고 있는 커다란 공터였다. 우기가 되면 무릎까지 비가 차는 곳이라 일 장 높이 위에 나무를 연결하여 집이 지어진 곳으로, 중원에 있는 집들과는 사뭇 달랐다.

"저 아이를 방으로 들여놓게."

"걱정하지 마십시오."

궁노에게 백무를 부탁한 한규민은 중앙에 보이는 커다란 집으로 들어갔다. 자신의 딸이 기다리고 있는 곳이었다.

"어서 오십시오."

건장한 체구의 사나이가 한규민을 맞았다. 거무스름한 피

부를 가진 이로 상당한 무예를 익힌 듯 정광이 흘러넘치는 눈
빛을 가지고 있었다.

"가호(伽弧)로구나. 그래, 령아는 좀 어떠냐?"

"아가씨께서는 비가 와서 고통이 많이 가신 듯 지금은 주
무시고 계십니다."

"알았다. 내가 한번 봐야겠구나. 그래, 독선고는 언제 다녀
가셨느냐?"

"이틀 전에 다녀가셨습니다. 필요한 일이 있으면 연락을
하라 이르셨습니다."

"알았다."

한규민은 가호를 지나쳐 한쪽에 마련된 방으로 다가갔다.
그의 딸이 머물고 있는 곳이다. 방 안은 비가 오는 바깥과는
달리 습기가 전혀 없었다. 방의 중앙에 마련된 화로에서 은은
히 타오르는 숯불이 습기를 없애주고 있었던 것이다.

방의 한쪽에는 자그마한 침상이 마련되어 있었고, 침상 위
에는 가늘게 숨을 내쉬는 소녀가 누워 있었다. 기온이 높은
지역임에도 소녀는 두꺼운 이불을 덮고 있었다. 파리한 안색
의 소녀는 병색이 완연해 보였다.

"소령아, 이 아비가 널 살릴 수 있는 약을 구해왔다. 조금
만 기다려라. 그럼 넌 다른 아이들처럼 뛰놀 수 있을 것이
다."

한규민은 침상 옆에 앉아 딸의 가녀린 팔을 잡고는 굳은 어

조로 말을 이었다. 이미 은혜를 베푼 이에 대한 생각을 저버린 그에게는 오직 딸을 살리겠다는 일념뿐이었다.

"주인님, 언제 시작하실 예정이십니까?"

"비가 그치면 그녀에게 연락하도록 해라. 모든 준비가 끝났으니 이제 령아가 일어나는 일만 남았다."

"알겠습니다, 주인님."

가호는 두 사람을 방해하지 않으려는 듯 조심스럽게 방을 나섰다. 지난 몇 년간 준비해 온 일이 이제야 결실을 맺게 됐다는 사실에 가호는 기쁜 표정이 역력했다.

"어쩔 수 없는 일이다. 비록 은혜를 저버린 자가 될지언정 태어나면서부터 자리에 누워 있는 령아를 위해서는 어쩔 수 없는 일이다."

가호는 기쁜 마음에 곧바로 밖으로 나선 탓에 고뇌에 찬 한규민의 음성을 듣지 못했다. 그가 은혜와 부정(父情) 사이에서 말할 수 없는 고민을 하다 이제는 부정을 택했다는 것을 알지 못했다.

거개한 밀림에 비가 그친 것은 백무가 도착하고 난 이틀 뒤였다. 한규민의 본거지인 마을에서 가호가 밀림 깊숙한 곳으로 길을 떠났다. 그가 향한 곳은 경공을 발휘하더라도 하루가 넘게 걸리는 오지 중의 오지였다.

"가호가 그녀를 데리고 오기는 하겠지만, 이번에는 어떤 트집을 잡을는지……."

　한 번의 치료에 한 가지의 영약을 요구하는지라 그동안 매우 곤란한 처지였던 한규민은 인상을 찌푸렸다.

　"걱정하지 마십시오. 만약 이번에도 트집을 잡는다면 제가 가만있지 않을 것입니다. 또다시 트집을 잡는다면 아가씨를 고치지 못한다는 것이 분명하니까 말입니다."

　궁노는 소령을 치료하고 있는 사람이 마음에 들지 않았다. 환자를 이용해 자신의 사욕만 채우는 사람처럼 보였던 까닭이다.

　"궁노, 난 마지막 희망을 잃고 싶지는 않네. 그리고 그녀는 전설이 전하는 문파의 마지막 맥을 이은 사람일세. 비록 악명이라고는 하지만 난 그녀의 의술이 성수(聖手)를 능가한다고 생각하네."

　"주인님 말씀대로 의술로만 따진다면 그녀가 성수보다 나을 수 있습니다. 하지만 그녀의 독술은 그보다 더 무섭습니다. 주인님, 그리고 그녀가 소령 아가씨의 치료를 빙자해 영약을 요구하는 것도 뭔가를 꾸미고 있는 것이 분명합니다."

　"후후! 알고 있네. 그녀와는 필요에 의해 만난 사이니까. 하지만 만약 나를 속였다면 그녀는 죽음을 면치 못할 것이네. 나 또한 죽겠지만, 내가 동귀어진하고자 한다면 그녀 또한 피할 수 없을 것이네. 그것은 그녀도 잘 아는 일이니 우리를 속이는 일 따위는 하지 않을 것이야.”

“으… 음!”

궁노는 한규민의 말이 사실임을 잘 알고 있었다. 당금 무림의 하늘이라는 십천(十天)이라 해도 일방적으로 이긴다는 보장을 못할 정도로 한규민은 초절정의 고수였다.

자신의 딸인 소령 때문에 무림에 출세하지는 않았지만 그가 마음만 먹는다면 십천과도 능히 자웅을 겨룰 수 있음을 잘 알고 있었던 것이다.

만약 소령의 치료를 끝마치고 한규민이 무림에 출세한다면 무림인들은 강호에 또 다른 하늘이 숨어 있었음을 알게 될 것이 분명했다.

“미리 준비를 해두게. 그녀가 오면 바로 시술을 시작할 테니 말이네.”

“알겠습니다, 주인님.”

한규민은 궁노에게 소령을 치료할 준비를 하게 했다. 자신의 딸을 치료하러 오는 여인은 성격을 종잡을 수 없는 사람이라 괜한 트집을 잡히지 않기 위해서였다.

한규민이 기다리는 이는 가호의 연락을 받고 이틀이 지나서 마을에 왔다. 그녀가 마을로 들어서자 원주민들은 공경해 마지않는 자세로 그녀를 맞이했다.

“어서 오시오. 이번 중원길에서 당신이 원하는 약재를 구해 왔소. 이제부터는 소령이를 치료해 주시오.”

자신의 거처에 마주 앉은 여인을 향해 한규민은 딸을 치료해 줄 것을 요구했다. 그것이 그녀와의 약속이었던 것이다.

“지금 이곳에서 소령이를 치료하는 것은 곤란해요.”

쾅!

“소령이를 이곳에서 치료할 수 없다니 그게 무슨 소리요?!”

한규민은 화가 치밀어 오르는지 탁자를 손으로 내려치고는 자신의 앞에 앉아 있는 여인을 노려보았다.

햇빛에 그을려 까무잡잡한 피부에 흑요석처럼 빛나는 두 눈을 가진 여인은 한규민의 분노에도 담담한 표정으로 앉아 있었다.

“흥! 위협을 해도 소용없어요. 다시 한 번 말씀드리지만 당신 딸을 치료하려면 여기서는 곤란해요. 내 일도 바쁜 판에 내가 어째서 지난 몇 년간 밀림을 뒤지고 다녔다고 생각하는 거예요.”

“그것이 소령일 치료하는 것과 무슨 상관이 있다는 말이오?”

“그건 당신의 딸을 치료하기 위해서였어요. 당신의 딸이 가진 병은 하늘도 얼려 버린다는 태음참맥(太陰斬脈)이에요. 아시겠어요? 그걸 치료하기 위해서는 이곳에서만 자라는 혈수련(血睡蓮)이 반드시 있어야 해요. 혈수련은 뽑히면 반 각

안에 녹아버리고요. 그런데 이곳에서 치료하라고요? 아주 딸
을 죽이시려고 작정했군요.”

여인도 지지 않겠다는 듯 냉랭한 목소리와 함께 한규민을
노려보았다.

“지금까지 수년간 난 당신이 원하는 약재는 모두 구해주었
소. 이곳에서 나는 금의 오 할이 당신이 원하는 약재를 구하
기 위해 사용되었다는 말이오. 이번에도 일만 냥이나 들여
혈오를 구했소. 그런데 소령일 오지로 보내라는 말이오? 그
아이가 당신이 원하는 곳까지 갈 수 있다고 생각하시는 거
요?”

이미 약해질 대로 약해진 소령이기에 먼 길을 간다는 것은
죽이겠다는 것과 진배없는 것이었기에 한규민은 노성을 토했
다.

“어쩔 수 없어요. 정 원하지 않는다면 당신과의 계약은 없
던 것으로 하지요. 그리고 그동안 구해주었던 약재들을 모두
돌려드리도록 하겠어요.”

“어찌 그럴 수가 있소!”

분노의 감정이 치밀었다. 지난 수년간의 노력이 물거품이
될지도 모르기 때문이었다. 하지만 그저 참을 수밖에 없었다.
자신의 딸을 치료할 수 있는 사람은 성수와 자신 앞에 있는
여인밖에는 없기 때문이었다.

그리고 성수는 이미 찾을 수 없는 사람이기에 치료할 수 있

는 사람은 이 여인뿐이었다.

여인은 한규민을 한 번 노려보더니 이내 자리에서 일어나 나가려 했다.

"왜 이러시오?"

진짜로 계약을 파기하고 돌아가려 하자 당황한 것은 한규민이었다. 그렇게 된다면 딸을 살릴 수 있는 희망이 완전히 사라지기 때문이었다.

"이미 끝난 거 아닌가요?"

"으음! 좋소. 소령이를 그곳까지 데리고 간다면 가는 동안 아무 일이 없을 것이라 보장할 수 있소?"

어쩔 수가 없었다. 여인 당민(唐玟)의 고집은 그도 익히 아는 터였다. 여자의 몸으로 이런 오지까지 와서 독술과 의술을 연구하는 것을 보면 쉽게 꺾을 수 있는 성질이 아니었던 것이다.

"보장은 못해요. 다만 소령이와 같은 종류의 피를 가지고 있는 사람만 있다면 충분히 가능해요."

"소령이와 같은 종류의 피를 가지고 있는 사람이 어째서 필요한 것이오?"

한규민은 같은 피가 어째서 필요한지 의아하지 않을 수 없었다.

"몇 달 전이라면 이런 일은 필요없었겠지만, 소령인 지금 시간이 늦어 피 안에 음기가 가득 찬 상태예요. 약을 쓸 수도 없기에 양기를 보충할 수 있는 길은 이 방법밖에는 없어요. 같은 종류의 피를 가진 남자에게서 수혈을 받아 양기를 보충하지 않는다면 소령이의 체력으로는 제가 가고자 하는 곳까지 갈 수가 없어요."

"수혈? 피를 받는다는 말이오? 그것이 어찌 가능하다는 말이오?"

다른 사람의 피를 몸속에 집어넣는다는 말이 믿어지지가 않는 한규민은 당민이 자신을 속이는 것이 아닌가 하는 생각마저 들었다.

"걱정 마세요. 수혈을 해도 죽지는 않으니까요. 같은 종류의 피라면 다른 사람의 피를 몸 안에 넣어도 별 탈이 없어요. 그건 내 목을 걸고 장담하지요."

"알았소. 그건 그렇다고 치고, 어떻게 버틴다는 말이오?"

당민의 장담에 한규민은 고개를 끄덕이며 소령이 혈수련이 피는 곳까지 어떻게 버틸 수 있는지를 물었다. 당민이 장담한다면 거짓일 리 없기 때문이었다.

"같은 종류의 피를 수혈받으면 피 속에 있는 양기로 인해 태음의 기운이 뇌맥을 건드리는 것을 늦출 수 있으니 가능한 일이에요. 그렇게 혈수련이 피는 곳까지만 간다면 혈수련을 이용해 소령이를 치료할 수도 있고요."

"그게 가능하다 해도 지금 와서 그런 사람을 어디서 찾는다는 말이오?"

“충분히 가능해요. 그러니 빨리 소령이와 같은 피를 지닌 사람을 찾으세요. 일단 마을에 있는 남자들부터 소령이와 피가 같은지 살펴보는 것이 좋을 거예요.”

“으음! 알았소. 어차피 소령이의 치료는 그대에게 맡긴 터. 대신 소령이는 궁노가 데리고 갈 것이오. 소령이 혼자만 보낼 수는 없소.”

“알았어요. 그건 그렇게 하도록 하세요.”

궁노를 따라붙이는 이유를 잘 알기에 그녀는 찬성했다. 자신 혼자 데리고 가는 것도 어려운 일이었기 때문이다.

한규민의 승낙이 떨어지자 당민은 마을에 있는 남자들을 불러모아 당민에게 피를 검사받게 했다. 당민이 가지고 있는 소령의 피와 섞은 후 응혈 상태를 보아 수혈할 수 있는지를 살핀 것이다.

그러나 소령의 아버지인 한규민을 비롯해 모든 이의 피가 소령의 피와 섞이자 응고되어 버렸다. 마을에는 소령의 피와 맞는 사람이 없었던 것이다.

“어쩌면 좋다는 말이오. 마을의 모든 남자들의 피가 맞지를 않으니 말이오.”

“어쩔 수 없군요. 소령이의 치료를 잠시 뒤로 미루는 수밖에요. 당신은 최대한 빨리 소령이의 피와 맞는 사람을 구하세요. 소령이에게 남은 시간은 길어야 두 달이니까요. 그 이상

길어지면 아무리 저라고 해도 소령이의 병을 고칠 수가 없어요. 그때는 이미 음기가 뇌맥을 침범했을 테니까요."

하지만 한규민은 더 이상 치료를 뒤로 미룰 수가 없었다. 전보다 더욱 가늘게 숨을 쉬는 소령의 숨이 언제 끊어질지 몰라 조급한 마음이 들었기 때문이다.

"주인님."

"왜 그러나, 궁노?"

"아직 마을에서 피를 검사하지 않은 이가 있습니다."

"그게 누군가?"

한규민은 궁노의 음성이 그리 반가울 수가 없었다. 일말의 희망이 생긴 것이다.

"그 아이입니다."

"혹시 백무를 말하는 것인가?"

한규민은 궁노가 말한 사람이 백무라는 것을 알 수 있었다. 아직도 의식이 깨어나지 않은 상태이기도 했고, 자신의 수하도 아닌지라 아예 생각도 하지 않고 있었던 것이다.

"그렇습니다. 어차피 아가씨의 치료가 끝나면 독선고에게 보이려고 하지 않았습니까?"

"으… 음!"

한규민은 백무를 생각하자 고민이 되었다. 치료를 못해줄망정 자신의 딸을 위해 피를 수혈하는 신세로 만들 수는 없는 일이었다. 그건 자신의 양심에 비추어봐도 어긋나는 일이었다.

“백무가 누군가요?”

궁노와 한규민의 대화를 듣던 당민이 궁금한 듯 물었다. 마을 안의 사람들을 대부분 알고 있는 그녀는 처음 들어보는 이름이라 누군지 궁금했던 것이다. 중원식의 이름을 가진 자는 이곳에서 한규민과 궁노밖에는 없기도 했지만 두 사람의 대화에서 무슨 사정이 있음을 알 수 있었기 때문이다.

“이리로 오시오. 그 아이를 치료하려면 그대의 솜씨가 아니고는 불가능한 일이라 그러지 않아도 한번 그대에게 보이려 했소.”

여유가 되면 한번 보이려고 했었기에 한규민은 궁금해하는 당민을 백무가 있는 곳으로 이끌었다.

“으… 음!”

지독한 약 냄새가 백무가 누워 있는 방 안에 진동하고 있었다. 당민은 약 냄새를 맡으며 대부분이 근골이 상한 데나 쓰이는 약들임을 알 수 있었다.

“저 아이요.”

당민은 팔다리에 고약을 잔뜩 붙이고 침상에 누워 있는 백무를 볼 수 있었다. 그녀는 지독한 약향을 풍기는 백무에게 다가가 태연한 신색으로 상세를 살폈다. 세심히 상세를 살펴 나가던 당민의 눈에 기광이 스쳤다.

‘흥미를 보이다니? 약재를 구하거나 육지로 나가기 위해서가 아니라면 아무리 중한 환자라도 보지 않는 여자건만…….’

백무의 상세를 살피는 당민을 바라보고 있던 한규민은 백무에게 흥미를 느끼는 그녀의 모습을 놓치지 않았다.

“어떻소?”

“누군지 모르지만 지독한 손속이로군요. 차라리 목숨을 거둘 일이지 사람을 이 지경으로 만들다니……. 그나마 응급처치를 잘해 썩어 들어가지는 않았지만 상처가 호전된다고 해도 평생 침상에 누워 있어야겠군요.”

그냥 슬쩍 만져 본 것인데도 불구하고 백무의 상세를 거의 다 파악한 듯 당민은 머리를 끄덕였다.

‘역시!!’

의술이라면 천하에 둘째가라면 서러워할 당민의 말이었기에 한규민은 안타까운 마음이 들었다.

“그래도 피를 수혈하는 데는 지장이 없을 것 같으니 검사를 한번 해보지요. 어디…….”

당민은 백무에게 다가가 손끝을 바늘로 찔러 피를 뽑아냈다. 그리고 자신이 가지고 있는 소령의 피와 섞었다. 두 사람의 피는 마치 원래부터 하나였던 듯 옥으로 만든 푸른 자기잔 안에서 완전하게 하나로 섞였다. 피의 응고 현상도 보이지 않았다.

하지만 소골음지에 당한 음한지기가 아직도 혈맥에 남아 있는 탓인지 자기 잔의 표면에 살짝 물이 응결되어 있는 것을 볼 수 있었다.

'기이한 기운이 느껴지더니 예상대로 혈맥 안에 음한지기가 돌고 있었구나.'

"다행이군요. 이 아이와 소령의 피가 같으니 혈수련이 있는 곳으로 가는 문제는 일단 해결됐군요. 하지만 피에 음기가 차 있어 일단 그것부터 치료하도록 하세요. 이 아이를 응급처치한 것이 한 대인이신 것 같으니 한 대인이 여분의 음한지기를 제거하시는 것이 좋을 것 같아요. 음한지기를 없앤 다음에나 이 아이의 피를 소령이에게 수혈할 수 있을 테니 말이죠. 목적지로 가는 동안에도 몇 차례 수혈을 더 해야 할 테니 이 아이도 데리고 가야겠어요."

"으… 음!"

일차적인 문제는 됐지만 한규민은 마음속에 거리낌이 생겼다. 은인의 자식을 도와주지는 못할망정 자신의 자식을 살리기 위한 소모품으로 쓴다는 생각이 들었기 때문이다.

"걱정하지 말아요. 이 아이의 상세는 더 이상 악화되지 않을 테니까요. 궁노는 소령이를 데리고 가야 하고, 이 아이도 데리고 가야 하니 가호도 함께 가야 할 거예요."

한규민의 마음을 아는 듯 당민이 그의 근심을 덜어주었다.

"정말 이 아이는 괜찮다는 것이오?"

"그래요. 피를 무한정 뽑는 것도 아니고, 태음의 기운이 뇌맥을 건드릴 때마다 수혈하면 되니까요. 그리고 나도 이 아이의 상세에 관심이 생겼고요. 잘하면 상세를 어느 정도 회복시킬 수도 있을 것도 같으니 그동안 한 대인이 나를 도와준 보답으로 이 아이를 봐주도록 하지요."

당민의 표정을 보아하니 그녀의 말대로 데리고 가도 이상이 없을 것 같아 보이자 조금은 안심이 되는 한규민이었다.

또한 그녀의 의술로 실낱같은 희망이나마 백무가 회복될지도 모른다는 생각이 들었다.

"주인님, 허락하시지요. 저 아이에게도 해가 되지 않는다면 손해 볼 것도 없지 않습니까?"

옆에 있던 궁노가 망설이는 한규민을 향해 당민의 제의를 수락할 것을 종용했다.

'소령이와 같은 피를 지닌 자를 구하는 것도 어려운 일이고, 저 아이에게 더 이상 위험할 일도 없다고 하니 그러는 편이 좋을 것이다. 독선고(毒仙姑)라 불리는 당민이 관심을 가졌다면 저 아이를 치료할 가능성도 있을 테니 일단 승낙하기로 하자.'

"알았소. 떠날 준비를 시키겠소. 난 이 아이를 추궁과혈할 테니 궁노는 호법을 서주게."

“알았어요. 난 소령이를 보고 있을 테니 추궁과혈이 끝나면 말씀해 주세요.”

당민은 말을 끝내고 밖으로 나갔다. 한규민은 당민이 나가자 백무의 몸을 다시 한 번 추궁과혈을 해 혈도 내에 돌고 있는 음기의 잔재를 씻어냈다. 태음참맥에 걸려 있는 소령에게 자칫 음기가 침습한다면 돌이킬 수 없는 결과를 초래하기에 그의 손길은 전보다 더욱 정성스럽고 세밀했다.

세 시진에 걸쳐 음기를 해소하는 추궁과혈을 끝낸 한규민은 궁노를 통해 추궁과혈이 끝났다는 소식을 전한 후 자신의 방에서 운기조식에 들었다. 미안한 마음에 자신의 전신 내력을 쏟아 백무를 치료하느라 진기가 많이 고갈되었기 때문이다.

한규민이 운기조식을 하는 사이 혈수련이 피는 밀림 속 오지로 떠나기 위해 궁노와 가호는 분주히 움직였다. 당민은 세심히 살펴야 한다는 이유로 사람들을 차단시킨 후 전과는 달리 백무의 상세를 하나하나 세밀히 살펴 나갔다.

“흥미로운 일이로군. 아주 깨끗한 손속이야, 아주. 어깨뼈의 연골과 근육을 파열시킨 것이나, 다리의 근맥과 뼈를 부숴 버린 것까지, 너무 깨끗해서 오히려 상처가 덧나지 않았어.”

사지를 못 쓰게 만든 손속이 더할 나위 없이 깨끗했다. 군

더더기 하나 없이 무공을 사용할 수 없도록 철저히 망가뜨려 놓은 것이었다. 당민은 사지를 살피는 것을 끝내고는 이내 백무의 신형을 조심스럽게 돌렸다. 그리고는 옷자락을 올리고 척추를 살폈다.

"호오!"

명문혈에 조그마한 자국이 나 있었다. 아주 미세했기에 신경을 집중하지 않으면 잘 보이지도 않을 상처였다. 상처는 정확히 혈도가 지나는 부위에 있었다. 정확하게 혈도를 짚은 것이다. 사혈인 명문혈을 죽지 않을 정도로 짚은 고절한 솜씨였다.

"직접적인 타격도 아니고 지풍으로 이 정도까지 할 수 있는 자는 당금 무림에 얼마 없을 터인데……. 으음! 명문혈을 통해 한기가 침습한 것이로구나. 어디, 얼마나 상했는지 볼까?"

피 속에 어려 있던 한기는 명문혈을 통해 투입된 진기에 의한 것 같았다. 사지에 이어 허리까지 완전히 망가져 있어 움직이는 것조차 불가능한 상태를 확인한 당민은 명문혈을 통해 진기를 주입했다.

"이런!!"

진기를 흘려 넣어 혈도를 살피던 당민은 백무의 몸에서 일어나고 있는 현상에 놀라지 않을 수 없었다. 자신의 예상과 달랐던 것이다.

"한 대인이 골수까지는 파악하지 못한 모양이로구나."

복면인에 의해 명문혈을 찢고 들어온 지풍의 기운은 한규민이 생각한 것과 같이 음한 기운만이 아니었다. 음기와 양기가 앞 다투어 동시에 파고들었던 것이다. 소골음지는 말 그대로 뼈를 태우고 혈맥과 신경을 얼리는 파괴적인 지법이었던 것이다.

응급처치로 혈맥과 신경의 한기를 제거하기는 했지만 한규민이 뼛속으로 파고든 화기는 눈치 채지 못하고 제거하지 못한 탓에 화기가 남아 있었다.

그 화기는 지난 시간 동안 더욱 골수 깊숙이 스며든 상태에서 잠들어 있다가 한규민이 음기를 완전히 제거하자 활동을 시작해 백무의 뼛속은 지금 화로나 다름없었다.

"어쩐지 정신을 차리지 못하는 것이 이상하다 했더니. 이런 상태라면 이 아인 지금 범인으로서는 상상할 수 없는 고통 속에 빠져 있을 것이다."

뼛속의 골수가 타 들어가는 고통은 인간의 정신으로는 견디기 불가능한 것이었다. 그런데도 가늘게 숨을 이어가며 견디고 있는 백무의 정신력에 당민은 감탄을 금할 수 없었다.

"소령이를 데리고 혈천독지(血泉毒池)까지 가려면 일단 이 아이의 상세부터 안정시켜야겠구나. 비록 지금보다 더욱 고통스럽겠지만 죽지는 않을 것이다. 그리고 만약 그 고통마저 이겨낸다면 어쩌면 내가 바라는 염원을 이룰 수도 있을 것이니 일단 시도는 해봐야겠지…….”

당민은 자세를 바로 하고 백무의 척추를 어루만졌다. 푸르스름한 기운이 그녀의 손에서 흘러나와 백무의 척추를 따라 뼛속으로 스며들 듯 흘러들었다. 마치 안마를 하듯 한 시진이 넘게 척추를 어루만지는 당민의 얼굴에 땀방울이 솟았다.

“휴우! 이제 됐구나. 고통은 심할 테지만 의식을 잃은 상태니. 그나마 의식을 잃어 고통을 조금 잊을 수 있으니 괜찮을 것이다. 사나흘은 이 상태로 안정을 취할 수 있을 테니 혈천독지까지는 무사히 갈 수 있을 것이다.”

백무에 대한 응급조치를 마친 당민은 바깥으로 나섰다. 이미 준비를 끝낸 듯 궁노와 가호가 대기하고 있었다.

“준비가 끝난 모양이군요. 그럼 반 시진 후 출발할 테니 그리 아세요. 난 한 대인을 만나보고 오겠어요.”

“그렇게 하시오.”

“언제나 그렇게 말씀하시는군요.”

언제나 자신을 대하는 무뚝뚝한 말투에 당민은 서운한 듯 궁노를 바라보았다.

“흥! 의술을 연마한 사람이 어려운 처지의 사람을 대하고도 자기 욕심만 차리는데 내 입에서 좋은 말이 나오겠소? 소령 아가씨만 아니라면 내 참지 않았을 것이오. 그리고 지금도 주인님께 혈오를 받으러 가는 것이 아니오?”

“……”

　소령의 치료를 이유로 여러 가지 구하기 어려운 영약을 요구한 자신을 탓하는 궁노의 말에 당민은 입을 열지 못했다. 나름대로의 사정이 있는 일인지라 굳이 대꾸할 필요성을 느끼지 못했던 것이다.

　'나도 어쩔 수 없는 일입니다. 이럴 수밖에 없는 날 원망하세요.'

　궁노의 핀잔을 들으며 당민은 아무 말 없이 신형을 돌려 한규민을 찾았다. 궁노의 말대로 혈오를 받기 위해서였다.

　한규민에게 들러 자신에게 필요한 마지막 영약인 혈오를 받은 당민은 소령과 백무를 업은 두 사람과 함께 마을 사람들의 배웅을 받으며 반 시진 후 마을을 떠났다.

　한규민 또한 떠나가는 사람들을 보며 보이지 않을 때까지 배웅했다. 마음속에 가득 염원을 담아서 자신의 딸이 완치되기를 빌었다.

　"잘되어야 할 것이다, 당민. 은혜를 저버려 가면서까지 살리려 하는 소령이다. 만약 잘못되기라도 한다면 그 화를 감당하는 것은 너뿐만이 아닐 것이다. 네가 아무리 밀독천(樒毒天)의 전설을 이어받았다고 해도 말이다."

　떠나가는 다섯 사람을 배웅하는 한규민의 눈에 언뜻 광망이 스쳤다. 한순간이지만 쳐다보기 두려울 정도로 무척이나 파괴적이면서 광포한 기운이었다.

第三章

혈천독지(血泉毒池)!

九劈雷雲

요동에서 일어난 흑혈의 겁풍은 올해도 몇 개의 문파를 세상에서 지워 버렸다. 요녕제일도를 비롯한 백가장을 포함하여 마도에서 제법 이름을 얻고 있던 천호방 등 무려 다섯 개의 방파가 사라진 것이다.

특히 백가장의 멸문은 상당한 충격이었다. 백가장은 이름과는 달리 무림문파라기보다는 상권에서 이름이 더 나 있는 곳이었기 때문이다.

요녕제일도 백찬웅은 원래 상계에서 시작해 자수성가한 사람으로 무공이라야 가전 무공뿐이었고, 제자 또한 십여 명도 안 되기에 무림문파라 하기엔 부족한 점이 많았다.

요동에 사는 사람들은 백가장마저 흑혈의 겁풍에 희생당하자 불안해했다. 다른 곳과는 달리 백가장의 식솔들은 시신조차 온전히 남아 있지 않았기 때문이다.

백가장에 화광이 충천하고 난 뒤 인근 마을 사람들이 몰려들어 불을 껐다. 불을 끄고 난 뒤 그들은 참혹한 현장을 목격해야 했다. 백여 명이 넘는 백가장의 식솔들이 모두 불에 탄 채 무너진 전각 안에서 모두 유골로 발견되었던 것이다.

십여 일이 지났지만 매캐한 냄새가 아직 가시지 않은 백가장에는 인적이 하나도 없었다. 마을에서 멀리 떨어져 있기도 했지만 불에 타 죽은 백가장 사람들이 귀신이 되어 출몰한다는 흉흉한 소문이 퍼졌기 때문이다.

또한 소문도 소문이지만 백가장의 참사에 대해 조사해야 한다는 이유로 관에서 출입을 금지시켰기 때문이기도 했다.

그런데 화재가 일어나고 인적이 전혀 없던 백가장의 화재 현장에 오늘은 누군가 나타나 타버린 전각의 잔해를 뒤지고 있었다. 타버린 전각의 이곳저곳을 뒤지고 있는 이들은 북경에서 흑혈의 겁풍을 조사하기 위해 요동으로 온 주무성과 천위현이었다. 다른 곳의 혈겁을 조사하느라 이제야 백가장에 나타난 것이었다.

딸그락!

"으음! 아무것도 남아 있는 것이 없군. 뭐 좀 나온 거 있냐?!"

　벌써 한참을 뒤졌지만 흔적을 찾을 수 없자 주무성은 다른 곳에서 흉수들의 흔적을 찾고 있던 천위현을 향해 소리쳤다.

　"싸그리 탔는데 뭐가 나올 게 있겠습니까. 타버린 유골들은 이미 관아에서 수습해서 그런지 아무것도 남아 있는 것이 없는데요."

　한 시진이 넘게 불에 탄 백가장의 잔해를 뒤지고 있었지만 아무것도 발견할 수 없었다. 단서를 발견했냐는 주무성의 질문에 천위현은 그을음이 군데군데 묻은 얼굴로 고개를 저으며 다가왔다.

　"시신들이 다 타버려 상세를 통해 흉수를 밝힐 수도 없고, 이것참 난감하군."

　이미 관아에 들러 유골들을 살피고 온 두 사람이었다.

　"그러게 말입니다."

　"아주 치밀한 놈들이야. 그동안 혈겁이 일어났던 곳을 모두 뒤졌는데 아무것도 알아낸 것이 없다니 큰일이로군. 이곳이 마지막인데 단서를 찾을 수 없으니……."

　민심을 생각해 관아에서는 인근 마을 사람들에게 백가장의 참사가 화재로 인한 것이라고 발표했다. 그것은 혈겁이 벌어졌던 다른 곳도 마찬가지였다.

　하지만 사실은 발표와는 전혀 달랐다. 화재로 위장해 시신들을 불태웠지만 남아 있는 유골 중에는 깊게 베인 상처가 나 있는 것들이 많았다. 누군가 백가장의 식솔들을 참살

한 후 불에 타는 전각 속으로 던져 넣어 증거를 인멸하려 한
다.

정말이지 놀라울 정도로 치밀한 자들이었다. 혈겁을 자행
하면서도 실오라기 하나 증거를 남기지 않았다. 혈겁을 당한
문파 중 가진바 무력이 가장 높았음에도 백가장을 지우는 데
두 시진도 걸리지 않았음이 분명했다. 고민에 휩싸인 주무성
의 인상이 있는 대로 일그러졌다.

"남아 있는 것은 저기 가산하고 담벼락, 그리고 왕바윗돌
밖에는 없으니……. 놈들이 완전히 증거를 없앴네요. 추밀사
어르신, 시신에 난 상처로는 놈들이 사용한 무공이 어떤 것인
지 밝힐 수도 없고……."

천위현 또한 답답한 듯 중얼거렸다.

"자네가 생각하기엔 어떤가?"

주무성은 생각이 막히자 천위현의 의견을 물었다. 자신에
게 소속되어 있는 추밀기찰 중 가장 출중한 능력을 가졌기에
기대를 걸고 물어본 것이다.

"어르신도 단서를 못 찾았는데 저라고 별수 있겠습니까.
헤헤."

"그렇겠지……."

무안한 듯 머리를 긁적이는 천위현을 바라보며 답답한 마
음을 가눌 길이 없었다. 아무런 단서를 찾지 못한 채 이제 북
경으로 돌아가야 할 시간이 된 것이다.

‘이번만큼은 밝혀내려고 했건만 역부족인가? 역시 무림이라는 이야기로군.’

진무사에 뛰어든 후 진무사 속의 진무사라는 추밀기찰을 하면서 처음으로 접한 사건이 바로 흑혈의 겁풍이었다. 주무성에게는 처음 맡은 사건이자 유일한 미제 사건인 흑혈의 겁풍.

그동안의 단서라고는 그들이 흑의에 복면을 착용하고 있다는 것뿐이었다. 유일하게 목격된 것이 온통 검은 흑의를 입은 존재들일 뿐인 이 사건은 그에게 있어 유일한 오점이자 짐이었다.

‘놈들은 거의 오륙 년을 주기로 움직여 왔다. 이번에도 수상한 움직임이 요녕에서 포착되어 서둘렀건만 동창 놈들 때문에 한발 늦어버리고 말았다.’

북경에서 잠시 지체한 것이 화근이었다. 동창의 비밀스러운 움직임이 포착되어 지체된 이틀이라는 시간 차이로 흑혈의 겁풍을 놓쳐 버린 것이다.

‘마지막 혈겁을 당한 백가장에 남아 있는 것이라고는 가산과 담벼락, 왕바위뿐……. 왕바위?

주무성은 백가장의 혈겁을 생각하다 방금 전 천위현이 자신에게 했던 말을 상기했다. 이상했던 것이다.

“자네, 방금 전 왕바위라고 했나?”

“예.”

“왕바위라니 무슨 말인가?”

“가산 쪽에 있는 소실된 전각의 주춧돌이 보통 것보다는 상당히 크더군요.”

“도대체 얼마나 크기에 그러나?”

“대략 이 장 정도 됩니다. 그런데 왜 그러십니까?”

“예감이라고나 할까? 어서 가보세!”

주무성은 가산 쪽으로 향했다. 천위현 또한 어째서 그러는 것인지 의문이 들었지만 주무성이 한 번도 허튼소리를 한 적이 없기에 빠르게 뒤를 따랐다.

타다 만 전각의 잔해가 어지러이 널려 있는 청운각으로 온 그는 중앙에 있는 검게 그을린 주춧돌을 볼 수 있었다. 자신은 다른 곳을 뒤지느라 미처 보지 못한 것이었다. 주춧돌은 천위현의 말대로 보통 전각을 지을 때 놓는 것보다 상당히 컸다.

지면에서 올라온 높이가 두 자 가까이 되었다. 주무성은 전각이 타면서 강렬한 열기에 달구어진 듯 붉게 그을린 주춧돌 주변을 샅샅이 살피기 시작했다.

“역시!!”

“어르신, 무엇을 찾으신 겁니까?”

“자, 보게!”

주무성은 자신이 손으로 털어낸 부분을 가리켰다. 천위현은 그의 지적에 세밀히 그을음이 털린 부분을 살펴보았다. 빙

둘러 그을음이 털린 부분 모두가 불그스름하게 변했지만 한 부분만은 옅은 청색을 띠고 있었다.

"재질이 다르군요."

"자네가 본 대로네. 마치 운문(雲紋)처럼 새겨진 부분이 하단부를 빙 둘러 있네만 오직 이 부분만은 다르네. 다 같이 열기에 변색이 된 것이지만 이 부분은 다른 재질이기에 이렇게 변한 것이네."

"그럼!"

"짐작이 맞는다면 이건 기관을 여는 열쇠일 걸세."

"변한 부분이 연화문처럼 생겼는데 이렇게 한 치도 틀림없이 맞게 만들었다면 대단한 기관입니다."

"후후! 다른 사람이라면 모르겠지만 한 사람이라면 가능하지."

"한 사람이요?"

"그자도 이곳 출신이지. 세상에는 잘 알려져 있지 않지만 무림이란 곳에는 제법 명성이 자자한 자지."

"도대체 그 사람이 누굽니까?"

"귀야장(鬼冶匠) 구상치(邱相馳)! 바로 그자의 솜씨야!"

"귀야장이요?"

"그렇지. 그가 아니라면 누구도 이런 것은 만들어낼 수 없지."

주무성은 주춧돌에 만들어진 기관이 귀야장의 솜씨임을

의심치 않았다. 보통 사람들은 모르지만 무림인들 사이에서 귀야장은 기관진식은 물론 기병을 만드는 장예로 이름이 높은 자였다.

"이 기관은 뭘까요?"

"아마도 비밀 통로일 가능성이 높다."

"그럼 부술까요?"

"부숴야겠지. 만약 비밀 통로로 빠져나가 살아난 사람이 있다면 놈들에 대해 알아낼 수 있을 테니 말이야."

천위현은 주무성의 말에 내공을 끌어올렸다. 황실에서 비밀리에 전해지는 무공을 사용하려는 것이었다.

"차앗! 파산진각(破山震脚)!!"

퍼석!

주춧돌이 각법에 견디지 못하고 조각조각 부서져 나갔다. 파산진각은 만 근 바위도 부숴 버릴 수 있는 황실 무예 중 최강의 각법이었다. 몇 번의 발길질이 이어지자 주춧돌이 잘게 부서져 나갔다. 얼마 안 있어 수직으로 뚫린 통로가 나타났다.

"내려가자!"

"예, 어르신!"

주무성이 먼저 비밀 통로로 뛰어들었다. 그 뒤를 행여 놓칠세라 천위현이 급하게 따랐다.

전각이 타면서 흘러들어 온 열기가 아직까지 가시지 않

은 탓인지 비밀 통로 안에는 열기가 남아 있었다. 이곳저곳 열기에 그을린 흔적이 역력했다. 매캐한 냄새 또한 가득했다.

"으음! 치밀하군!"

주무성은 비밀 통로로 내려온 후 주위를 둘러보았다. 매캐한 냄새가 코를 찔렀지만 그의 시선은 멈추지 않았다. 통로에는 사방으로 구멍이 뚫려 있었다. 사전에 통로를 알지 못한다면 어디로 간 것인지 알 수 없을 뿐만 아니라 다른 함정이 있을 수도 있었기에 기관의 치밀함에 감탄하지 않을 수 없었다.

"잠시만 기다리십시오, 어르신."

천위현은 주무성을 기다리게 하고는 통로 앞으로 갔다. 그리고는 바닥에 있는 먼지를 조금 주워 맛을 보았다. 나머지 통로에서도 똑같은 행동을 취했다.

"찾았나?"

"저곳입니다. 다른 곳과는 달리 저곳의 먼지는 뒤집혀 있습니다. 이곳으로 들어온 사람은 저곳으로 간 것이 분명합니다."

치이익!

"가자!"

화섭자를 꺼내 불을 붙인 주무성이 앞장서기 시작했다. 추적술에도 남다른 식견을 가지고 있는 천위현이었기에 그의 판단이 틀림없다는 것을 아는 까닭이었다.

희미한 화섭자의 불빛에 의지해 일각이 넘게 통로를 달리던 두 사람은 다시금 멈추어 섰다. 통로가 두 군데로 갈라져 있었다.

“저기로군.”

“그런 것 같습니다.”

한쪽 통로에는 무너진 자국이 역력했다. 그리고 불에 탄 전각 잔해가 수북히 쌓여 있었고, 그 밑으로 타다 만 옷자락이 보였다.

“아무래도 이리로 피신하다 타서 무너져 내리는 전각이 비밀 통로를 붕괴시키고 이곳으로 떨어져 내린 것 같습니다. 그리고 이리로 도망친 사람은 그 밑에 깔렸던 것 같고 말입니다.”

“부상이 심하겠군. 어서 쫓아라!”

“예, 어르신!”

두 사람은 빠르게 통로를 지나쳤다. 쫓아가는 동안 통로가 갈라지기를 몇 차례였다. 천위현은 생존자가 다쳤을 거라는 생각에 빠르게 흔적을 쫓았다. 그렇게 통로를 따라가던 두 사람은 주변이 밝아옴을 느꼈다. 바깥으로 나가는 출구에 도착한 것이다.

출구는 바위 틈 사이로 어른 한 명이 겨우 지나갈 수 있는 곳이었다. 엇갈리듯 바위들이 교차되어 있었고, 잡풀이 무성해 이곳에 비밀 통로가 있다는 것을 알기 전에는 찾기 힘들 정도로 잘 은폐되어 있었다.

"이리로 나온 것인가?"

비밀 통로를 빠져나온 주무성은 통로 앞의 잡풀이 상당수 꺾여 있는 것을 보며 백가장의 생존자가 이리로 빠져나갔음을 확신할 수 있었다.

"그런 것 같습니다. 흔적으로 봐서는 아직 어린아이가 분명합니다. 이곳은 요하가 멀지 않은 곳인데 원래는 이곳에서 수로를 이용하려 했나 봅니다."

"어린아이라……? 추적할 수 있겠나?"

"하하! 물론이죠. 제가 누굽니까?"

"자네가 장담하니 믿겠네."

두 사람은 그곳을 벗어나 행적을 쫓기 시작했다. 천위현의 말처럼 아무것도 모르는 어린아이인지 곳곳에 흔적이 남아 있었다.

휘이이익!

경공을 시전해 빠르게 흔적을 쫓아온 두 사람은 조그마한 초막을 볼 수 있었다. 마을에서 조금 떨어진 초막까지 흔적이 이어져 있었던 것이다.

"가보세!"

"알겠습니다, 어르신!"

주무성은 초막 안으로 들어섰다.

"아니!! 이런!"

초막 안에는 여자 아이 한 명이 쓰러져 있었다. 흙과 피가 범벅이 되어 전신이 만신창이인 소녀가 쓰러져 있었던 것이다. 주무성은 빠르게 다가가 소녀의 맥문을 짚었다.

"큰일이다! 어서 의원을 불러라! 어서!"

"알겠습니다."

천위현은 초막을 나서서 마을로 향했다. 그날 흑산(黑山)의 의원은 난데없이 쳐들어온 불한당에 의해 봉변을 당해야 했다.

"어떻소?"

천위현이 의원을 데리고 온 것은 반 각 전이었다. 의원은 쓰러져 있는 수린의 상세를 살핀 후 고개를 저었다.

"생명에는 지장이 없겠으나 망가진 얼굴을 고치는 것은 조금 힘들겠습니다. 어쩌다 이런 화상을 입은 것인지……? 이대로 흉이 되고 말 것입니다. 그리고 심신이 지친 상태에서 화상을 입은지라 이삼 일은 치료해야 할 것입니다."

"생명에는 지장이 없다니 다행이오. 얼굴 반이 화상을 입어 여아로서는 치명적일 것이나 산 것만 해도 어디요. 수고하셨소."

"별말씀을 다 하십니다."

"이번 일은 비밀로 해야 할 것이오. 이 아이가 살아 있다는 것이 알려지면 의원에게도 해가 될 것이 분명하니 말이오.”

“명심하겠습니다.”

흑산에서 의원을 운영하고 있는 장추백은 주무성이 하는 말이 무슨 뜻인지 알 수 있었다.

처음 이곳으로 끌려왔을 때 노성을 터뜨렸던 그였으나 주무성이 보여주는 금패를 보고 입을 닫을 수밖에 없었다. 북경에서 의술로 고관대작들의 병세를 살피는 일을 하다 고향인 흑산으로 와서 의원을 연 그는 그 명패가 무엇을 뜻하는지 누구보다 잘 알고 있었기 때문이다.

그리고 지금 자신이 치료한 여아가 얼마 전 혈겁을 당한 백가장의 여식이라는 것도, 흑혈의 겁풍이 요녕성 인근을 휩쓸었다는 것도 잘 알고 있었다. 자신의 목숨을 보전하기 위해서는 지금의 일은 죽는 순간까지 입을 다물어야 할 것이다.

“여기, 치료비요.”

자신의 말뜻을 알아듣는 장추백에게 주무성이 은자를 내밀었다.

“아닙니다. 이곳 흑산에 정착하기 위해 백가장의 도움을 받은 적이 있습니다. 여러분이 아니었다 해도 수린 아가씨를 치료했을 겁니다. 그리고 수린 아가씨는 사나흘 정양해야 할 테니 떠나는 것은 그 뒤로 하십시오. 이곳은 인적이 드문 곳이니 음식은 제가 나르겠습니다.”

“고맙소.”

　주무성은 장추백이 수린을 발견한 것을 비밀로 할 것임을 알았다. 자신들과 같이 낯선 자가 흑산을 오간다면 의심을 살 것이 분명하기에 장추백의 제안을 수락했다.

　장추백은 인사를 하고 초막을 떠났다. 임시 조치를 했지만 아직은 치료를 더 해야 하기 때문에 약재를 가지고 다시 오기 위해서였다.

　"어르신, 이 여아는 어떻게 하실 겁니까? 이곳에서 계속 머무를 수는 없지 않습니까?"

　"일단 이 아이가 깨어나 어떤 일이 일어났는지 알아본 후에 결정하도록 하자. 장 의원 말로는 내일쯤 깨어날 것이라고 했으니 말이다."

　"알겠습니다."

　깨어나지 않는 수린을 보며 두 사람은 앞으로의 일을 의논했다. 흑혈의 겁풍이 언제 다시 불지는 모르지만 일단 첫 번째 생존자를 찾은 이상 앞으로의 조사할 방향을 결정하기 위해서였다.

　흑혈의 겁풍을 추적하기 위해 주무성은 천위현을 통해 도지휘사를 이용하기로 했다. 당금 요녕성의 도지휘사가 한때 주무성의 밑에 있던 이무량(李武梁)이었기 때문이다.

　도지휘사에게 주무성의 서찰을 전하기 위해 천위현이 떠난 지 얼마 후 장추백이 치료할 약재와 음식을 가지고 돌아왔다. 장추백은 정성껏 수린을 치료한 후 바로 자신의 의방으로 돌아갔다.

"군을 동원하는 것이 잘한 것인지는 모르겠지만 어쩔 수가 없다. 혹시 이 일이 동창에 알려진다면 어떤 일이 벌어질지 알 수 없는 일이나, 흑혈의 겁풍이 미친 영향을 생각한다면 절대 그냥 지나칠 수 없는 일이다."

당금 명의 황제는 만력제였다. 나이 어린 황제를 재상인 장수보가 보필하고는 있으나, 여기저기서 불온한 움직임이 보이고 있었다. 특히 동창의 움직임은 요주의 대상이었다.

지난날의 성세가 한풀 꺾이기는 했지만 동창은 아직도 막대한 권력을 가지고 있었다. 추밀사가 동창을 견제하기 위해 활동하기는 하지만 동창에 비해서는 아직 못 미치는 감이 있었다. 추밀사가 그나마 동창을 견제할 수 있었던 것은 당금 명의 재상이라 할 수 있는 장수보(張首輔)의 힘이 컸다.

다음날 오후가 되자 장추백의 예상대로 수린이 깨어났다. 수린의 곁에는 두 사람이 지키고 있었다. 천위현은 이미 이무량에게 주무성의 뜻을 전하고 온 상태였다.

"으… 음!"

"정신이 드느냐?"

"누… 누구세요?"

정신을 차린 수린은 겁에 질린 표정으로 두 사람을 쳐다보았다. 가문의 혈겁으로 인해 아직도 공포에 젖어 있었던 것이다.

“안심해라. 우리는 관에서 나온 사람들이다. 네 가문의 혈겁은 이미 알고 있다. 비밀 통로로 빠져나와 이곳에 쓰러져 있는 너를 우리가 발견한 것이다.”

부드러운 목소리로 말하는 주무성을 보자 수린은 설움이 복받쳐 올랐다.

“흑흑!! 오빠는요? 우리 오빠는요?”

자신을 구하기 위해 복면인들을 유인한 백무를 생각하며 수린은 주무성에게 물었다.

“백가장에서 살아남은 사람은 오직 너뿐이다.”

“흑흑! 죽은 거군요? 오빠도 죽었군요?”

자신만 살아남았다는 소리에 맑은 눈물과 함께 처연한 음성이 흘러나왔다.

“정신을 차리거라. 어떻게 된 일이냐?”

“흑! 몰라요. 나쁜 놈들이 쳐들어와서는 식구들을 다 죽이고, 오빠와 저만 살아남았어요. 오빠는 절 비밀 통로로 들여보내고는 그놈들을 유인하기 위해 다른 곳으로 갔어요.”

“다른 곳?”

“흑흑!!”

“자세히 말해보거라.”

주무성은 울음을 그치지 않는 수린을 재촉했다. 이야기하는 것으로 봐서는 아무것도 모르는 듯했다. 수린을 구하기 위해 백가장을 습격한 이들을 유인해 갔다는 오빠라면 무엇인가 알고 있을지도 모른다는 생각이 들었다.

"흑흑!! 아마 오빠는 요하 쪽으로 도망갔을 거예요. 흑! 요하 쪽으로 도망가면 사형들도 오빠를 잡지 못했으니까요."

'알았다. 자네, 들었나?'

"예, 어르신!"

"어서 이 아이의 오빠를 찾게."

"알겠습니다."

천위현은 주무성의 뜻을 알고는 초막을 떠나 바로 백가장으로 향했다. 수린의 오빠가 살아 있을 가능성이 있기 때문이었다.

백가장으로 돌아온 천위현은 가산 뒤편에서 흔적을 발견할 수 있었다. 흔적을 쫓아 추적했으나 백무의 흔적이 요하강변에서 끊겨 있었다. 격투가 있었던 흔적으로 보아 천위현은 백두가 놈들에게 잡혀갔거나 누군가에 의해 구해졌을 가능성이 있음을 알 수 있었다.

"이곳에서 무슨 일이 벌어졌는지 도저히 모르겠군. 놈들이 수린의 오빠라는 아이를 쫓아 이곳으로 온 것만은 틀림없다. 누군가 구해갔다면 좋겠지만 놈들의 무공으로 보아 그럴 가능성은 희박하다. 으… 음, 어쩔 수 없이 일단 돌아가야겠군."

조사를 마친 천위현은 초막으로 돌아왔다. 수린은 울다 지 쳤는지 잠이 들어 있었다.

"내가 수혈을 짚어놓았네. 어떻던가?"

"요하강까지 도망간 것은 확실합니다. 하지만……."

천위현은 자신이 본 사실을 주무성에게 이야기해 주었다.

"놈들의 전력으로 보아 자네 말대로 누군가 그 아이를 구 했을 확률은 희박하군. 하지만 이 아이에겐 그 이야기를 숨기 게. 자신의 오빠가 죽었다는 사실을 알게 되면 충격이 클 테 니 말이야."

"알겠습니다."

"내일은 마차를 준비해 주게. 북경으로 돌아가야 할 것 같 네."

"북경이요?"

"그래, 자네가 떠나 있는 동안 무량이에게서 사람이 왔네. 아무래도 북경의 일이 심상치가 않으니 가봐야겠네."

"북경의 일이 말입니까? 혹시 동창이?"

"그렇네. 형님께서 동창의 움직임이 심상치 않다는 전갈을 보내오셨네."

"알겠습니다. 그런데 이 아이는 어떻게 하실 작정이십니 까?"

"북경으로 데리고 가서 내가 보살필 작정이네. 이제 일가 붙이 하나 없는 천애고아가 되었으니 이 아이가 허락한다면 내가 돌볼 것이네."

"알겠습니다."

북경의 일이 심상치 않다는 것은 동창의 움직임이 수상하다는 말이다. 동창을 감시하고 제어해야 할 추밀사의 수장이 오랫동안 북경을 비우고 이곳에 있으니 뭔가 움직임이 있을 것이라고 예상은 했지만 너무도 빠른 행보라 의혹이 드는 천위현이었다.

'어르신께서 잘하시겠지. 그나저나 평생 결혼도 하지 않으신 양반이 저 아이를 데리고 있겠다고 생각하신 것을 보면 이젠 많이 늙으신 모양이로군.'

천위현은 마치 딸처럼 수린을 바라보는 주무성을 보며 흑산으로 향했다. 북경으로 돌아갈 마차를 구하기 위해서였다.

＊　　　　＊　　　　＊

화르르르!

꿈인지 생시인지 모르겠다. 주변에 있는 모든 것이 모두 타들어가고 있다. 날름거리는 화마로 인해 사방이 모두 불바다다. 아버지도, 아버지 밑에서 무공을 연마했던 사형들과 가솔들도 모두 화마에 휩싸여 괴로워하고 있다.

"크… 윽! 아버지!! 이익!"

구해야 한다. 달려가려 했다. 화마 속에서 비명을 지르며 몸부림치는 아버지와 사형들을 구하러 달려가려고 했다.

철컹!

움직일 수가 없다. 그것은 내 의지가 아니다. 사지가 검은 쇠사슬로 친친 감겨져 있다. 아무리 몸부림을 쳐봐도 빈틈없이 채워진 쇠사슬로 인해 몸이 움직이지 않는다.

"으… 아아아!! 아버지!! 수린아!!"

벗어나기 위해 계속해서 몸부림을 쳤지만 쇠사슬은 요지부동이었다. 마치 악마의 족쇄처럼 사지를 감싸 안으며 더욱 조여들 뿐이다. 눈앞에서 모든 이가 타 죽는 것을 지켜봐야만 했다.

모든 것을 불사르는 화마 속에서 고통에 일그러진 표정으로 모두가 나를 원망하고 있다. 아버지도, 사형들도, 그리고 수린이도…….

"으아아아!"

아무것도 할 수 없는 내 입에서는 고통스러운 비명만이 흘러나올 뿐이다.

사르르르!

미친 듯이 비명을 지르며 몸부림치는 것도 잠시, 어느새 불길이 잦아들며 모든 것이 사라졌다. 화마(火魔) 속에서 울부짖던 가족들의 모습과 비명 소리가 순식간에 사라지며 모든 것을 감싸 버린 짙은 어둠이 찾아왔다.

철컹! 철컹!

나를 감싸고 있는 쇠사슬은 풀리지 않은 채 그대로였다. 변한 것이 있다면 쇠사슬이 어느새 붉게 달아올라 지옥의 염화보다 더 강렬한 화기를 뿌리고 있는 것이었다.

치이이익!

붉게 달아오른 쇠사슬이 살갗을 태우며 점점 더 파고들고 있었다. 고통스러워 미칠 것 같다. 고통으로 인해 아무것도 보이지 않았다. 뼈를 발라내는 것 같은 고통으로 인해 난 아무것도 생각할 수 없다.

"크크크! 팔다리가 모두 부러져 나갔으니 이제 병신이나 다름없군. 크크크크!"

들었던 목소리다. 어디선가 들었던 목소리다. 어둠의 저편에서 죽어도 잊지 못할 목소리가 흘러나왔다. 뜨거운 열기를 내뿜으며 살 속을 파고드는 고통 속에서도 목소리를 기억할 수 있었다.

"크… 으! 죽일 것이다. 기어코 살아나 반드시 네놈을 죽일 것이다."

죽여야 할 놈이다. 백가장을 혈겁으로 몰아넣은 놈이다. 나를 고통으로 몰아넣은 놈이다. 반드시 찾아서 복수를 해야 한다. 나보다 더한 고통으로 피눈물을 흘리게 만들어주어야 할 놈이다.

“크… 아악!”

복수심을 키울수록 고통이 커진다. 미칠 것 같다.

하지만 반드시 난 살아날 것이다. 가슴속 깊이 차오르는 고통을 밀어내듯 비명을 질렀다. 그렇게 해야만 미칠 것 같은 고통 속에서 해방될 것 같았다.

슈슈슈슝!

어두웠던 전경이 갑자기 환해졌다. 불로 지지는 것 같은 고통 속에서도 한기가 느껴졌다. 눈앞이 환해진 것은 사방을 가득 채우고 있는 은빛의 칼날들 때문이다.

어디서 나타난 것인지 모르겠다. 분명 저놈들은 내게 또 다른 고통을 가져다줄 것이다. 한기를 뿌리는 수많은 빙도(氷刀)들은 도첨(刀尖)을 나에게로 향한 채 허공을 맴돌고 있다.

슈슈슈슉!!

퍼퍼퍼퍽!

은빛의 빙도들이 사정없이 나를 향해 달려들었다.

“크아아악!!”

전신이 분해되는 것 같은 고통이 찾아들었다. 빙도들이 먹이를 노리는 늑대의 이빨처럼 몸을 파고들어 피를 빨아댄다. 살 속을 파헤치는 날카로움과 함께 뼛속까지 얼려 버리는 한기가 파고들고 있다.

몸을 친친 감고 있는 쇠사슬에서 흘러들어 온 열기가 고통

을 가중시켰다. 지옥의 염화보다도 뜨거운 열기와 팔한지옥
의 빙기가 내 영혼마저 갈가리 찢어가고 있다.

하지만 난 살아날 것이다. 놈들에게 이것보다 더한 고통을
안겨줄 것이다. 세상에 태어난 것을 처절히 후회하도록 만들
어줄 것이다. 반드시!

*　　　*　　　*

꿈틀!

혈맥을 찾아 세침보다 가느다란 동관을 꽂고 있던 당민은
지금까지 가만히 있던 백무의 몸이 움직임이자 고통을 느끼
고 있다는 것을 알 수 있었다. 고통을 느끼고 있다면 살아날
확률이 높아졌다는 것이기에 그녀의 손길이 분주해졌다.

'이제 서서히 고통을 느끼고 있으니 의식을 찾을 날도 머
지않은 것 같구나. 하지만 네가 살아남으려면 이 고통을 이겨
내야 할 것이다. 날 위해서라도 말이다. 잘 견뎌내거라. 이 고
통을 참지 못하면 넌 다시는 깨어나지 못한다. 지옥의 겁화가
네게로 찾아온다 해도 반드시 이겨내야 한다. 이제 난 너에게
모든 것을 걸기로 했으니 말이다.'

푹!

당민은 백무의 동맥에 사정없이 동관을 찔러 넣었다. 그리
고 다른 한 끝을 잡고는 앙상한 손을 들어 올렸다. 태어나면

서부터 병상에만 누워 있던 소령의 손이었다.

'소령아, 만약 저 아이가 아니었다면 이번 치료는 시도조차 못했을 것이다. 운이 좋다고 여겨라. 이제는 네가 그동안 겪어온 지옥이 이 아이에게로 넘어가는구나.'

팔뚝을 보며 혈관을 찾았다. 하지만 너무도 맥이 미약해 찾기기 힘들었다. 약해질 대로 약해져 있어 혈맥조차 보이지 않았다. 마침내 혈맥을 찾은 당민은 소령의 팔에 조심스럽게 동관을 꽂았다.

"끝난 것이오?"

여리디여린 소령의 팔에 동관을 꽂는 모습을 지켜보던 궁노가 안쓰러운 듯 물었다. 비록 한규민을 주인으로 모시고 소령을 아가씨라 부르지만 소령에게서 조손의 정을 느껴왔던 궁노이기에 안타까움이 묻어 있는 목소리였다.

"아니요. 목적지까지 가려면 여섯 번은 더 해야 해요. 그동안 궁노께서 이 아이를 보살펴 오셨기에 이나마 가능한 것이에요."

언제나 밖으로 나도는 한규민 대신 소령의 상세를 챙긴 것이 궁노임을 알고 있기에 당민은 그의 노고를 알아주었다.

"으흠! 내가 무엇을 한 것이 있다고……."

"아니에요. 한 대인이 외지로 나가 있는 동안 궁노께서 이 아이의 혈맥이 막히지 않도록 해주셨다는 것을 알고 있어요.

그렇지 않았다면 이 아이는 예전에 벌써 다시는 못 올 길을 갔을 거라는 것을 제가 더 잘 알아요."

"흠! 흠! 그런 것을 가지고 뭘. 당연히 해야 할 일을 했을 뿐이오. 가호야, 주변을 살펴보자. 혹시 맹수라도 나타나면 곤란하니 말이다."

궁노는 어색한 듯 자리를 떴다. 절정의 고수가 맹수를 두려워하랴마는 무엇보다 수혈을 하고 있는 두 사람의 안정이 중요하기에 주변을 살피려는 것이었다.

온통 거대한 나무들이 빼곡이 둘러싸인 이곳은 섬에서도 오지 중의 오지였다. 원주민들도 두려워하는 곳. 맹수와 기이한 괴수들, 그리고 독충들이 득시글거리는 곳이었지만 궁노는 별탄 두려움이 없는 듯했다.

"가호야."

"왜 그러십니까, 스승님."

"이번 여행길은 아가씨의 목숨이 달린 일이니 넌 최선을 다해야 할 것이다."

"무슨 말씀을……?"

"저 아이 말이다. 아가씨의 생명을 연장시키기 위해서는 저 아이가 꼭 필요한 존재 같으니 주의하라는 말이다."

"아, 알겠습니다."

가호가 생각하기에 백무는 사지가 완전히 박살난 상태였기에 전혀 쓸모가 없는 자였다. 만약 천상의 선녀나 다름없는 소령에게 필요가 없었다면 벌써 던져 버렸을 것이다.

소령과 피를 나눈다는 말에 기분이 상해 있던 가호는 이곳까지 오는 동안 백무를 막 대했었다. 그러한 사실을 이미 눈치 챈 스승의 말에 가호는 고개를 숙이며 마지못해 대답했다.

"저 아이는 죽지도 살지도 못하는 처지다. 저 정도의 상세라면 이미 사람 구실을 하기는 글렀다는 말이다. 비록 저 모양이 되기는 했지만 저 아이의 아비가 한때 주인님에게 은혜를 베풀었던 적이 있다. 그러니 가는 동안만이라도 편안히 갈 수 있도록 잘 데리고 가거라."

'아가씨와 피를 섞는다는 자체가 기분 나쁘지만 모두 아가씨를 위한 일이니 어쩔 수 없지.'

"알겠습니다, 스승님."

마음에 들지는 않지만 스승의 말대로 하기로 한 가호는 고개를 끄덕였다.

수혈이 끝난 것은 반 시진 후였다. 어느 정도 소령이 혈색을 찾자 당민은 길을 재촉했다. 별다른 위험은 없겠지만 소령을 고치기 위해서는 시간이 제일 중요했기 때문이다.

혈수련이 피는 혈천독지가 있는 곳까지 가는 동안 당민의 말대로 여섯 번의 수혈이 이루어졌다. 그로 인해 백무의 안색은 점차 창백해져 갔고, 소령의 안색은 조금씩 좋아지고 있었다.

혈천독지까지 가는 데는 사흘이 넘게 걸렸다. 조심해야 할 환자를 둘이나 업고 가고 있었고, 매 다섯 시진마다 수혈을 해야 했기에 늦어진 것이었다.

"이제부터 호흡을 낮추어야 해요. 그리고 이 단약을 먹도록 해요. 혈천독지의 독은 바람을 타고 날아와 순식간에 사람을 중독시키니까요. 이 단약이 없었다면 나조차 이곳에 오는 것을 꺼려했을 거예요."

혈수련이 피는 혈천독지에 가까이 이르자 당민은 품에서 단환을 꺼내 두 사람에게 주었다.

"알았소."

궁노와 가호는 당민이 내미는 단약을 받아 들었다. 그리고 거리낌없이 입 안에 털어 넣었다. 주변으로 이는 바람에서 미세하나마 독기를 느끼고 있었기 때문이다.

"아가씨와 저 아이는 어떻게 해야 하오?"

두 사람도 독에 노출되는 것은 마찬가지였기에 단약을 먹지 못하는 소령과 백무를 바라보며 궁노가 물었다.

"걱정하지 말아요. 저 아이들을 위해서는 다른 것을 이용할 테니까요. 우리가 먹은 청명단보다 훨씬 나을 거예요."

당민은 말을 끝마친 후 품에서 기이한 색의 옥패 두 개를 꺼내 들었다.

"그것은!!"

궁노는 당민의 품에서 나온 옥패를 보며 경탄성을 터뜨렸다. 자신도 이야기만 들었지 한 번도 본 적이 없는 기물임을 알아본 것이다.

"맞아요. 이건 화령적옥(火靈赤玉)이에요. 이것이라면 이 아이들이 독에 중독되는 것을 막아줄 거예요."

당민은 줄이 달린 화령적옥패를 소령과 백무의 목에 걸어주었다. 화령적옥은 기물이었다. 보석으로서도 무한한 가치를 지니고 있지만 그보다 더 중요한 것은 이것을 가지고 있으면 어떠한 독의 침습도 막아준다는 것이다. 옛날부터 독살의 위협을 많이 느끼는 황제들이 최고로 가지고 싶어하는 것 중 하나가 바로 화령적옥이었다.

또한 화령적옥은 무림인들도 탐내는 기보 중의 기보였다. 특히 양강(陽剛) 계열의 무공을 익힌 자들은 눈에 불을 켜고 찾는 것이 바로 화령적옥이었다. 이것을 품에 지니고 운기조식을 하면 평소보다 서너 배 이상의 내력을 쌓을 수 있었기 때문이다.

화령적옥은 쉽게 가질 수 있는 물건이 아니었다. 궁노는 당민의 품에 독과는 상극이라고 할 수 있는 화령적옥이 있다는 것이 있다는 것이 의아했지만 이내 생각을 접었다.

전진하면 할수록 주변의 독기가 짙어갔다. 주변이 모두 독기에 잠긴 듯 동물의 그림자는 찾아볼 수 없었다. 있는 것이

라고는 탁한 색을 띠고 있는 기이한 나무들과 풀뿐이었다. 주
변에 감돌고 있는 독기가 궁노로서도 견디기 힘들 만큼 만만
치 않았던 것이다.

'이렇듯 코를 찌를 듯 지독한 독기라니……? 단약을 복용
하지 않았다면 아무리 나라고 해도 큰 낭패를 볼 뻔했군. 독
에 대해 나름대로 수련했지만 역시 세상은 겪어봐야 알 수 있
는 것이다.'

단약을 복용하고 한 시진을 더 전진한 궁노는 바람결에 실
려오는 독향에 머리가 어지러워짐을 느꼈다. 지금까지와는
다르게 더욱 강렬해진 독 기운이었다. 강렬해진 독기에 백무
와 소령을 살폈지만 별다른 이상이 없었다. 하지만 당민과 가
호는 조금 힘든 듯 인상을 찌푸리고 있었다.

"이제 다 왔어요. 혈천독지에 도착하면 아무것도 만지지
말아요. 피부에 접촉하면 순식간에 죽음에 이르게 하는 극독
을 가진 독물들이 산재한 곳이니까요."

당민의 전음이 두 사람의 귀로 파고들었다.

"알았소."

당민의 주의에 궁노와 가호는 머리를 끄덕이며 그녀의 뒤
를 따랐다. 단약을 복용했음에도 주변에 산재한 독기로 인해
머리가 어지러웠다. 그들도 위험하다는 것을 느끼는지 당민
을 따르는 발걸음이 무척이나 조심스러웠다.

부스럭.

풀섶을 헤치자 안쪽에 사 장여 길이의 연못이 보였다. 붉은 기운을 넘실거리는 모습이 마치 핏물을 담아놓은 듯 기괴한 연못이 일행의 눈앞에 나타났던 것이다.

"아직은 시간이 안 된 것 같군요. 일단 내가 만들어놓은 처소로 가기로 해요."

당민은 일행을 이끌고 한쪽으로 갔다. 혈천독지와는 전혀 다른 하얀색의 암벽이 끝없이 솟아오른 곳이었다. 그곳에는 조그마한 동굴이 뚫려 있었고, 당민은 거침없이 안으로 들어갔다.

"여기가 앞으로 우리가 있어야 할 곳이에요. 독기가 침범하지 않는 곳이니 생활하는 데에는 큰 불편이 없을 거예요."

"아가씨를 치료하는 데 얼마나 걸리기에 이곳에서 생활을 한다는 말이오?"

짐작은 하고 있지만 예상외로 치료에 시간이 걸릴 것 같았다. 체력이 이미 바닥난 소령이 얼마나 견딜 수 있을지 알 수 없는 궁노로서는 당연한 물음이었다.

"아직은 나도 몰라요. 이런 치료를 한 전례가 없으니까요. 내 예상으로는 사나흘이면 될 거예요. 어쩌면 그 이상 걸릴 수도 있고요. 그러니 여유를 가지고, 너무 걱정하지 마시고요. 저 아이가 있어 소령이가 체력이 떨어지는 일은 없을 거예요. 이 안에는 그 정도 시간 동안 살아갈 수 있는 식량과 식수가 있으니 걱정하지 말고요.”

안심하라는 듯 당민이 미소를 지어 보였다.

“그렇게 말하니 안심이오. 언제 이토록 준비한 것이오?”

‘소령이 치료하려고 혈천독지를 발견하고는 바로 준비해 두었어요. 그나저나 궁금한 것이 있어요. 저 아이는 어쩌다 저렇게 된 것이죠?’

당민은 백무의 신세 내력에 대해 들은 바가 없었다. 소령이와 피가 같다는 이유와 안에 몸 안에 담긴 극양의 힘이 필요해 대동해 왔을 뿐이다.

“저 아이의 집안이 혈겁을 당했소. 저 아이를 저렇게 만들어놓은 것은 집안을 멸문시킨 흉수의 짓이었소. 주인님께서 조금만 빨랐어도 저렇게까지 되지는 않았을 터인데…….”

궁노의 눈에 안타까운 빛이 스쳤다. 혈오의 피가 있다면 어느 정도 정상을 되찾을 수 있겠지만, 그건 어디까지나 지금의 상태에서 약간 회복되는 정도였다.

‘혈오의 피를 복용한다고 해도 사지를 움직일 수는 없다. 어차피 그럴 바에는 소령 아가씨나 살리는 것이 나은 선택이지…….’

궁노는 소령을 살리기 위해서는 어쩔 수 없다는 듯 이내 고개를 저었다.

“도대체 저 아이의 가문이 어떤 곳이기에 혈겁을 당했다는

말인가요? 어린아이에게 저렇게 무지막지하게 손을 쓴 것을
보면 흉수들이 만만치 않은 자들 같은데 말이죠."

당민의 표정에는 의문이 가득했다. 이런 형태의 손속이라
면 원한이 극에 이르지 않는 한 어려운 것이었기 때문이다.

"요녕성에 있는 백가장이 저 녀석의 가문이오."

"요녕성의 백가장이오?"

당민은 격동하는 눈빛으로 궁노를 쳐다보았다.

"아는 곳이오?"

당민이 경동하는 모습을 보이자 궁노가 의아히 여기며 물
었다.

"아니에요. 장원을 이룰 정도의 가문이라면 꽤나 성세가
컸을 텐데 저 아이가 저런 모습이 됐다는 것이 안타까워서
요."

당민은 자신의 마음을 들키지 않으려는 듯 백무의 처지를
안타까워한다는 말로 서둘러 변명했다.

"정말 안된 일이오. 천섬일도 백찬웅이란 사람이 저 녀석
의 아버지가 되오. 무공도 고절한 편이지만 그보다는 덕으로
사람을 감싸던 인품이 넘치는 사람이었소. 주인님과는 예전
인연이 있어 아는 사이였고 말이오."

"그렇군요."

격동하던 당민의 눈빛이 어느새 가라앉아 있었다. 그리고
이내 시선을 백무에게로 돌려졌다.

‘아는 사이인 것이 분명하다. 이 여인이 이곳을 떠난 적이 거의 없는 것으로 알고 있건만. 백찬웅과의 사이에 무슨 인연이라도 있는 것인가? 모를 일이로군.’

자리에서 일어서 백무에게로 향하는 당민을 보며 궁노는 의문을 느꼈다. 중원 출신인 것을 알고 있지만 당민이 이곳에서 세월을 보낸 것이 거의 십여 년 정도 될 것이라는 한규민의 말을 기억하고 있었기 때문이다.

“언제부터 치료를 시작하는 것이오?”

“앞으로 사흘 후부터 치료를 시작할 거예요. 혈수련이 피려면 아직 이틀은 있어야 하니까요. 만월의 기운이 가득 차야 혈수련이 피니 너무 조급해하지 말아요.”

“알겠소.”

동굴 안에 마련된 침상에 누운 소령의 안색은 어느 때보다 편안해 보였다. 궁노는 편안한 안색의 소령을 보며 조금은 마음이 놓였다.

第四章 고통 속에 이루어진 적혈신(赤血身)!

九劈雷雲

어느새 혈수련이 피는 날이 다가왔다. 일 년 중 가장 음기가 가득 찬 밤이 다가오고 있는 것이다. 이곳은 염하의 날씨이지만 중원은 지금 혹독한 겨울이 찾아왔을 시절이다.

만월은 어느새 혈천독지 위로 떠올랐고, 붉은 핏물 같은 혈천독지는 음산하게 달빛을 반사하고 있었다. 혈천독지 위에 뜬 혈월(血月)은 보는 이로 하여금 가슴이 섬뜩하게 할 만큼 무척이나 요요(妖妖)로웠다.

혈천독지에는 얼마 전까지는 없었던 세 장의 수반(水盤)이 떠올라 있었다. 혈수련을 받치는 것이 분명해 보였다. 세 장의 수반 위로는 꽃대가 올라와 있었고, 그 위로는 꽃망울을 터뜨리기 직전의 붉은 연꽃이 있었다.

"혈수련은 언제 따야 하는 것이오?"

초조한 궁노의 전음이 당민에게 들려왔다.

"기다리세요. 아직 시간이 더 있어야 해요. 혈수련이 피는 것도 중요하지만 다음이 더 중요하니까요. 내가 신호를 하면 각자 하나씩 혈수련을 따도록 해요."

"알았소. 가호야, 긴장하지 말고 차분히 기다려야 한다. 그리고 내 지시가 있으면 곧바로 혈수련을 따야 한다. 알아들었느냐?"

당민의 전음을 들은 궁노는 긴장하고 있는 가호를 진정시키며 혈수련을 딸 준비를 시켰다.

"알겠습니다, 스승님."

세 사람은 긴장된 안색으로 나무 위에서 혈천독지를 바라보고 있었다. 조금 있으면 혈수련이 피기에 시기를 놓치지 않기 위해서였다.

궤에에엑!

갑자기 귀청을 뚫을 듯 괴이한 괴성이 혈천독지에 울려 퍼졌다. 그것은 동물의 울음소리가 분명했다. 어떤 짐승인지는 모르지만 혈천독지의 독기를 들이키게 되면 목숨을 잃는다는 것을 모르고 다가온 모양이다. 수풀이 흔들리며 괴이한 소리는 점점 혈천독지를 향해 가까워지고 있었다.

"무슨 일이오?"

"가만있으세요. 우리가 있는 것이 들키면 소령이를 치료하는 것은 모두 물거품이 되니까요."

궁금함에 당민에게 전음을 보냈던 궁노는 질책하는 당민의 전음에 몸을 움츠리고 혈천독지를 바라보았다.

츠으으으!!

혈천독지 옆의 풀이 흔들리며 무엇인가 나타났다. 그와 함께 풍기는 비릿한 냄새는 세 사람의 인상을 더없이 찌푸리게 만들었다. 숨이 막힐 정도로 지독한 독기를 풍기고 있었다.

"움직이지 말아요. 청명단을 복용했지만 두 사람 다 숨을 멈추세요. 저놈까지 나타날 줄이야!"

"저 괴이하게 생긴 짐승은 도대체 무엇이요?"

"혈목섬(血目蟾)이에요. 놈에게 들키면 이번 일은 모조리 물거품이 돼요. 앞으로도 독물들이 계속 몰려들 거예요. 그러니 내가 말할 때까지 모두 꼼짝 말고 있어야 해요."

당민은 궁노의 전음에 나타난 괴물체에 대해 설명해 주며 두 사람에게 최대한 조용히 있도록 전음을 보냈다. 혈천독지를 찾아온 독물들을 놀라게 한다면 소령의 치료는 물거품이 될 것이 뻔했기 때문이다.

궤에엑!

커다란 소리와 함께 혈천독지 옆에 무엇인가 나타났다. 풀숲을 벗어나자 완전한 형체가 드러났다. 사람의 머리만 한 괴이한 생물이었다.

생긴 것은 두꺼비처럼 생겼는데 등짝에는 마치 사람의 눈처럼 생긴 혹이 잔뜩 달려 있어 징그럽기 짝이 없었다.

이마에는 주먹만 한 거대한 붉은 두 눈이 퉁방울처럼 달려 있었는데 번득거리며 혈천독지로 걸음을 옮기고 있는 중이었다.

장내에 나타난 것은 혈목섬이란 독물이었다. 피부에 흐르는 진액에 독을 가지고 있는데, 닿는 즉시 사망에 이를 만큼 극독이었다.

혈목섬은 혈천독지에 이르자 큰 두 눈을 두리번거렸다. 그리고 서서히 혈천독지로 몸을 담그기 시작했다. 점액질처럼 끈적거리는 붉은 색의 혈천독지로 들어간 혈목섬은 이내 수면 아래로 가라앉았다. 그리고는 다시 떠오르지 않았다.

그와 동시에 여기저기서 이상한 독물들이 혈천독지를 향해 무더기로 나타나기 시작했다. 관(冠)처럼 생긴 것이 머리에 달려 있는 푸른색의 뱀, 색이 온통 붉은 도마뱀 등에 오색의 줄무늬가 선명한 다람쥐 등 수많은 종류의 독물들이 혈천독지 속으로 들어갔다. 독물들은 혈독섬과 마찬가지로 다시는 수면 위로 떠오르지 않았다.

'청흑사(靑黑蛇)에 염독갈호(炎毒蝎虎), 거기다 오채마오(五彩魔蜈)까지, 촌각 안에 사람을 죽일 수 있는 저런 독물들이 모두 모여들다니……. 독문의 문인들이 보면 미쳐 날뛰겠군.'

궁노는 몰려드는 독물들을 보며 경악하지 않을 수 없었다. 하나같이 천하의 극독을 소유하고 있는 독물들이었다. 독문의 사람들이 본다면 독물을 취하기 살벌한 혈풍이 불고도 남았을 만큼 기수(奇獸)들이 혈천독지로 뛰어들고 있었던 것이다. 영물이나 다름없는 독물들을 바라보며 놀라고 있는 궁노의 귓가로 당민의 전음이 들려왔다.

"저것들은 혈수련이 피기 전에 나는 냄새에 끌려 이곳으로 온 독물들이에요. 자신들이 죽는다는 것도 모르고 말이죠. 저놈들이 혈천독지에 녹아들었으니 조금 있으면 극독을 흡수한 혈수련이 필 거예요. 그러면 각자 하나씩 혈수련을 꺾어야 해요. 허리에 매어 있는 덩굴이 튼튼한지 잘 살피도록 해요. 떨어진다면 순식간에 뼈까지 녹아버릴 테니까요. 혈천독지 위에서는 독기 때문에 경공을 시전할 수 없으니 추처럼 진동하는 힘을 이용해 재빨리 혈수련을 낚아채고는 덩굴을 잡아당겨 벗어나야 해요."

"알았소."

"알겠습니다."

두 사람의 대답을 듣고 난 후 당민은 혈수련이 피는 시기를 가늠했다. 한 방울이면 능히 천 명을 독살시킬 수 있는 극독을 가진 독물들이 혈천독지에 녹아든 이상 혈수련은 반 각 안에 필 것은 분명했다.

반 각 정도가 흐르자 서서히 혈수련의 꽃망울이 벌어지기 시작했다. 기이한 화향과 함께 혈수련이 만개하기 시작하자 당민의 눈이 여느 때보다 빛났다.

"드디어 피기 시작했어요. 만개하기 전에 따면 안 되니 시간을 잘 맞추어야 해요."

당민은 혈수련을 딸 시기를 가늠했다.

"지금이에요."

혈수련이 만개하자 당민이 두 사람에게 전음을 보냈다.

휘이이익!

세 사람이 허리 어림에 덩굴을 묶은 채 나무 아래로 떨어져 내리고 있었다. 반대편 나무에 묶은 줄에 의해 그들의 신형이 순차적으로 혈천독지를 가로지르고 있었다. 한 손으로는 덩굴을 잡아당겨 빠지는 것을 방지하고 세 사람이 차례로 혈수련의 줄기를 잡아채 반대편에 내려섰다. 무공을 익히지 않았다면 보일 수 없는 몸놀림이었다.

"모두 피해요. 지금부터 혈천독지 십 장 안은 그 누구도 살 수 없는 독지로 변하니 서둘러야 해요. 어서!!"

당민이 다급히 전음으로 소리치자 궁노와 가호는 경공을 발휘해 암벽의 동굴로 뛰기 시작했다.

타타타탁!

세 사람이 경공을 이용해 빠른 속도로 이동해 동굴에 도착할 무렵 혈천독지 위에 떠올랐던 혈수련의 수반이 시들기 시작했다. 그와 동시에 붉은 안개가 혈천독지로부터 솟아올라

순식간에 주변을 감싸기 시작했다. 붉은 안개는 세 사람의 경공을 무색케 할 정도로 빠른 속도로 주변을 감쌌다.

치이이익!

초목과 암석이 붉은 안개에 닿자마자 물처럼 녹아내리기 시작했다. 붉은 안개는 모든 것을 한순간에 녹여 버리며 독성을 유감없이 발휘했다.

휘이이익!

붉은 안개가 등을 덮치기 직전 세 사람은 동굴 안으로 간신히 뛰어들 수 있었다.

"가호는 어서 윗도리를 벗어서 밖으로 던져! 어서!!

가호가 입고 있는 웃옷의 끝자락이 녹아내리고 있는 것을 본 당민이 다급하게 소리치자 가호는 재빨리 옷을 벗어 밖으로 던졌다. 아무리 청명단을 복용하고 내공으로 독기를 막아 낼 수 있다고는 하지만 혈천독지에서 피어나는 혈천앙무(血天殃霧)에는 소용이 없었다.

"휴유! 다행이에요. 조금만 더 늦었다면 가호는 순식간에 녹아버렸을 거예요."

당민의 말에 가호는 등에 식은땀이 솟는 것을 느꼈다. 궁노로부터 무공을 배운 후 겁이라는 것을 몰랐던 그는 이번 일이 얼마나 위험한 일이었는지 비로소 알게 되었다.

"무슨 놈의 독기가 그리도 강렬하다는 말이오. 자칫 늦었다면 황천길로 직행할 뻔했소. 그런데 이곳은 정말 안전한 것이오?”

“안전해요. 동굴 입구에는 천년웅황(千年雄黃)이 세 개나 박혀 있어요. 아무리 혈천독지의 독기가 강력하다 해도 간단히 뚫을 수 없으니 안심하세요. 비록 오래 버티지는 못하겠지만 천년웅황의 약효가 다할 때쯤이면 혈천앙무도 가라앉을 테니까요. 그나저나 빨리 혈수련을 제게 주세요. 녹아버리면 만사 헛수고니까요.”

당민은 가호와 궁노에게서 혈수련을 받아 들고는 품 안에서 붉은빛이 나는 옥으로 된 상자를 꺼내 그 안에 넣었다.

“제가 청명단(淸明丹)을 드릴 테니 빨리 복용하고 어서 운기조식을 취하도록 하세요. 자칫 잘못하면 여독으로 인해 불상사를 당할 수 있으니까요.”

혈천독지의 독기인 혈천앙무에 직접적으로 닿지는 않았지만 독기의 여파인지 모두들 머리가 아파왔다. 당민은 품에서 청명단을 꺼내 궁노와 가호에게 주었다. 미량이지만 그대로 놔둔다면 자칫 치명적일 수 있었다.

청명단을 먹은 세 사람은 자리에 앉아 운기조식을 취했다. 해독을 위해 밀독천의 비법으로 특별히 만든 단환이라 미량이지만 혈맥을 파고든 혈천앙무의 독기는 서서히 해독되었다.

운기조식을 취한 지 얼마 지나지 않아 당민은 해독을 마치고 깨어났다. 궁노와 가호 또한 뒤이어 깨어난 후 자신의 몸을 살펴보았다.

"괜찮으냐?"

"다행히 이상은 없는 것 같습니다, 스승님."

가호가 이상이 없음을 확인하자 궁노는 당민을 쳐다보았다.

"이제부터 아가씨에 대한 치료가 시작되는 것이오?"

"이제부터 시작해야 돼요. 청현비옥(淸絃緋玉)으로 혈수련을 보관할 수 있는 시각은 기껏해야 세 시진을 넘기 힘드니까요. 일단 저 백무란 아이를 소령이의 옆에 눕히도록 하세요."

"저 아이도 치료에 쓰인다는 말이오?"

"그래요. 저 아이 없이는 소령일 치료하는 것은 불가능해요. 오히려 저 아이만큼 적합한 사람은 없어요. 의식이 없는 상태니 치료하는 동안 고통을 못 느낄 테니 치료에 적당해요. 수혈을 받는 도중 고통으로 뒤척인다면 백무도 문제지만 소령이도 위험해져요."

"으음! 그럼 피가 같은 사람을 찾았던 것은 아가씨를 이곳으로 데리고 오는 것뿐만 아니라 치료를 위해서이기도 하다는 말이오?"

"그래요. 혈수련은 그냥 복용할 수 없는 것이니까요. 그냥 복용한다면 몸이 약한 소령인 치료를 하기도 전에 약력을 견디지 못하고 죽고 말 거예요. 해서 다른 사람을 통해 한 번 걸러진 약력을 흡수해야 돼요. 그리고 그런 방법은 수혈밖에는 없고요. 원래 소령일 치료하기 위해서는 혈수련이 한 송이만 필요하지만 약력이 떨어질까 봐 세 송이를 모두 취한 거예요.”

“알았소. 준비를 하겠소.”

궁노와 가호는 수혈할 준비를 하기 시작했다. 이미 이곳으로 오는 동안 여러 번의 경험이 있던 터라 준비는 수월하게 끝났다. 백무가 조금 높은 위치에 누워 있고 소령은 바닥에 누워 있는 형태로 수혈할 준비가 모두 끝났다.

준비가 끝나자 당민은 품에서 조그마한 상자 하나를 더 꺼냈다. 자색 빛이 도는 자수정으로 만든 상자였다. 상자를 연 당민은 그 안에서 붉은색을 띠는 조그마한 새 한 마리를 꺼냈다.

“저것이 혈오로군요. 저런 새가 있다니 놀라운 일입니다, 스승님.”

가호는 당민이 꺼낸 것을 보고 놀라며 입을 열었다. 당민이 꺼낸 것이 바로 엄청난 돈을 주고 이번에 구입한 혈오라는 것을 알았기 때문이다.

“가호야, 저것은 새가 아니란다.”

“새가 아니라고요?”

궁노의 말에 가호는 자신의 눈을 의심했다. 분명 당민이 꺼낸 것은 영락없는 새였다. 그 크기가 비록 엄지손가락 두 개를 합쳐 놓은 것만 한 크기였지만 분명 새의 모양을 하고 있었던 것이다.

"후후! 누가 봐도 새로 오인할 만하지. 그래서 혈오라는 이름이 붙여졌지만 저것은 버섯의 일종이란다."

"에이! 저게 버섯이라니요? 믿을 수가 없네요."

자신의 눈으로 보기에 새가 분명했다. 그런데 궁노가 아니라고 하자 믿을 수가 없었다.

"혈오라는 것은 금오(金鳥)라는 영물이 죽었을 때 그의 몸에서 자라나는 일종의 버섯이다. 특히 빙정을 먹고 음양의 기운을 이기지 못하고 죽은 금오의 몸에서 자라나는 것을 진품으로 여기지."

"스승님, 금오라면 극양의 영물 아닙니까. 그런데 금오가 빙정을 먹어요?"

상극의 영물을 먹는다는 말에 가호는 의아할 수밖에 없었다. 죽기를 자처하지 않는 바에야 그럴 리 없기 때문이었다.

"후후! 가호야, 금오는 마지막 탈태환골을 위해서는 반드시 빙정을 복용해야 한다. 폭주하는 극양의 기운을 제어하기 위해서지. 그런데 간혹 빙정을 복용하고 음양이기의 기운이 충돌해 탈태환골을 하지 못하고 죽는 경우가 발생한다. 보통의 영물이라면 기운의 폭발로 인해 산산이 산화하겠지만 금오는 다르다. 워낙 강한 몸을 가지고 있기 때문에 고스란히 육체가 남겨지지. 그런 금오의 몸 안에는 간혹 한 가지 기물이 자란다. 금오의 몸속에서 완전히 융화된 음양이기를 고스란히 흡수하고 버섯이 자라나는 것이지. 그런데 그 모양이 크기는 작지만 죽은 금오와 똑같기에 혈오라고 부르는 것이다.”

“그렇군요.”

궁노가 가호에게 혈오에 대해 설명하고 있을 무렵, 당민은 혈수련이 담긴 상자를 열고는 제법 큰 단검을 꺼내 혈오의 부리 부분을 잘라냈다.

주르르륵!

마치 피가 쏟아지듯 붉은 액체가 부리에서부터 흘러내려 혈수련이 들어 있는 상자 안으로 떨어졌다. 혈오가 안의 내용물을 다 쏟아내자 당민은 혈오의 껍질을 다시 자수정의 상자 안에 넣고는 품에 간직했다.

“궁노는 어서 이리로 오세요. 저 아이에게 이것을 복용시켜야 하니 입을 벌려요.”

“혈오는 원래 아가씨가 복용하는 것이 아니요?”

“원래는 그래야 하지만 지금 소령이의 체력이 너무 많이 떨어져서 이대로 혈오를 복용시키면 약력을 이기지 못해요. 이것도 저 백무란 아이에게 복용시킨 후 약력이 피에 돌기 시작하면 수혈시키는 것이 더 안정적이에요. 그리고 저 아이의 치료에도 도움이 될 거구요.”

“알았소.”

혈오를 소령이 복용할 것이라 생각하고 있던 궁노는 당민의 말이 어느 정도 타당함을 알 수 있었다. 소령의 체력이 전보다 눈에 띄게 약해져 있었기 때문이다. 또한 백무의 치료에도 도움이 된다는 말에 궁노는 의식을 잃고 있는 백무의 입을 벌렸다.

주르르륵!

청현비옥으로 만들어진 상자 안에서 붉은 액체가 백무의 입속으로 흘러들었다. 이미 혈수련이 녹아든 듯 상자 안에는 아무것도 남지 않았다. 한 모금도 안 되는 것이 남김없이 백무의 입 안으로 들어갔다.

끄르르륵!

천돌혈을 누르자 혈오의 피에 녹은 혈수련이 백무의 뱃속으로 흘러들었다.

"이제 일차 작업은 끝났군요. 잠시 쉬고들 있어요. 지금부터는 나 혼자 작업해야 하니까요."

두 사람을 쉬도록 한 후 당민은 서둘러 동관을 찾았다. 그리고는 혈맥을 찾아 두 사람의 팔목에 꽂은 다음 몇 군데 혈도를 짚었다. 약효가 돌기 전에 백무의 피가 소령에게 흘러드는 것을 막기 위해서였다.

혈도를 막은 후 당민은 백무의 몸을 추궁과혈하기 시작했다. 아주 세밀하면서도 부드럽게 전신 혈도를 한 시진 넘게 추궁과혈했다. 전신 내력을 다 쏟는지 그녀의 얼굴에 땀방울이 송골송골 맺혔다.

"휴유! 끝났어요. 이제는 기다리는 일만 남았어요."

추궁과혈이 끝나자 당민은 커다란 한숨을 내쉬며 궁노를 바라보았다.

"좀 쉬시오."

"괜찮아요. 저 아이의 몸에 혈오와 혈수련의 약력이 돌고 나면 피 속으로 스며들 거예요. 그 피는 다시 소령에게로 흘러들 거구요. 어느 정도 피가 흘러들고 나면 시간을 맞추어 멈춰야 해요. 균형이 맞지 않으면 소령이는 약력을 이기지 못하고 혈맥이 터져 버리고 말 테니까요. 궁노는 저 아이의 옆에 있다가 제가 말하면 동관을 뽑으세요. 저는 소령이의 상태를 살필게요."

설명을 마치고 난 후 당민은 소령의 옆에 가부좌를 틀고 앉아 소령의 맥문을 짚었다. 약효가 어느 정도 돌고 있는지 상태를 살피는 것이다.

꿈틀!

얼마 안 있어 백무의 몸이 꿈틀거렸다. 혈오와 혈수련의 약력이 돌기 시작한 것이다.

스으윽!

약력이 돌기 시작하자 점혈한 혈도들이 풀리며 백무의 피가 소령에게 흘러들기 시작했다. 아주 천천히 흘러드는 피의 진행 속도만큼 소령의 안색이 점차 건강한 사람의 안색으로 변하기 시작했다.

"지금이에요."

반 시진을 그렇게 소령의 맥문을 짚고 상태를 살피던 당민의 입에서 시간을 알리는 소리가 튀어나오자 궁노는 거침없이 동관을 뽑았다. 당민도 소령의 팔뚝에서 동관을 뽑아내고는 지혈을 시켰다.

"이제 끝났어요. 다행히 아무런 일 없이 치료가 끝나 정말 다행이에요."

"아니, 아가씨가 깨어나지 않았는데 벌써 치료가 끝났다는 말이오?"

당민의 말이 의아할 뿐이었다. 피를 수혈한 것만으로 치료가 끝났다는 것이 믿어지지가 않았다.

"궁노께서 한번 살펴보세요."

당민의 말에 궁노는 소령의 맥문을 짚어 상세를 살폈다. 당민의 말대로 치료가 됐는지 혈도 안에 가득 차 있던 음의 기운이 거의 사라지고 없었다.

"지금 소령이의 내부에서는 극음의 기운이 거의 사라진 상태여요. 더 이상 피를 수혈받는다면 이미 약해질 대로 약해진 소령이의 혈맥은 모두 터져 버려요. 극음의 기운이 사라진 이상 몇 번의 추궁과혈과 섭생만 잘한다면 건강한 상태로 돌아올 거예요."

"내가 보기에도 그런 것 같소. 아가씨를 치료하는 데 혈수련이 이토록 특효일 줄이야. 고맙소. 정말 고맙소. 돌아가신 주모께 이제야 죄를 씻을 수 있을 것 같소. 내 이 은혜는 잊지 않겠소."

궁노의 눈에는 뿌연 습막이 어려 있었다. 자신이 보호하지 못해 돌아가신 주모에 대해 언제나 마음의 짐을 안고 살아가던 그였기에 감회가 남달랐다. 주모를 대신해 친손녀처럼 극진히 여기던 소령이 태음참맥이라는 절맥을 앓고 있다는 사실에 하늘이 무너지는 절망감을 맛봐야 했던 그다. 그런데 이제 건강을 되찾을 수 있다는 사실에 당민에게 누구보다 고마웠던 것이다.

"은혜라니요. 이미 한 대인과의 계약으로 전 소령이를 치료하는 대가를 모두 얻었어요. 그러니 너무 마음에 두지 마세요."

"하지만 내 마음이 그런 것이 아니오. 어려운 일이 있다면 내 힘이 닿는 한도 내에서 한 번은 당신을 돕겠소."

"고마워요. 궁노의 도움이라면 큰 힘이 되겠군요. 이제 사흘 정도만 지나면 소령인 어느 정도 체력을 회복할 거예요. 그러니 이곳을 나가 마을로 데리고 가세요. 한 대인께서 추궁과혈을 해준다면 치료 시간도 훨씬 단축될 테니까 말이에요."

"정말 가도 된다는 말이오?"

혈천독지의 독력을 체험한지라 조금은 불안하던 궁노이다.

"혈천독지의 독기는 내일이면 모두 가라앉을 거예요. 그러니 사흘 후 출발하는 데는 지장 없을 거예요. 그렇지만 저 아이는 이곳에 놔두고 가세요. 한 대인과 약속한 것도 있고 하니 치료를 조금 더 해야 하니까요. 워낙 많은 양의 수혈을 한 상태라서요."

당민은 치료를 이유로 백무를 놔두고 가도록 했다. 한규민에게 들어 알고 있었지만 실재로 치료해 줄지 몰랐던 궁노로서는 주인의 고민을 덜어줄 수 있었기에 당민의 제의가 고마웠다.

"백무를 치료해 준다니 뭐라 감사의 말을 해야 할지 모르겠소. 주인님께서 조금이나마 근심을 덜 수 있을 것이오. 그런데 치료하는 데 얼마나 걸리는 것이오?"

"아마 서너 달은 치료해야 할 거예요. 끊어진 근맥을 잇고 뼈가 완전히 제자리를 잡으려면 말이죠. 이건 한 대인과의 약속도 약속이지만 궁노가 제게 은혜를 갚겠다는 것에 대한 보답이에요. 일종의 약속이라고 생각하시면 돼요. 그리고 저 아이도 자신의 피를 희생했으니 얻는 것도 있어야 하구요. 호호!"

가볍게 웃는 당민의 모습이 눈이 부셨다. 평소 언짢게 생각하던 것이 소령의 치료로 마음이 풀리자 당민의 미모가 눈에 들어온 것이다.

"그런데 저 아이의 치료가 어느 정도까지 가능한 것이오?"

대라신선이 오기 전에는 정상적인 상태로 회복시키는 것은 불가능한 일이라는 것을 잘 알기에 궁노는 당민의 의중이 무엇인지 물었다.

"물론 완벽하게 회복시키는 것은 불가능해요. 하지만 걸어다닐 수 있을 정도로는 회복시킬 순 있을 거예요."

"그 말이 사실이라면 주인님의 짐을 조금은 덜 수 있을 것이오. 그리고 주인님께서도 당신의 공을 잊지 않을 것이오. 정말 고맙소."

궁노는 한규민이 백무에게 마음의 짐을 지고 있음을 알고 있었다. 걸어다닐 수 있게 된다면 백찬웅에게 받은 은혜를 갚지 못했다는 자책감을 덜 수 있을 것이라는 사실에 당민을 향해 다시 한 번 고마움을 표시했다.

"호호! 괜찮아요. 궁노의 도움만으로도 난 과분해요."

당민은 궁노의 말을 뒤로하고 백무를 살피기 시작했다. 어쩌면 자신의 염원을 달성할 수 있을지도 모르는 일이기에 조금은 흥분한 상태였다.

자신의 가문과 전설의 문파가 오백여 년간 염원하던 일이 어쩌면 결실을 맺을지 몰랐기 때문이다. 실오라기 하나 걸치지 않은 백무의 몸을 천천히 짚어가며 살피는 당민의 모습은 무척이나 신중해 보였다.

'주인님께서 독선고가 저 아이에게 관심을 가지고 있다고 하더니 정말이었군.'

궁노는 한규민의 말을 기억했다. 소령의 치료가 어떻게 되는지 살필 것과 백무에 대한 당민의 관심이었다. 소령의 치료야 잘 끝나서 문제가 없지만 백무의 일은 판단하기 곤란했다. 만약 백무를 대상으로 실험을 하는 것이라면 한규민이 지시한 대로 어쩔 수 없이 당민에게 손을 써야 할지도 몰랐기 때문이다.

'제발 의원으로서의 관심만 있기를 바랄 뿐이다. 아가씨를 치료해 준 은혜를 저버리고 싶지는 않으니까.'

궁노는 백무를 살피는 당민의 모습을 지켜보다 소령의 곁으로 다가갔다. 소령의 상태가 궁금했기 때문이다.

백무의 피를 수혈 받은 소령의 상세는 시간이 흐를수록 급격히 좋아졌다. 촌각이 달랐고, 하루하루가 달랐다. 이틀 후 아침이 되었을 무렵에는 소령의 얼굴에 어느덧 화색이 돌고 있었다.

"으… 음!"

"아가씨, 괜찮으십니까?"

오랫동안 잠을 잔 사람처럼 신음을 흘리며 소령이 눈을 뜨자 가호는 무척이나 기쁜 듯 소령을 불렀다.

"으음! 가호! 여긴 어디야?"

눈을 뜬 후 평소 자신이 누워 있던 방이 아닌 것을 발견한 소령은 가호에게 자신이 누워 있는 곳이 어딘지 물었다.

"아가씨, 이곳은 독선고(毒仙姑)님이 머무시는 동굴입니다. 지금까지 아가씨를 치료해 주셨고요. 그런데 몸은 좀 어떠세요?"

무엇보다 소령의 안위가 궁금했다. 치료가 잘 되었는지 알고 싶었던 것이다.

"기분이 날아갈 것 같아. 몸 안에 기운이 도는 것도 같고. 무엇보다 춥지 않아서 좋아, 가호."

"크윽! 아가씨!"

가호는 소령의 말에 눈물을 훔쳤다. 언제나 자리에 누워만 있는 소령이 이제는 병을 털고 정상인처럼 살아갈 수 있다는 사실이 너무나 기뻤던 것이다.

"으… 으!"

태어나서 처음으로 느껴보는 상쾌한 기분에 소령은 자리에서 일어나려 안간힘을 썼다.

"아가씨, 그러지 마세요. 치료가 끝난 지 얼마 되지도 않았는데……."

"아니야. 일어나고 싶어."

"정말 괜찮으시겠어요?"

고집스럽게 일어나려는 소령을 말릴 수가 없었다.

"소령아, 아직은 몸을 함부로 움직이면 안 된다. 근력이 많이 약해진 상태이니 집으로 돌아간 후 치료에 힘써야 할 것이다. 섭생을 하고 어느 정도 근력이 붙은 후에나 움직이도록 해라."

일어나려는 소령을 제지시킨 것은 당민이었다.

"언니, 정말 감사드려요. 제대로 인사를 드려야 하는데 몸이 이 모양이라 죄송해요."

소령은 당민의 제지에 움직이려던 것을 멈추고 감사를 표시했다. 자신에게 새로운 삶을 준 것이 바로 그녀였기 때문이다.

"감사할 것 없다. 너의 아버지와 한 약속 때문에 치료한 것뿐이니. 감사를 하려면 저기 누워 있는 녀석에게 하거라. 저 아이가 없었다면 널 치료할 수 없었을 것이다."

당민의 말에 소령의 시선이 돌아갔다. 그곳에는 창백한 안색의 백무가 누워 있었다.

"저 사람이 저의 치료를 도왔다는 말씀입니까?"

"그렇습니다, 아가씨. 저 사람은……."

옆에 있던 가호가 지난 시간 동안 일어났던 일을 소령에게 이야기해 주었다. 한규민과 백가장의 인연을 제외하고 지금까지 있었던 일을 모두 설명해 준 것이었다.

"정말 안된 사람이구나."

이야기를 모두 들은 소령은 불쌍하다는 듯 백무를 바라보았다.

"걱정하지 마십시오, 아가씨. 독선고님께서 치료를 해준다고 하시니 그나마 다행입니다. 그렇지 않았다면 평생 누워 있어야 할 팔자인데 그나마 다행한 일이지요."

백무의 처지를 안타깝게 여기는 소령에게 가호는 독선고가 치료해 줄 것임을 알려주었다.

"으음, 알았어요. 정말 고마워요. 그런데 조금 졸리네요."

"아직 몸속에 약력이 돌고 있어서 그렇다. 그러니 한숨 자도록 해라. 네가 깨어날 때쯤이면 아마도 마을에 도착해 있을 것이다."

"알았어요. 전 조금 잘게요."

소령은 눈을 감았다. 몸 안에 돌고 있는 약력으로 이내 잠에 빠져 든 것이다. 오랜 세월 누적되어 있던 음기가 사라지고 몸이 치료되는 과정에서 약력으로 인해 체력이 많이 소모된 탓이었다.

"호호! 이제는 뛰어다닐 수도 있을 것이다. 원한다면 무공도 익힐 수 있을 것이고……."

당민은 잠이 든 소령의 맥을 짚어보니 무척이나 정상적이 맥이 놀고 있었다. 예상대로 치료가 잘 끝난 것이다.

"소령인 완전히 치료가 됐으니 궁노와 가호는 내일 아침 일찍 소령일 데리고 가도록 하세요. 지금 상태라면 문제가 없을 거예요. 좀 더 있게 하고 싶기는 하지만 저 아이도 치료가 시급하니 그러는 편이 좋을 것 같군요."

백무의 치료를 위해서 다른 사람이 있어서는 곤란했다. 백무의 치료 방법은 그 누구도 보아서는 안 되는 것이었기 때문이다.

“알았소. 내일 떠나도록 하겠소. 그나저나 소령 아가씨를 치료해 주어 정말 고맙소.”

“별말씀을요. 이제는 저 아이를 치료할 준비를 해야 하니 궁노와 가호는 이곳에 있으세요. 제 거처에 갔다 와야 하니 조금 시간이 걸릴 거예요.”

당민은 궁노와 가호에게 말을 마치고는 동굴 밖으로 나갔다. 백무를 치료할 준비를 하기 위해서였다. 그녀가 돌아온 것은 술시가 가까운 시각이었다.

그녀는 커다란 상자 하나를 가지고 돌아왔다. 시술에 필요한 약재와 도구가 들어 있는 상자였다. 상자를 동굴에 놔둔 당민은 혈천독지 주변을 돌아다니며 무엇인가를 수집했다.

“스승님, 꽤나 열성적인 것 같은데요?”

“그러게 말이다. 의술을 익힌 사람으로서 관심이 가기도 하겠지. 저 아이 정도의 상세라면 도전해 볼 만할 테니 말이다. 일찍 자거라. 내일 아침 일찍 떠나야 할 테니.”

“알겠습니다, 스승님.”

두 사람은 내일 떠날 것에 대비해 잠자리에 들었다. 비록 구석진 자리에다 거친 동굴 바닥에 아무렇게나 누웠지만 마음만은 편했다.

당민은 혈천독지 주변에서 치료에 필요한 것을 구하느라 밤을 새웠다. 대부분의 것이 밤에만 볼 수 있는 것들이었기 때문이다.

"거의 다 구했다. 궁노와 가호가 떠나고 나면 치료를 시작해도 되겠어."

고된 일이었지만 나름대로 성과가 있었기에 흡족한 미소가 그녀의 입가에 감돌았다.

"이런, 벌써 날이 밝아오는구나."

궁노와 가호가 떠날 준비를 마쳤을 것이기에 당민은 서둘러 동굴로 향했다. 동굴 안으로 들어서자 소령의 상세를 살피는 궁노를 볼 수 있었다.

"소령인 어떤가요?"

"맥이 전보다 더 힘차졌소. 마을까지 모시고 가도 이상이 없을 만큼 말이오."

"잘됐군요. 이제 떠나야겠네요."

"그동안 정말 고마웠소. 일간 한번 들르겠소."

"서너 달 후에나 오시는 것이 좋을 거예요. 그 정도 시간이면 저 아이도 어느 정도 차도를 보일 테니까요."

치료가 오래 걸릴 것이라는 당민의 말에 궁노가 고개를 끄떡였다. 당민이 서너 달 후에 오라는 것이 방해하지 말아달라는 뜻임을 알 수 있었기 때문이다.

"알겠소. 그리하겠소."

궁노는 당민에게 고맙다는 인사를 한 후 소령을 조심스럽게 들쳐 업었다. 경공을 발휘해 갈 수 있을 정도로 안정을 되찾은 소령이었기에 빠른 시간 안에 돌아가려는 생각이었다.

궁노는 소령을 업고 동굴을 나선 후 가호와 함께 마을로 향했다. 경공을 펼치는지라 하루 정도면 마을에 당도할 것이다.

혈천독지에서 멀리 사라지는 궁노와 가호를 바라보던 당민은 동굴 입구에 진법을 설치하기 시작했다. 자신이 백무를 치료하는 동안 침입자를 막기 위해서였다.

"저 아이가 나에게 온 것은 행운이다. 어쩌면 본가와 밀독천의 전설이 저 아이로 인해 실현될지도 모르니까 말이다. 전설이 실현된다면 중원에는 피바람이 일 것이다. 잔혹하고도 무서운 피바람이……."

백무를 바라보는 당민의 눈빛이 빛났다. 그녀의 오랜 염원이 풀릴 수도 있었기 때문이다. 십 년 가까이 이곳 지옥도의 오지에서 자신이 준비해 온 일들이 드디어 결실을 맺을 때가 된 것이다.

소령과 궁노 일행이 떠나고 하루가 지난 후 백무가 깨어났다. 당민이 치료를 위해 깨운 것이다. 사실 그동안 당민은 백무를 깨울 수 있었음에도 일부러 정신을 잃게 했던 것이다.

'으… 음, 여기가 어디지? 저 여인은 또 누구고…….'

많은 시간 동안 정신을 잃고 있었던 백무는 자신이 낯선 곳에 와 있다는 사실을 알고는 어리둥절했다. 그리고 자신을 빤히 바라보고 있는 당민을 볼 수 있었다.

"누구십니까?"

"난 당민이라고 한다."

"당민?"

처음 보는 사람이다. 누구인지 모르는 까닭에 백무는 당민을 관찰했다.

"한 대인으로부터 네 치료를 부탁받은 사람이다."

"한 대인이라면……."

'으… 음! 다행히 한 대인이 날 구한 모양이로구나.'

"한 대인은 중원에 약재를 구하러 갔다가 너를 구했다고 한다. 너를 잘 아는 것 같았다. 난 원래 한 대인의 딸인 소령이를 치료해 왔었다. 한 대인의 부탁도 있었지만 네 상태에 흥미를 느껴 내가 치료해 보기로 했다. 이곳은 널 치료하기 위한 곳이고."

"그랬군요. 그런데 전 지금 어떤 상태입니까?"

복면인으로부터 끔찍한 일을 당했다는 것을 기억할 수 있었다. 몸 상태가 정상일 리 없었다. 지금도 사지에 힘을 주지만 손끝 하나 움직일 수 없었다.

"네 몸 상태는 그야말로 최악이다. 살아 있다고 말할 수 없을 정도다."

"크크크! 예상대로군요."

나이답지 않은 허무한 웃음 소리였다. 당민은 백무의 목소리에서 진한 슬픔을 느낄 수 있었다. 하지만 그 가운데에서도 강한 의지를 읽을 수 있었기에 당민의 설명은 계속해서 이어졌다.

"일단 네 몸의 상태에 대해서 이야기해 주겠다. 사지는 쓸 수 없다. 근육과 혈맥이 완전히 제자리를 이탈하고 관절 또한 망가진 상태다. 거기다 독맥이 망가졌다. 그야말로 살아 있다는 것이 기적일 정도다."

'크크! 그리고요?'

'그리고?'

"더 없느냐는 말입니다."

"일… 단은……."

당민은 분노로 타오르는 백무의 눈빛에 소름이 끼쳤다. 대답을 하는 자신의 목소리가 떨리는 것을 느꼈다. 그녀로서는 처음 가져보는 느낌이었다.

'무서운 아이다. 참담할 텐데 그것을 분노로 이겨내다니…….'

어떻게 그런 고통을 이겨낼 수 있었는지 짐작이 갔다. 백무가 겪은 고통은 실로 끔찍한 것이었다. 몸 안에 이는 극심한 고통을 이겨내고 이렇게 살아난 것을 보면 강한 의지를 가진 것이 분명했다.

“절 치료하신다고 했는데 가능성은 있는 겁니까?”

“가능성은 반이다. 너에게 처음 시도하는 것이니.”

“처음 시도하는 것이라면 불확실하다는 뜻인데…….”

“으… 음, 숨기지는 않겠다. 숨겨서 될 일도 아니고. 내가 너를 통해 이루고자 하는 것은 적혈신(赤血身)이다. 최강의 무인을 만들어내겠다는 멸문당한 당가의 꿈이자 마지막 비원이지. 치료를 하겠다는 것이 아니라 너에게 적혈잠원대법이란 개정대법을 시전하려는 것이다. 그러면 움직일 수 없는 네 사지가 다시 움직일 수도 있을지 모른다.”

“그럼 한 가지 묻겠습니다. 적혈신이 이루어지기만 한다면 제가 정말 무공을 익힐 수 있는 겁니까?”

“반드시 성공한다고는 장담을 못한다. 오히려 죽을 확률이 더 높다고 해야겠지. 하지만 성공만 한다면 무공을 익히는 것이 문제가 아니다. 무림 사상 한 번도 나타난 적이 없는 최강의 무공을 익힐 수 있을 것이다. 하나 적혈신을 이루고자 한다면 무한한 고통이 따를 것이다. 죽음보다 더한 고통이 따른다는 말이다. 그러니 난 너에게 강권하지는 않겠다. 하고 안 하고는 오로지 너의 선택일 뿐이다.”

“으… 음!”

거짓을 말하는 것 같지는 않았다. 자신에게 말하는 당민의 눈빛이 강한 결의로 빛났기 때문이다.

“크크크! 이런 몸이라면 어차피 죽은 시체나 마찬가지 아닙니까. 죽는 것은 하나도 두렵지 않습니다. 다만 복수를 못 할지도 모른다는 사실이 두려울 뿐입니다. 그러니 치료해 주십시오. 몸을 정상으로 회복하고 무공을 익힐 수 있다면 실낱같은 희망이라도 버리지 않아야 하는 거 아닙니까?"

아무것도 못하고 평생을 누워 지내는 것보다 무엇인가 하는 것이 나았다. 거기다 최강의 무인이 될 수도 있을지 모르는 일이다. 그것이 비록 죽음으로 가는 지름길이라고 해도 선택은 한 가지일 수밖에 없었다.

"으… 음, 다시 한 번 말하지만 적혈잠원대법이 아니고서는 지금 내가 지닌 의술만으로 너를 완벽하게 치료할 수는 없다. 네 몸은 사대근맥이 완전히 박살났고, 척추에 스며든 기운으로 인해 독맥은 갈가리 찢긴 상태이기 때문이다. 대라신선이 와도 일반적인 의술로는 고칠 수 없다는 뜻이다. 하지만 적혈잠원대법이라면 다르다. 어느 정도 치료될 가망성이 있다. 그리고 완벽히 성공만 한다면 넌 무인으로서는 최상의 신체를 가지게 될 거다. 그러나 적혈잠원대법을 시술하는 것에는 약간의 문제가 있다. 다름이 아니라 견갑골과 다리뼈가 문제다."

"그게 무슨 문제입니까?"

"완전히 망가져 버려 적혈잠원대법의 공능으로도 원 상태로 재생이 불가능하다는 것이다."

"그럼?"

“우선 적혈잠원대법을 시전하기 전에 다른 시술을 해야 한
다. 네 다리뼈와 견갑골을 다른 것으로 바꾸는 것이다.”

“그런 것도 가능합니까?”

“물론이다. 우선 근육을 절제하고 네 다리…….”

당민은 앞으로 자신이 할 시술에 대해 자세히 설명해 주었
다. 설명을 들으며 백무는 시술이 쉽지 않다는 것을 알 수 있
었다. 당민의 말대로 성공할 확률보다 시술을 받다가 죽을 확
률이 더 높아 보였다. 굳건했던 마음이 흔들릴 정도였다.

누워 있는 자신에게 차분히 설명을 해주는 당민을 바라보
며 평생을 누워 있어야 할 것인가, 아니면 위험을 감수하고서
라도 시술을 받은 것인가 고민에 빠졌다.

하지만 역시 선택의 여지는 없었다. 당민이 아니면 완전히
망가져 버린 자신의 육신을 정상으로 되돌릴 사람이 없다는
것도 알게 되었기 때문이다.

“크크! 좋습니다. 어차피 죽음을 각오했다고 말씀드렸습니
다. 꼭 시술해 주십시오. 전 동생을 찾아야 합니다. 그리고 집
안을 멸문시킨 놈들을 찾아 복수도 해야 하고 말입니다. 적혈
신이 무엇인지는 모르겠지만, 이렇게 팔다리를 쓰지 못한 채
평생을 누워 사느니 시술을 받겠습니다. 시술받다가 죽게 된
다면 전 염왕의 모가지를 비틀어서라도 반드시 살아날 겁니
다.”

“정말이냐?”

다시 한 번 결심이 확고한지 묻는 당민이었다.

"제 결심은 변함이 없습니다. 제 눈앞에서 돌아가신 아버지와 식솔들의 피가 아직도 제 가슴에 뜨겁게 남아 있습니다. 눈을 감으면 그분들이 죽어가는 모습이 눈에 선합니다. 전 절대로 그분들의 복수를 포기할 수 없으니 시술해 주십시오."

몸을 움직일 수는 없었지만 백무의 눈은 활활 타오르고 있었다. 무척이나 굳은 의지였다.

"좋다. 네 결심이 그리 굳다면 한번 해보도록 하자."

"고… 맙습니다. 이 은혜는 평생을 두고 잊지 않겠습니다."

"네 결심이 그렇다니 지금부터 시술을 하도록 하겠다. 그러려면 우선 네 치아를 모두 뽑아야 한다."

"치아를요?"

"고통에 혀가 잘릴 위험이 높기 때문이다. 어차피 적혈신을 이루고 나면 치아가 다시 날 것이니 평생 합죽이로 살 걱정은 하지 마라."

얼마나 고통스럽기에 이까지 전부 뽑아야 하는지 궁금했지만 참기로 했다. 백무는 시술을 받는 동안 그 어떤 고통이라도 참아낼 각오가 되어 있었다.

"으… 음! 좋습니다. 그래야 한다면 그렇게 하십시오."

"조금만 기다려라."

백무의 승낙에 당민은 집게를 찾아 들었다. 이를 뽑기 위해서였다. 검푸른 집게는 싸늘한 기운을 흘리고 있었다.

타타탁!

당민은 백무의 혈도 몇 군데를 짚었다.

"마비탕을 쓸 수도 있으나 그렇게 하면 적혈신을 이루는 동안 거부반응이 있을 수 있다. 그래서 너의 고통을 줄이기 위해 혈도를 짚은 것이다. 시술이 끝나고 나도 얼마간 고통이 따를 것이니 꾹 참아라. 이 고통은 적혈신을 이루기 위한 고통에 비하면 진정 조족지혈이라고 말할 수 있으니까."

턱!

우드득!

"크… 으으!"

생이빨이 뿌리째 뽑혀 나가자 백무는 머리로 타고 오르는 고통에 신음을 흘렸다. 괜히 적혈신을 시술받겠다고 한 것이 아닌가 하는 생각이 들 정도로 지독한 고통이었다.

"쯔쯔, 이런 고통조차 참지 못하다니……."

냉정하기 그지없는 말투였다. 그녀의 말대로 본격적인 시술에 비한다면 이 정도는 고통 축에도 끼지 못하는 것이었기 때문이다.

"크… 으! 괘… 아 승… 니다."

이가 빠져 피가 흘러내리고 있는 가운데 백무의 말소리가 새어 나왔다. 고통이 밀려들고 있었지만 자신을 바라보고 있는 당민의 혹독한 눈빛에 백무는 자신의 마음을 다잡았다.

백가장이 참담하게 혈겁을 당하던 때를 떠올렸다. 비명에
죽은 아버지와 생사를 알 수 없는 수린의 모습도 떠올렸다.
분노의 감정과 수린을 찾아야 한다는 일념으로 고통을 이겨
내려 한 것이다.

으드득!

신경과 함께 핏줄기가 딸려 나오며 이빨이 다시금 뽑혔
다.

"으… 으!"

'대단한 아이다. 예상대로 확실히 독종이야!'

신음 소리가 잦아들었다. 입으로 피를 흘리며 고통을 참고
있는 모습에 당민은 백무가 대단한 의지의 소유자임을 알 수
있었다.

"으드득!"

한 사람은 무심하게 계속 이를 뽑고 한 사람은 몸을 떨면서
도 고통을 참고 있는 모습은 무척이나 기괴스러웠다.

"잘 참았다."

백무의 입가는 피범벅이었다. 당민은 그런 모습을 보면서
도 아무렇지 않은 듯 자신의 옆에 있는 상자를 열었다. 그리
고 푸른색의 옥병을 조심스럽게 집어 들고는 병을 열어 안에
있는 약을 백무의 입에 흘려 넣어주었다.

"삼켜라. 구전회혼단을 녹인 것이다. 네 의지가 굳건하다
면 구전회혼단이 너를 지켜줄 것이다. 약효가 퍼지고 나면 본

격적으로 시술을 시작하겠다."

구전회혼단을 이를 뽑기 전에 주지 않고 지금 준 것은 당민이 백무를 시험해 본 측면이 컸다. 치아가 생으로 뽑히는 고통은 의외로 큰 것이기에 백무의 의지를 시험하기에 적당했던 것이다.

앞으로 백무에게 시전될 시술은 고통을 억누르는 구전회혼단을 복용하고도 견디기 힘든 것이다. 생니를 뽑는 고통의 수십 배를 상회할 것이 분명했다. 이 정도 고통조차 참지 못한다면 적혈신을 이루기 위한 시술은 해보나마나였던 것이다.

약효가 퍼질 동안 당민은 상자 안에서 여러 가지 도구들을 꺼내어 백무의 옆에 있는 면포 위에 올려놓기 시작했다. 새파랗게 날이 선 여러 종류의 칼과 가위, 비단 실 등이 차례로 꺼내어졌다.

시술 도구가 어느 정도 준비되자 당민은 마지막으로 자신의 품에서 옥으로 된 상자 두 개를 꺼내 옆에다 놓았다.

"이제는 모두 준비가 끝났다. 지금부터 아무리 고통이 크더라도 무조건 참아내야 할 것이다."

"거… 정 마… 시시… 오."

백무는 고통스러운 와중에도 걱정하지 말라는 듯 새는 소리로 말했다.

"그래, 이제 시작하자."

시술할 모든 준비가 끝나자 당민은 면포 위에서 날이 선 작은 비수 하나를 집어 들었다.

스윽!

"으… 으윽!"

한 치 정도 날이 서 있는 비수는 새파란 빛을 내뿜으며 백무의 다리에 작은 상처를 남겼다. 당민은 자그마한 집게를 들고는 다리의 근육을 헤집기 시작했다.

혈도를 짚어놓아 몸을 움직일 수는 없지만 가느다랗게 몸이 떨고 있는 백무의 고통에는 아랑곳하지 않았다. 당민은 조심스러우면서도 빠르게 시술에만 전념했다.

'완전히 부서져 있던 뼈가 제자리를 찾지 못하고 마음대로 붙어가고 있구나.'

근육이 다치지 않도록 헤집은 당민은 울퉁불퉁하게 제멋대로 붙어버린 종아리뼈를 볼 수 있었다.

쩍!

당민은 근육이 헤쳐진 다리에서 핏물에 젖은 종아리뼈를 거침없이 떼어냈다. 주변이 피범벅이었지만 당민의 손에는 피 한 점 묻어 있지 않았다.

"크… 으윽!!"

뼈를 조심스럽게 분리해 낸 당민은 신음을 흘리며 누워 있는 백무의 상태를 한 번 살피더니 한기를 흘리는 상자를 열었다. 그리고 그 안에서 손바닥 길이만 한 검은색의 물체를 꺼내 들었다.

마치 고약처럼 생긴 것이었다. 당민은 들어낸 뼈만큼의 길이로 늘리더니 뼈를 들어낸 자리에 집어넣고는 다른 상자를 열었다. 새로운 상자 안에는 피처럼 붉은 액체가 가득 들어 있었다. 당민은 상자를 들어 안에 있는 내용물을 조심스럽게 백무의 다리뼈 대신 물체에 부었다.

"크… 으윽!!"

비명과 함께 백무의 눈자위가 뒤집혀 하얗게 변해 버렸다. 고통을 참을 수 없었던 것이다.

"참아라. 지금은 시작일 뿐이다. 아직도 시술할 것이 많이 남아 있다. 정신을 차려라. 어서!!"

소리를 질러 백무의 정신을 일깨운 당민은 서둘러 백무의 다리를 봉합했다.

"크으윽!"

당민의 말처럼 그걸로 시술이 끝이 아니었다. 봉합이 끝나고 난 후 다른 쪽 다리 또한 같은 고통을 겪어야 했다. 다시금 지옥의 유황불로 떨어지는 것보다 더한 고통이 백무에게 찾아들었다.

부서진 후 마음대로 붙어버린 다리뼈를 완전히 들어내고 다른 것으로 대체하는 시술은 숨 넘어가는 백무의 고통 속에 두 시진이 넘게 걸리고 있었다.

"휴우! 오늘은 이것으로 끝내자. 다시 한 번 말하지만 네가 정신을 잃는다면 모든 것이 끝이다. 구전회혼단이 어떻게든 너의 정신을 지켜줄 것이다. 그러니 최대한 의식을 집중해 정신을 잃는 일이 없도록 해라.”

의식을 잃을 수도 없이 온전히 고통을 감수해야 하는 백무의 신형은 잔경련으로 떨고 있었다. 그런 백무를 보며 당민은 냉막하게 말하며 동굴 바깥으로 나갔다.

주르륵!

‘내가 잘하는 짓인가?

바깥으로 나온 당민의 눈에는 소리없는 눈물이 흐르고 있었다. 비록 스스로 시술을 받겠다고 했지만 자신이 하는 시술은 인간이 할 짓이 못 되었다. 초인을 만들기 위한 것이라고는 하지만 실패할 확률이 구 할이 넘는 시술이었다.

‘하지만 어쩔 수 없다. 혈수련과 혈오의 피를 복용한 이상 시술을 이대로 멈춘다면 저 아이는 한 줌 핏물로 녹아버릴 것이다. 저 아이의 다리에 박아 넣은 묵사진(墨沙塵)의 힘을 감당 못할 것이니……. 만약 이번 일이 잘못된다면 내 목숨으로 사죄하는 수밖에. 그렇게 되면 내 염원도 모두 끝날 테니…….’

당민은 약해지려는 마음을 접고는 혈천독지 주변을 서서히 돌기 시작했다. 자신의 예상대로 일이 진행되기 위해서는 혈천독지의 일이 무엇보다도 중요했기 때문이다. 혈천독지를 돌던 그녀의 눈빛이 기쁜 듯 흔들렸다.

‘예상대로다. 이제 저 아이가 살아날 확률이 높아졌다. 걱정했건만 혈천독지를 채우고 있는 것은 내가 예상한 것이 틀림없다.’

혈천독지는 전과는 다른 빛을 뿌리고 있었다. 핏빛이었던 혈천독지가 어느새 뿌연 기운이 조금씩 차기 시작했던 것이다. 뿌연 기운은 잘려진 혈수련이 없어진 꽃대 끝에서 흘러나오고 있었다.

혈천독지를 살핀 당민은 다시 동굴로 갔다. 그리고 얼마 후 동굴 안에서는 처절한 비명이 흘러나왔다. 독기가 가신 혈천독지 주변을 날던 새들이 놀라 떨어질 만큼 처절한 비명이 흘러나왔던 것이다. 비명 소리는 사흘이 넘도록 멈추지 않았다.

“그간 잘 참았다. 예상보다 경과가 좋다. 이제는 부서진 어깨뼈의 연골만 제대로 만든다면 넌 예전의 몸을 되찾을 수 있을 것이다. 한 번에 끝내야 하니 고통스럽더라도 참아야 한다.”

사흘에 걸쳐 다리에 대한 추가 시술을 끝낸 당민은 망가진 어깨를 고칠 준비를 끝내고 다시 한 번 백무에게 주의를 주었다.

“으… 으! 차… 아… 내… 게… 습니다.”

당민은 백무를 움직여 돌려 눕혔다. 자그마한 칼로 견갑골과 어깨 근육이 있는 곳을 갈라내고 근육을 헤쳤다. 근육을 헤치고 연골을 들어낸 다음 이번에도 한옥(寒玉)에 담겨 있는 물체를 꺼내더니 손으로 늘려 백무의 견갑골과 어깨뼈 쪽에 집어넣었다.

연이어지는 시술로 인해 고통으로 몸을 떨고 있는 백무였지만 그녀의 손속은 거침이 없었다. 뒤이어 붉은 액체를 붓고는 서둘러 봉합했다. 매우 섬세한 작업을 요하는지라 당민의 손길은 정교하기 그지없었다.

"휴우! 일차 시술은 끝났다. 어깨 쪽은 망가진 곳이 그리 많지 않아 다행이다."

"크… 으으! 이… 제 끝난 거… 이까?"

"아직 아니다. 이제부터는 네 전신을 문지를 것이다. 실오라기 하나 걸치지 않아야 하니 옷을 모두 벗기겠다."

"으… 음!"

부끄러운 기분이 들었지만 치료를 위해서이다. 한낱 욕념에 물들 사람이 아니기에 아직 가시지 않은 고통을 이를 악물어 참고 고개를 끄덕였다. 당민은 아무렇지 않은 듯 바지와 함께 간신히 은밀한 곳을 가리고 있는 백무의 속옷을 벗겨냈다.

그녀의 손은 내력을 끌어올린 듯 푸르게 물들어 있었다.

쪼르르!

당민은 붉은 액체를 손에 따랐다. 그녀의 손에 따라진 붉은 액체가 백무의 전신에 골고루 발라지기 시작했다. 붉은 액체는 당민의 손길을 따라 백무의 피부 속으로 급속히 스며들었다.

사타구니를 비롯해 전신을 문지르는 당민의 손길에는 정성이 넘치고 있었다. 욕념 하나 찾아볼 수 없는 순수한 눈빛으로 백무의 전신을 추궁과혈하듯 주무르고 있었다. 당민은 손길을 멈추지 않고 백무에게 자신이 바르고 있는 액체에 대해 설명해 주기 시작했다.

"잘 들어라. 천하에서 가장 단단한 것이 혈오의 껍질이다. 아무리 보검이라 해도 그냥은 껍질을 자르거나 뚫을 수 없지. 보검이라도 강기를 둘러야만 겨우 뚫을 수 있다. 하지만 천하에 오직 하나, 강기가 없어도 뚫을 수 있는 것이 있다. 바로 저 단검이지. 검흔비(劍痕匕)라는 것이다. 앞으로 검흔비는 네 것이 될 것이다."

당민의 말에 백무는 얼굴을 돌려 자신의 머리맡에 있는 검흔비를 바라보았다. 기이한 문양이 그려져 있는 것이 예사 물건이 아닌 것 같았다.

"혈오의 피는 그렇게 해서야 얻을 수 있는 것이다. 구하기도 어렵고 복용하기도 어려운 것이지. 혈오의 껍질을 뚫고 받아낸 혈오의 피의 일부분은 이미 너를 통해 소령이를 치료하는 데 사용되었다. 그렇지만 혈오의 약효 중 대부분이 너에게 남아 있는 상태다. 소령이를 치료하느라 구한 것인데 덕분에 너 또한 도움을 받은 셈이지."

“고… 마운 이… 이… 로… 구요.”

자신의 몸을 계속해서 주무르는 탓에 백무의 목소리가 떨려 나왔다. 하지만 당민은 아무렇지도 않은 듯 계속해서 말을 이었다.

“혈오에 대해 알고 있는 자들이 있지만 혈오의 피만 중시할 뿐 그 껍질이 가지고 있는 효능을 알고 있는 사람은 세상에 오직 나 하나뿐일 것이다. 혈오의 껍질은 사람의 피와 혈수련의 즙액을 합치면 물처럼 녹아버린다. 내가 지금 너에게 바르고 있는 것은 바로 혈오의 껍질을 녹인 것이다. 세인들은 모르지만 무림인들에겐 어쩌면 혈오보다 이 껍질이 더 중요하다. 내가 바르는 것이 마르면 너는 천하에서 가장 단단한 육체를 가지게 될 테니까. 혈오의 껍질을 잘랐던 검흔비로도 자르거나 뚫지 못하게 되는 것이지. 넌 이제 천하제일의 피부를 가지게 되는 것이다. 이것도 공짜로 얻는 것은 아니지. 조금 있으면 또다시 고통이 찾아올 것이다. 앞서의 시술도 참아냈으니 이번에도 견딜 수 있을 것이다.”

백무는 그녀의 마지막 말을 하나도 들을 수 없었다. 이제는 혈오의 껍질을 녹인 것이 스며든 곳마다 핏줄을 하나하나 뽑아내는 것 같은 고통이 찾아왔기 때문이다.

“크… 으으!”

전신을 바늘로 찌르는 것 같은 고통 속에서 백무는 이를 악물며 고통을 참았다. 고통이 찾아들자 당민은 추궁과혈하던 손길을 멈추었다. 그리고 서서히 변해가는 백무를 지켜보기 시작했다. 얼마 지나지 않아 붉게 물들어 있는 백무의 몸이 점차 제 색깔을 찾아갔다.

"휴우! 이제 어느 정도 끝났다. 하지만 마지막으로 제일 위험한 절차가 남아 있다."

당민은 조심스러운 눈빛으로 백무의 상세를 살폈다. 다음 단계로 진행해도 될 만큼 어느 정도 치료가 된 것 같자 당민은 마지막 절차를 마무리 짓기 위해 백무를 안아 들었다.

"이제 마지막이다. 어쩌면 이번 시술이 제일 위험할지도 모른다. 혈천독지의 독기가 남아 있기에 넌 잘못하면 한 줌 핏물로 녹아버릴지도 모르니까. 혈천독지의 붉은빛은 혈수련이 지고 나면 얼마 안 있어 사라져 버린다. 그저 평범한 연못처럼 보이지. 하지만 독기는 전보다 더 강력해진다."

이제는 청빙담으로 변해 버린 혈천독지로 간 후 당민은 백무의 몸에 빈틈없이 금침을 박았다. 침의 끝머리가 보이지 않을 정도로 깊숙이 박아 넣었다.

풍덩!

'끄아아아악!'

금침대법을 끝낸 당민은 아무런 거리낌 없이 백무를 혈천독지로 던져 넣었다. 강한 압력과 온몸을 지지는 것 같은 독기가 파고들자 백무의 비명이 물거품을 타고 흘러나왔다.

지금까지와는 차원이 다른 고통이었다. 비명을 지르는 통

에 혈천독지를 가득 채우고 있는 것들이 자신의 입으로 들어
왔지만 비명을 멈출 수가 없었다.

　고통으로 인해 정신을 잃을 수도 없었다. 당민이 자신에게
먹인 구전회혼단 때문이었다. 백무는 그렇게 혈천독지에서
고통의 세월을 보내야만 했다. 생생히 정신을 차리고 모든 고
통을 감내해야 했던 것이다.

第五章 궁노에게 매자천(魅者天)에 관해 듣다

九劈雷雲

혈천독지 안으로 던져진 지 십여 일이 금방 지나갔다. 당민은 혈천독지 주변을 서성거리며 변해가는 백무의 모습을 살피고 있었다. 그동안 당민은 한 번도 자리를 떠나지 않았다.

"이제 얼마 안 있으면 혈천독지에서 떠오를 것이다."

날이 갈수록 독기가 줄어드는 혈천독지를 보면서 이제 시기가 무르익었음을 느끼고 있었다. 푸른색의 연못 안에서 붉게 변하고 있는 백무의 피부색이 그것을 뒷받침했다.

스스스스!

혈천독지가 변화를 보인 것은 백무가 들어간 지 보름 즈음

될 무렵이었다. 완전히 붉은빛이 사라진 혈천독지의 푸른 물이 소용돌이치며 돌기 시작했던 것이다.

소용돌이의 중심에는 백무가 있었다. 당민의 예상대로 백무의 몸이 중심에서 서서히 떠오르기 시작했다.

"됐다."

휘리릭!

혈천독지 위로 완전히 백무의 몸이 떠오르기 시작하자 당민은 자신의 허리에서 채대를 풀어 백무에게 던졌다. 허공을 날아간 채대는 자연스럽게 백무의 몸에 감겼다. 당민은 조심스럽게 백무를 끌어당기자 백무의 몸이 서서히 혈천독지에서 끌려 나오기 시작했다.

혈천독지에 들어가 있는 동안 독기에 녹아버린 것인지 몸에 꽂혀 끝머리만 나와 있던 금침은 하나도 보이지 않았다. 당민은 백무의 맥문을 짚으며 상세를 살폈다.

"다행히 무사히 성공한 모양이로구나. 이제 마지막 마무리만 하면 끝이다."

번들거리며 붉게 빛나는 피부를 보며 만족한 듯 웃음을 지은 당민은 흰 면포로 백무의 몸을 감싼 후 받쳐 들었다. 이제는 구전회혼단의 약력이 다하여 의식을 잃었기에 백무는 아무런 힘 없이 축 늘어져 있었다.

당민은 백무를 안아 들고 동굴로 향했다. 동굴로 돌아간 당민은 마지막 마무리 시술을 시작했다. 의식을 잃은 백무가 깨어나기 전에 끝내야 했기에 그녀는 마지막 시술을 서둘렀다.

"으… 음!!"

혈천독지에서 꺼내어져 마지막 마무리 시술을 받은 백무가 이틀 만에 정신을 차리기 시작했다.

"정신이 드느냐?"

마지막 시술을 끝내고 백무를 지키고 있던 당민은 우려 섞인 목소리로 정신을 차리는 백무를 불렀다.

"크… 음! 성… 공한 것입니까?"

아직도 고통이 남아 있었지만 전신에 전과는 다른 감각이 맴돌았다. 시술 전에 빼버린 이 또한 모두 나 있었다. 몸이 변한 것을 느낀 백무는 자신에게 베풀어진 시술의 성공 여부부터 물었다.

"네가 잘 참아주어 무사히 끝날 수 있었다. 실패할 것이라 생각했건만 다행히 성공한 것 같구나. 다 네 의지가 강한 덕분이다."

"크… 으! 감사드립니다."

복수를 할 수 있다는 생각에 백무는 가슴이 벅차 올랐다. 당민에게 감사할 뿐이었다.

"아직은 완전히 치료가 끝난 것이 아니다. 가장 어려운 치료만이 끝났을 뿐이지. 앞으로 일이 년은 더 치료해야 한다. 앞으로 넌 매일 주기적인 고통을 겪게 될 것이다. 혈수련의 연근을 매일 복용해야 하기 때문이지. 사실 네 몸 안에 들어가 있는 것들은 너의 신체와 다르기에 몸에서 일어나는 자정 작용으로 거부반응이 일어날 것이다. 혈수련의 연근은 거부 반응을 억제해 주고 이질적인 그것들을 네 몸과 동화될 수 있 도록 도와줄 것이다. 하지만 혈수련의 연근 또한 지독한 극독 이나 다름없다. 네가 아무리 혈오의 피와 혈수련을 복용했다 고 해도 고통은 가시지 않지. 적어도 일이 년간은 그런 고통 을 견뎌내야 할 것이다. 우선 혈수련의 연근을 복용하면 고통 에 정신을 잃을 것이다. 적혈신을 이루어 모든 감각이 열린 이상 그 고통은 의식 속에서 고스란히 너에게 전해질 것이다. 그러니 무슨 일이 있어도 견뎌내야 한다. 잘못하면 미친 광인 이 될지도 모르니 말이다. 알아들었느냐?"

"일 년이 넘도록 그런 고통을 당해야 하다니……."

혈천독지에서의 고통을 어떻게 이겨냈는지 모를 정도였 다. 그와 같은 고통을 다시 겪어야 한다는 말에 자신도 모르 게 몸이 떨렸다.

"한번 해보겠습니다. 설마 혈천독지에서 겪은 고통보다 더 하겠습니까. 하… 하……!"

아직은 몸이 완쾌되지 않아 처연한 웃음을 보이는 백무가 안쓰러워 보였다. 웃는 소리가 힘이 없었기 때문이다. 당민은 백무에 대해 연민의 감정을 느낄 수 있었다.

'내가 잘하는 짓인가? 아무리 가문의 숙원이 크다고 하지 만 아직 어린아이에 불과한 것을…….'

"무아라고 그랬느냐?"

"예."

"호호! 이렇듯 무지막지한 고통을 주는 나를 대하기는 힘들겠지만 날 누님이라고 불러주지 않을 테냐?"

"예?"

백무는 느닷없는 당민의 말에 놀라지 않을 수 없었다. 자신을 끝없는 고통으로 몰아넣으면서도 눈빛 하나 변하지 않기에 무섭다 여기고 있었기 때문이다.

그런데 이토록 부드러운 눈빛을 보이며 자신에게 누님이라 부르라고 하는 모습이 의외가 아닐 수 없었다.

"싫은 것이냐?"

'으음! 이분, 진정이다.'

백무는 당민의 눈빛에서 진정을 보았다. 자신의 처지를 진심으로 안타까워하는 모습을 보았던 것이다. 사전에 모든 설명을 들은 후라 어째서 당민이 이런 시술을 하는지 알고 있는 백무였기에 그녀의 진정을 읽은 것이다.

"아닙니다."

"그럼 앞으로 누님이라고 불러라. 네게 그리 손해는 아닐 것이다. 호호!"

당민은 기쁜 듯 가볍게 웃었다.

"알겠습니다, 누님."

"그럼 어서 연근을 복용하거라. 비록 혈천독지의 고통에

비한다면 아무것도 아닐지 모르겠지만, 이 또한 큰 고통을 수
반할 것이다. 피할 수 없다면 즐겨라. 네 자신을 채찍질하는
보약이라 여기고 웃어라. 그러면 네 자신은 너도 모르는 사이
에 강해져 있을 것이다."

"알겠습니다, 누님."

백무는 당민이 내미는 연근을 받아 먹었다. 그리고 이내 정
신을 잃었다. 의식 속에서 일어나는 무한한 고통을 감내하며
하루하루 지내는 인고의 나날이 시작되었다.

*　　　*　　　*

"소금아! 너, 거기 안 서!"

금빛의 자그마한 원숭이가 소령의 손을 피해 도망가고 있
었다. 이 나무에서 저 나무로 날 듯이 움직이는 모습이 무척
이나 빨랐다.

"너 자꾸 그러면 밥 안 준다?"

허리에 손을 척 얹고 자신의 손을 피해 달아난 금령에게 눈
을 부라리는 소령이었으나 그 모습은 화를 내는 사람의 모습
이라기보다는 무척이나 귀여웠다. 전과는 달리 살이 오른 모
습이라 여느 보통 아이들처럼 건강해 보였다.

"허허, 저놈."

집 안에서 바깥을 바라보는 한규민의 입가에 미소가 흐르

고 있었다. 밖에서 금원(金猿)과 장난스럽게 놀고 있는 딸 때문이었다.

"그나저나 그 아이는 어떻게 됐는지……."

죽음밖에 없으리라고 생각했던 자신의 딸을 기어코 살려냈다는 생각에 마음이 뿌듯한 한규민이었지만 백무를 생각하면 마음 한구석은 은혜를 저버렸다는 생각에 지난 몇 달간 늘 그늘이 져 있었다.

"궁노가 갔으니 어떻게 됐는지 알 수 있겠지. 독선고의 의술이야 내 알지만 불안한 마음은 어쩔 수가 없구나. 어느 정도 정상인처럼 고칠 수 있다니 다행이지만 혹여 모르는 일이다."

워낙 백무의 상세가 중상이었기에 걱정이 되었다. 정상으로 회복할 수 있다고는 했지만 사대근맥이 모두 잘린 것이나 마찬가지인 상태에서 설사 치료가 됐다고 해도 문제였다.

"무가의 자식이라 당연히 복수를 생각할 터인데, 자신이 무공을 익히지 못한다는 사실을 알게 되면 좌절할 것이거늘……."

휘이이익!

"아버지, 소금을 잡아줘요!"

금원을 쫓아 방 안으로 들어오는 소령의 목소리에 한규민은 생각을 접어야 했다.

턱!

날렵하게 자신을 비껴가려는 금원을 잡아 든 한규민은 뛰어오는 딸을 보았다. 어려서부터 병상에 누워 있어 친구 대신 붙여준 금원과 이제는 마음껏 뛰노는 모습을 보니 조금 전의 걱정도 순식간에 사라졌다.

"허허! 이 녀석, 넘어지면 어떻게 하려고 그러느냐?"

"참, 아버지도! 이제 령아는 다 나았어요. 소금 너! 이리 안 와?"

소령의 목소리에 금원이 고개를 숙였다. 이미 잡힌 이상 작은주인의 등쌀이 시작될 것이기 때문이었다. 아파서 병상에 누워 있을 때는 무척이나 연약해 보이던 작은주인이었으나 병을 털고 난 후 무척이나 달라졌다. 자신에게 왈패나 다름없는 행동을 보였기 때문이다.

'죽었다. 괜히 도망쳤나?

명색이 밀림의 왕이라는 자신이다. 큰주인에게 잡혀 굴복하긴 했지만 그래도 명색이 백수의 왕이라던 자신이 초라해짐을 느낀 소금은 자신의 신세를 한탄할 수밖에 없었다. 그는 어쩔 수 없이 소령에게 약해질 수밖에 없었기 때문이다.

'후후! 소금이가 무공도 없는 소령이에게 꼼짝도 하지 못하다니. 그나저나 금모신후를 저토록 꼼짝 못하게 할 정도면 무엇인가 있다는 이야기인데…….'

자신이 잡아 길을 들이기는 했지만 금모신후는 영물 중의 영물이었다. 평생 한 명의 주인밖에는 섬기지 않는 금모신후

였기에 소령을 대하는 소금의 태도에 의아함을 느꼈다. 이유
는 알 수 없었지만 그저 소령이를 위해 좋은 친구가 생겼다는
것이 좋을 뿐이었다.

'후후! 소금이가 소령이 곁에 있으면 웬만한 호위무사보다
나으니 나쁜 일은 아니다.'

소금이 소령에게 복종한다는 사실에 흐뭇해하는 한규민이
었지만 모르는 것이 있었다. 금모신후인 소금이 소령에게 꼼
짝 못하고 있었던 것은 소령의 몸에서 풍기는 무서운 기운 때
문이었다. 절대로 가서는 안 되는 곳, 이곳 밀림에서 가장 무
서운 곳에서 느껴지던 기운이 소령의 몸에서 흘러나오고 있
었기 때문이다.

"후후후!"

소금이 어째서 소령에게 꼼짝을 못하는지 이유는 모르지
만, 잠시 후 이어질 소금에 대한 수령의 기합을 생각하며 한
규민은 미소를 지었다.

'그나저나 그 아이는 어떻게 됐는지. 궁노가 갔으니 곧
소식을 알아올 터. 어느 정도 치료가 되었으면 좋으련
만……'

우물쭈물거리며 소령에게 다가가는 소금을 보면서 한규민
은 백무에게 생각이 미쳤다. 오랫동안 소식이 없어 백무의 상
태를 알아보기 위해 당민에게 궁노를 보냈던 것이다.

소금이 소령에게 기합을 받는 사이 빠르게 밀림을 가로지르는 인영이 있었다.

파파팟!

빠른 속도로 밀림 속을 지나가는 사람은 궁노였다. 소령이 치료된 지 넉 달이 지나가는 시점에 백무의 상세를 궁금해하는 주인을 위해 혈천독지로 향하는 중이었다.

턱!

빠른 속도로 밀림 속을 달리던 궁노는 어느 순간 갑자기 신형을 멈추었다. 전에 올 때와는 달라진 주변 환경 때문이었다.

"이상하군. 이쯤이면 독기가 느껴져야 하건만……."

독기를 제어하는 청명단은 지난번 혈천독지를 떠나올 때 돌아올 것을 대비해 당민에게 받아놓은 상태였다. 그런데 지난번 길에 청명단을 복용한 장소였건만 한 점의 독기도 느껴지지 않았던 것이다.

"혹시 모르는 일이니 일단 복용하고 가야겠다."

혈천독지에서 뿜어져 나오는 혈천앙무의 독기가 얼마나 강한지 이미 경험한 터라 궁노는 청명단을 입에 털어 넣고는 다시금 길을 재촉했다. 하지만 혈천독지로 가까이 다가갔음에도 독기는 여전히 느껴지지 않았다.

"무슨 일인가 생긴 것이 분명하다."

파파파팟!

마음이 급해진 궁노는 인상을 찌푸리며 신형을 더욱 빨리
재촉했다. 독기가 한 점도 느껴지지 않아 변고가 발생했다는
생각이 들었다. 한규민이 관심을 가지고 있는 백무의 신변에
무슨 일이 생기지 않았나 걱정되었기 때문이다.

"이럴 수가!!"

혈천독지에 다다른 궁노는 변해 버린 혈천독지를 보고 놀
라지 않을 수 없었다. 무슨 이유인지는 모르겠지만 마치 피를
모아놓은 것처럼 붉었던 혈천독지가 이제는 바닥이 훤히 보
일 정도로 푸른 연못으로 변해 있었던 것이다.

"이런! 빨리 가봐야겠다."

빠르게 소령이 치료받던 동굴로 향했다. 혈천독지가 이토
록 변했다는 것은 무슨 일인가 벌어졌다는 뜻이다. 소령을 치
료해 준 당민과 백무의 안위가 더욱 걱정되었다.

휙!

암벽 밑에 뚫려 있는 동굴로 다가온 궁노는 거침없이 안으
로 들어섰다. 아무리 무림인이라도 갑자기 어두운 곳으로 들
어오면 시력을 잃는 것이 보통이다. 하지만 특별한 무공을 익
히고 있는 궁노는 들어서자마자 동굴 안을 살필 수 있었다.
동굴 안에는 여전히 침상에 백무가 누워 있었다.

"휴우! 다행이로군. 별 변고는 없는 듯하니……."

의식을 잃고 있는 것은 여전했으나 호흡은 전보다 안정되

어 보였다. 달라진 것이 있다면 피를 발라놓은 것처럼 백무의 몸이 온통 붉은색이라는 것이었다.

"이 아이에게 무슨 일이 있었던 것인가? 분명 혈천독지가 변한 것과 상관이 있을 것이다. 그런데 독선고는 어디를 간 것인가? 으음! 일단 올 때까지 기다려 봐야겠구나."

동굴에는 변해 버린 백무만 남아 있고 당민의 모습은 보이지 않았다. 혹시나 약을 구하러 간 것인지 몰라 동굴에 앉아 당민이 올 때까지 기다리기로 했다.

한 시진, 두 시진……. 시간이 지나가도 당민은 돌아오지 않았다. 어둠이 내려 밀림 속이 짙은 암흑 속으로 빠져들 때까지도 당민은 나타나지 않았다.

"무슨 일인지 모르겠군. 환자를 이렇게 두고 오래도록 자리를 비우다니. 약재를 가지러 처소에 간 것인가? 아니지. 그녀의 실력이라면 두세 시진이면 다녀올 수 있을 것이다. 이렇게 늦는다는 것은……. 도무지 알 수가 없군."

"으… 음!"

당민이 동굴로 돌아오지 않는 것에 마음 졸이던 궁노는 백무가 깨어나는 소리를 들을 수 있었다.

"깨어나는군. 그런데 어찌 된 일이지?"

궁노의 눈에 이채가 스쳤다. 붉은 물감을 칠해놓은 것처럼 붉게 변해 있던 백무의 전신이 어느새 보통 사람처럼 정상으로 돌아와 있었던 것이다.

‘아무리 내가 독선고에 대한 생각에 정신이 팔려 있었다고는 하나 저리 변하도록 아무런 눈치도 채지 못하다니……’

꿈틀거리는 백무의 신형을 보니 곧 깨어날 것 같았다.

“정신이 드느냐?”

궁노의 목소리에 백무의 눈이 떠졌다. 금방 깨어난 것이라고는 믿을 수 없을 정도로 무척이나 맑고 투명했다.

“누구십니까?”

백무의 눈에 의문의 빛이 잠깐이나마 스쳤다.

‘이 사람이 한 대인의 종복이라는 궁노라는 사람이군. 누님의 말로는 추측이 불가능한 실력을 가지고 있다던데 사실이었군.’

자신의 눈앞에 있는 이가 누구인지 짐작이 갔다. 이미 설명을 들은 터였다. 불가사의한 능력의 소유자라는 말이 맞는 것 같았다. 기이하게 일렁이는 궁노의 기운이 느껴졌던 것이다.

“난 궁노라는 사람이다.”

“아! 어르신이 궁노라는 분이군요. 말씀 많이 들었습니다. 제가 오랫동안 잠을 잔 모양이군요. 잠시만 기다리십시오. 보시다시피 알몸이라…….”

궁노의 양해를 구한 후 서둘러 일어나 옆에 놓여 있는 단삼(單衫)을 걸쳐 입기 시작했다.

‘으… 음! 정말 거의 다 나은 모양이로군. 불가능한 일이라 생각했거늘…….’

전라로 누워 있던 백무가 옷을 입는 모습은 폐인이라고 할 수 없었다. 사지가 완전히 박살나는 상처를 입었던 환자라고는 믿어지지 않을 만큼 무척이나 차분해 보였다.

‘사대근맥이 박살난 것은 물론 뼈까지 상해 못 일어날 줄 알았거늘. 아직 부자연스럽기는 하지만 손을 놀리는 것을 보니 이제 정상으로 들어온 것이 분명하다.’

자신이 익힌 무공의 특성상 근혈과 뼈에 대해서는 누구보다도 잘 알고 있었다. 처음 봤을 때 백무가 폐인이나 다름없다고 생각했던 궁노이다. 아무리 영약을 쓴다고 해도 자신이 보는 것처럼 아무런 이상 없이 만들기는 불가능한 일이었다.

‘으… 음! 역시 독선고라는 것인가?’

혈오라는 영약을 백무가 먹기는 했지만 대부분 피를 통해 소령에게 약효가 전해졌다고 알고 있었다. 약효가 남아 있다고는 하지만 아무리 천하의 혈오라 해도 이 정도까지 회복될 수는 없을 것이다. 그럼에도 백무가 정상인처럼 움직이는 것을 보며 당민의 의술에 감탄하지 않을 수 없었다.

“치료가 완전히 된 것이냐?”

옷을 다 입자 궁노가 상태를 물었다. 당민의 장담대로 이제는 어느 정도 치료가 된 것 같았기에 궁노로서는 묻지 않을

수 없었다. 미안한 마음을 가지고 있는 그로서는 백무의 회복
여부가 최대의 관심사였다.

"어르신과 한 대인 덕분에 이 정도까지 몸을 움직일 수 있
게 된 걸로 알고 있습니다. 구해주셔서 감사합니다."

허리를 접어 인사하는 모습에는 진정으로 감사하는 마음
이 깃들어 있었다. 백무를 보며 궁노는 괜히 미안해지는 마음
을 어쩔 수 없었다.

"흐흠! 사람이라면 누구나 그러한 상황에서 그리했을 것이
다. 그리고 너를 구한 것은 주인님이시지 내가 아니다. 감사
를 드리려거든 주인님께 해야 할 것이다."

궁노는 백무를 구한 공로를 한규민에게 돌렸다.

"누님으로부터 한 대인께서 요녕에서 절 구하시고 치료를
받을 있도록 해주셨다고 들었습니다. 그리고 어르신께서 저
를 이곳까지 데리고 온 것도 말입니다. 저로서는 두 분 모두
에게 감사드리지 않을 수가 없습니다."

백무는 다시 읍하며 궁노에게 감사의 뜻을 전했다.

"그만 하면 되었다. 그런데 누님이라니? 독선고와 의남매
라도 맺었다는 말이냐?"

"맞습니다. 시술하는 동안 의남매를 맺었습니다. 사고무친
이 된 저로서는 유일하게 의지할 분이 생긴 셈입니다."

백무의 눈빛에서 독선고를 진정으로 누님으로 여기는 것
을 본 궁노는 당민의 마음이 어떠하든 의남매를 맺은 것이 사

실임을 알 수 있었다.

"허허! 독선고가 정말 너의 누님이 되어주었다니 살다가 별일을 다 보겠구나."

독선고가 누님이 돼주었다는 백무의 이야기를 믿을 수 없었다. 여태까지 당민은 자신의 목적을 위해서만 사는 사람이라 알고 있었기 때문이다.

"그런데 어디를 간 것이냐?"

"누님께서는 제 치료가 완전히 끝나지 않아 중원으로 약재를 구하러 얼마 전에 떠나셨습니다. 약재가 워낙 귀한 것이라 구하는 데 상당한 시일이 걸릴 거라고 하시더군요."

"으음! 그런 일이 있었구나."

"누님께서는 어르신이 오실 것이니 이곳에 있다가 따라가한 대인께서 계시는 마을에 머물라고 하셨습니다. 약재를 구하고 돌아오시는 데 적어도 일 년 정도는 시간이 걸린다고 하시면서 말입니다."

"그 약재라는 것이 어디서 나는 것이기에 구하는 데 일 년씩이나 걸린다는 것이냐?"

대부분의 진귀한 약재는 소령을 치료해 주는 대가로 자신의 주인인 한 대인으로부터 구했던 당민이다. 약재를 구할 때도 어떻게 알았는지 정확한 위치까지 말해주었던 그녀이다.

그런데 일 년이나 되는 긴 시간 동안 자신이 발벗고 찾아나섰다는 것이 궁금한 궁노였다.

“말씀을 자세히 해주시지 않아 그건 저도 잘 모르겠습니다. 하지만 한 대인께 의탁하고 있으면 일 년 안에 저를 찾아오시겠다고 했습니다.”

백무는 궁노에게 사실대로 이야기해 줄 수가 없었다. 자신의 행방에 대해서는 절대로 말하지 말라는 당민의 당부가 있었기 때문이다. 그녀가 약재를 구하기 위해서 간 곳은 결코 평범한 곳이 아니었다.

‘으음! 도대체 어디를 간 것이기에 이 아이에게 행선지도 말하지 않고 갔단 말인가? 진정 모를 일이로군.’

궁노가 익힌 기공의 속성상 자신을 속이려 한다면 벌써 알아챘을 것이다. 표정을 보아하니 당민이 어디로 어떤 약재를 구하러 갔는지 정말 모르는 것 같았다.

하지만 궁노도 모르는 것이 하나 있었다. 당민의 시술을 받는 동안 백무의 정신 세계가 범인의 그것과는 완전히 달라졌다는 것을. 그로서도 함부로 파악할 수 없을 만큼 깊어졌다는 것을 그는 알지 못했던 것이다.

“그건 그렇고, 오면서 보니 혈천독지가 많이 변했더구나. 어떻게 된 일이냐?”

궁노는 당민의 행방에 대한 의문을 접고 혈천독지가 변한 일에 대해 물었다. 몇 달 사이에 이토록 급작스럽게 변한 것에는 이유가 있을 것이 분명했기 때문이다.

그럴 리도 없겠지만, 설혹 독공의 고수가 혈천독지의 독기를 모두 흡수했다고 하더라도 독기가 한 점도 보이지 않을 정도로 깨끗할 리가 없었기 때문이다.

"혈천독지요?"

"밖에 있는 연못 말이다."

"아! 청빙담(淸氷潭)을 말씀하시는 거군요?"

"청빙담?"

"밖에 있는 연못이 맑고 얼음처럼 차기에 제가 붙인 이름입니다만, 그런데 혈천독지가 변하다니요? 청빙담이 원래 혈천독지였습니까?"

'음! 이 아이는 혈천독지의 모습을 보지 못한 모양이로구나. 혈천독지에서 무슨 일이 벌어졌는지도 모르고 있는 것 같고. 아쉽게 되었군.'

"아니다. 무슨 일이 벌어졌는지 모르는 모양이니 나중에 독선고에게 물어보겠다. 그런데 아직 완전히 완쾌된 것이 아닌 것 같은데 그 몸으로 마을까지 갈 수 있겠느냐?"

당민이 약재를 구하러 일 년이나 되는 시간을 비운다면 그를 마을로 데리고 가야 했기에 궁노는 백무의 몸 상태를 물었다.

"괜찮습니다. 제 걱정은 하지 마십시오. 이제는 걸을 수 있으니 한 대인이 머물고 계시는 마을까지는 갈 수 있을 겁니다."

"알았다. 독선고가 언제 올지 모르는 이상 이곳에 있어야

아무 소용이 없으니 날이 밝는 대로 곧바로 마을로 가도록 하
자."

"알겠습니다, 어르신."

"그럼 난 잠시 주변을 둘러보고 오겠다. 이곳이 많이 변한
것 같으니 한번 살펴봐야겠다."

"그렇게 하십시오. 그리고 어르신."

"왜 그러느냐?"

자신을 부르자 밖으로 나가려던 궁노가 고개를 돌렸다.

"전 조금 있으면 약을 먹어야 합니다. 약 기운 때문에 그러
니 돌아오실 때 제가 의식을 잃고 있더라도 놀라지 마십시
오."

"무슨 약이기에 의식을 잃을 정도라는 말이냐?"

의식을 잃을 정도의 약이라는 말에 궁노는 궁금하지 않을
수 없었다.

"약성이 강해서……. 보통 사람에게는 독이 되겠지만 저에
게는 약이 되는 것이라 그렇습니다. 독성도 강하지만 약성도
강하기에 둘이 상충 작용을 해서 의식을 잃게 된다고 누님에
게 들었습니다."

"으음! 그런 약이 있다니……. 알았다. 그럼 난 밖에 나가
한번 살펴보고 오겠다. 나도 오늘 밤은 이곳에서 머물 것이니
그리 오래 걸리지는 않을 것이다."

궁노는 동굴에서 하룻밤 머물기로 하고 동굴 밖으로 나갔다.

　궁노가 혈천독지를 살피려는 것은 독물들을 구하기 위해서였다. 전에 혈수련을 얻기 전 혈천독지로 뛰어들던 독물들 같이 천하의 보기 드문 독물을 구할 수 있을까 해서였다. 그가 독물을 구하려고 하는 것은 자신이 말년에 거두어들인 가호를 위해서였다.

　궁노는 혈천독지 주변을 자세히 살폈다. 대부분의 독물들이 잘 보이지 않는 곳에 숨어 있기에 구석구석을 찬찬히 살폈다. 그렇지만 독물들을 찾을 수 없었다. 밀림에서 흔히 볼 수 있는 독충조차 한 마리도 보이지 않았다.

　"으음! 이상하군. 독물들까지 완전히 사라져 버리다니. 독물들이 사라진 것하고 혈천독지가 변한 것이 상관있는 것인가?"

　궁노는 혹시나 하는 마음에 다시 한 번 혈천독지를 조금 벗어나 주변을 샅샅이 뒤졌다. 하지만 역시 전에 보았던 독물은 하나도 찾아볼 수 없었다.

　"알 수 없는 일이로군. 정말 알 수 없는 일이야."

　궁노의 머리가 가로저어졌다. 알 수 없는 일의 연속이었다.

　"이제 밤도 깊어졌으니 이만 동굴로 돌아가야겠다. 나중에 기회가 되면 찾아볼 수밖에⋯⋯."

　독물을 얻을 수 있다는 기대가 깨지고 밤이 깊어지자 궁노는 훗날을 기약하고는 할 수 없이 동굴로 돌아왔다. 그가 찾고자 했던 독물 대부분이 누군가의 뱃속으로 들어가 이미 소화가 다 되었다는 것은 까마득히 모르는 궁노였다.

아쉬운 마음을 접으며 동굴로 돌아온 궁노는 처음 보았을 때와 같은 모습으로 누워 있는 백무를 볼 수 있었다.
"음! 또다시 피부가 붉게 변하다니……. 이 아이가 어떤 약을 먹었기에 저런 모습으로 변하는지 모를 일이로군."
온몸이 붉어진 채로 의식을 잃은 채 누워 있는 백무를 보며 의아심을 감추지 못했다. 당민이 어떤 식으로 치료하는지 방법을 알지 못하는 이상 섣부른 간섭은 일을 더욱 커지게 할 수 있다는 생각이 들었다.
"주제넘게 나서는 것은 화를 불러올 뿐이다. 날이 밝을 때까지 기다려야겠구나."
자신이 손을 쓸 일이 없다는 것을 알고 있기에 구석자리에 앉아 명상에 들었다.

다음날 아침, 부산스러운 소리에 궁노는 명상에서 깨어났다. 백무가 어느새 일어나 동굴 안에 있는 몇 가지 물건들을 챙기기 시작했던 것이다.
챙기는 짐은 단출했다. 맨몸으로 이곳에 왔으니 당연했다. 백무가 챙긴 짐은 조그마한 상자 하나와 빛바랜 단검 하나,

그리고 잘 개어져 있는 단삼 한 벌이 전부였다.

“떠날 준비가 끝났으니 가시지요, 어르신.”

“알았다. 가도록 하자.”

두 사람은 동굴을 떠나 마을로 향했다. 백무를 업고 경공을 시전할 수도 있었지만 그럴 수가 없었다. 처음에는 너무 늦을 것을 염려해 궁노는 백무를 업고 경공을 시전했다.

하지만 얼마 가지 않아 경련이 일어날 정도로 고통스러워했기에 걸어가기로 했다. 업으면서도 최대한 주의를 기울였다. 자신의 절기는 세상에서 가장 은밀하면서도 기척이 없는 것이다. 환자나 다름없는 백무가 충격을 받을 리는 없다고 생각했건만 그것이 아니었던 모양이다.

궁노는 백무를 등에서 내린 후 앞장서도록 했다. 위험이 많은 밀림에서 그의 시야에 있어야만 독충이나 위험한 야수들로부터 그를 보호할 수 있었기 때문이다.

궁노는 뒤를 따라가며 백무에 대해서 살폈다. 이곳은 밀림으로 우거진 지역이라 그늘이 졌다고는 하지만 기온이 높은 지역이다. 그런데 상당한 시간을 걸었음에도 흘리는 땀의 양이 미미할 정도였다. 자신도 내공을 사용하지 않는다면 조금이나마 땀을 흘리는데 백무는 전혀 그렇지 않았던 것이다.

또한 밀림을 지나가는 그의 모습이 오랫동안 이곳에서 살아온 원주민 못지않게 거침이 없었다. 방향은 자신이 알려줬지만 자신이 온 길을 정확히 찾는 것 같았다.

'으음! 상당한 눈썰미다. 자연적인 것과 아닌 것을 분명 구분해 길을 찾고 있는 것이 틀림없다.'

자신이 아무리 고수라고 하지만 혈천독지로 가며 어느 정도 흔적을 남겼음이 분명했다. 백무의 눈길이 향하는 곳을 보면 조금이나마 자연스러운 것과는 다른 것이 존재했다. 낙엽이 조금 패이거나 길게 자란 풀의 뒤틀림이 있었다.

비록 천천히 가고 있지만 확실히 길을 찾아가고 있는 백무를 보며 궁노는 자신의 무공에 비추어볼 때 백무가 상당한 자질을 가지고 있음을 발견할 수 있었다.

밀림의 땅은 불규칙하다. 낙엽 밑에 습지가 있을 수도 있고, 썩은 나뭇등걸이 있을 수도 있는데 백무는 정확하게 안전한 곳만을 밟아가고 있었다.

그것도 의식하지 않고 본능적으로 그렇게 하고 있는 것이다. 위험한 요소가 있으면 자연적으로 신형을 멈춘다. 그리고 위험에 대한 판단이 끝나면 거침없이 가고 있다.

이곳에 사는 원주민보다 빠른 속도였다. 체력이 아직 안 되어서 그렇지, 체력만 된다면 원주민과는 비교도 되지 않을 속력을 낼 것이 분명했다.

"이제 그만 쉬어 가자, 조금 있으면 해가 질 테니."

날이 어둑해지는 터라 궁노가 쉴 것을 제안했다. 어둠이 짙은 밀림을 걸어가는 것은 아무리 그라도 상당히 위험한 일이었기 때문이다.

"그렇게 하시지요. 조금만 더 가면 쉴 곳이 나올 것 같으니 그리로 간 후에 쉬는 것이 좋겠습니다."

"으… 음, 알았네."

자신을 바라보며 말을 한 뒤 백무가 다시 발걸음을 재촉하자 궁노는 심상치 않은 안색으로 뒤를 따랐다. 백무가 가고 있는 길은 자신도 알고 있는 곳이었기 때문이다.

'앞으로 일 리 정도만 가면 이곳 밀림에서 몇 군데 되지 않는 안전 지대가 나온다는 것을 어떻게 알았을까? 설마 물 냄새를 맡은 것인가? 그것은 원주민들이라도 불가능한데……'

분명 말은 안 하지만 대기 속에 미미하게 존재하는 신선한 물 냄새를 맡은 것이 분명했다. 이곳 지옥도에서도 몇 안 되는 식수가 나오는 곳을 본능적으로 발견한 것이 분명했다.

해가 거의 떨어질 무렵, 궁노와 백무는 회색의 암반이 조그맣게 구릉을 이룬 공지에 당도할 수 있었다. 넓이라고 해봐야 십여 장이 조금 넘을 것 같은 공지에는 사오 장 정도 크기의 바위가 존재하고 있었다.

졸졸졸!

암반의 한쪽 구석에서는 맑은 물이 흘러내리고 있었다. 뒤

쪽으로 경사를 이룬 산을 타고 내려온 지하수가 분명했다. 밀림에서는 독충과 나뭇잎들이 썩어 보통의 물은 먹지를 못한다. 물을 잘못 먹으면 풍토병에 걸려 목숨을 보전하지 못하는 경우가 많았다.

"꿀꺽! 하하! 정말 시원하군요!"

지하에서 올라온 물이라 더할 나위 없이 시원했다. 손으로 물을 받아 한 모금 마신 백무는 밝은 미소를 지으며 궁노를 바라보았다.

'참으로 멋진 웃음이다.'

궁노는 백무의 미소가 무척 밝다고 느꼈다. 도저히 나락으로 떨어졌었다고 생각되지가 않았다. 궁노 또한 양손으로 물을 받아 마셨다.

"시원하구먼. 오늘은 여기서 묵기로 하세. 이 바위 위로 올라가면 제법 넓으니 하룻밤 묵는 데는 지장 없을 것이네."

말을 마친 궁노는 튀어나온 곳을 지지대 삼아 바위 위로 올라갔다. 백무 또한 궁노의 뒤를 따랐다. 급한 일이 있는 양 궁노의 올라가는 속도는 상당히 빨랐다.

백무가 삼분지 일도 올라가지 못했을 때 이미 정상에 당도해 있었다. 그는 정상에서서 백무가 올라오는 것을 물끄러미 지켜보았다.

'역시 위험한 곳은 잡거나 디디지 않는구나.'

궁노는 바위 위로 오르며 몇 군데 암중으로 손을 보아놓은 상태였다. 겉으로 보기에는 멀쩡해 보여도 안에는 완전히 부서져 조금만 힘을 가하면 부서져 내리도록 손을 써놓았던 것이다. 올라오는 동안 가장 먼저 손이나 발이 닿을 곳에 내력을 발휘해 돌출부의 안쪽을 부숴놓고 백무가 어떻게 하는지 시험해 본 것이다.

자신의 예상대로였다. 위험을 미리 감지하는 능력이 탁월했다. 아니, 이 정도면 상상을 초월할 정도이다. 가히 타고난 능력자라 할 수 있는 수준이었다.

'으음! 아깝다. 가호를 먼저 들이지 않았다면 본 문에 들이고 싶을 만큼 탁월한 재질이다. 저 아이에게 이런 능력이 있었다니……'

모든 것을 아는 듯 안전한 곳만 골라서 잡거나 밟고 올라오는 백무의 모습에 자신의 생각이 맞았음을 확인한 순간 궁노는 안타까운 생각이 들었다.

만약 백무에 대해서 먼저 알았다면 자신의 문파에 들였을 것이다. 하지만 이미 일인전승으로 이어지는 문파의 맥은 가호로 이어진 후였기에 아쉬움을 접어야 했다.

하지만 백무의 이러한 능력이 당민의 시술을 받은 이후에 생겼다는 것을 궁노는 알 수가 없었다. 이러한 능력은 타고나는 것이지 만들어지는 것이 아니었기 때문이다.

"어서 올라오게."

자신의 생각을 확인한 궁노는 정상에 다가선 백무에게 손을 너밀었다. 더 이상의 시험은 필요가 없었기 때문이다.

"고맙습니다, 어르신. 하지만 제 손으로 올라가고 싶습니다."

백무는 궁노의 손을 거절한 후 스스로의 힘으로 암반 위로 올라섰다. 백무가 암반 위로 완전히 올라서자 궁노는 한쪽에 가서 앉았다. 백무 또한 궁노의 옆으로 가 앉았다.

부스럭.

"자, 들게."

궁노가 내민 것은 밀전병이었다. 중원의 것과는 다르게 얇게 구워 조금은 딱딱한 것이었다.

"고맙습니다."

백무는 궁노가 준 것을 건네 받은 후 조금씩 떼어 입 안에 넣고 오물거렸다.

"어떤가?"

딱딱한 밀전병을 먹고 있는 백무를 향해 궁노가 물었다.

"뭐가 말입니까?"

백무는 입 안에 있던 것을 삼키고 무엇을 묻는 것인지 알 수가 없기에 궁노를 쳐다보았다.

"저기, 밤하늘의 별 말일세."

궁노는 손가락으로 밤하늘에 떠 있는 별을 가리켰다.

"별이요? 좋네요. 이렇게 별을 본 것이 얼마 만인지……. 후후!"

암반 위에 앉으니 창공 너머로 무수한 별들이 보였다. 흑오석 위에 은가루를 뿌려놓은 듯 하늘은 온통 별들의 광휘로 빛나고 있었다.

자조의 눈빛으로 밤하늘을 바라보고 있는 모습은 열다섯 먹은 소년의 모습이 아니었다. 세상을 다 산 것 같은 늙은이의 노회한 모습이었다.

하지만 두 눈 깊숙한 곳에는 삶에 대한 강렬한 힘이 머물고 있었다. 궁노는 밤하늘을 바라보는 백무의 눈에서 무엇보다도 강한 정신의 힘을 느낄 수 있었다.

'험한 일을 겪었는 데도 의지를 잃지 않다니. 강한 아이다. 쉽게 좌절하지 않는 강한 심성을 가졌구나. 아까의 미소도 강함 심성에서 나온 것이라 그리 밝았던 것이로군.'

보면 볼수록 아까웠다.

'저런 눈빛이라면 이야기를 해주어도 무방할 것 같군. 그들의 인연을 얻는 것은 자신의 몫이니.'

궁노는 가슴 깊이 감추어둔 한 가지 비밀을 이야기해 주고 싶었다. 자신에게 가장 소중한 존재인 소령을 살려준 것에 대한 보답도 있었지만, 강한 의지가 깃든 눈의 백무가 마음에 들었기 때문이다.

"세상은 말이지, 불가사의한 것들이 참 많다네. 아니지. 세상을 산다는 것 자체가 불가사의지. 후후! 자네를 보면서 난 불가사의한 삶의 본질을 느꼈다네."

“저를요?”

백무는 지금 궁노가 자신에게 왜 이런 말을 하는지 이유를 몰랐다.

“그렇네. 자네가 이렇게 걸을 수 있을지 누가 알았겠나. 진정 불가사의한 일이지.”

“후후.”

백무는 조그맣게 웃음을 흘렸다. 자신이 생각하기에도 이전의 상태라면 이렇게 걷게 되었다는 것은 불가능한 일이었다.

“자네는 사대근맥이 잘렸었네. 아무리 근맥을 이었다고는 하나 자네의 몸을 살펴본 결과 놀라울 뿐이네. 어찌 보면 다나은 것 같지만 자네는 지금 정상이 아니네. 지극히 비정상이지.”

“후후! 제 몸이 보통 사람과는 달리 정상이 아니라는 것 정도는 알고 있습니다.”

백무는 자신을 업으며 궁노가 자신의 몸을 살폈다는 것을 이미 알고 있었다. 그리고 궁노가 무슨 뜻으로 하는 말인지도 알고 있었다. 궁노의 말대로 자신의 몸은 정상이 아니었던 것이다.

“난 전에 자네의 모습을 보면서 평생을 누워서 살아야 할 거라고 생각했네. 하지만 보통 사람하고는 다른 상태이기는 하나 자네는 어떻게 보면 이제 정상을 되찾았지. 그러나 아직은 난관이 많을 걸세. 자네가 원하는 삶을 살려면 말이야. 어쩌면 무공을 익힐 수 없을지도 모르네. 혈의 움직임이 정상이 아닌 것 같으니 말이야."

궁노는 자신이 본 백무의 상태를 알려줬다.

"그럴 겁니다. 하지만 전 포기하지 않을 겁니다. 동생을 찾아야 하거든요. 후후! 그리고 놈들에게 날 건드린 것이 얼마나 어리석은 일인지 알려주어야 하고 말입니다."

'으… 음! 도대체 원한이 얼마나 크기에……. 아니다. 이건 원한만으로 일으킬 수 있는 살기가 아니야. 거기다 자신의 살기를 내가 느낀 것을 알고는 순간적으로 감추어 버리다니…….'

순간적이지만 백무의 눈에 비친 살기를 읽은 궁노는 신음을 삼킬 수밖에 없었다. 노회한 강호의 고수라도 방금 전 백무가 순간적으로 흘린 살기를 읽지 못했을 것이다.

하지만 궁노는 느낄 수 있었다. 백무의 살기 속에서 어둠 속 깊은 곳에서부터 전해져 오는 지독한 죽음의 냄새를 읽을 수 있었던 것이다.

오랜 세월 일인전승으로 내려오는 문파의 맥을 이은 궁노였다. 누구보다 인간이 뿜어내는 살기에 민감해야 하는 문파의 특성상 백무의 살기를 읽을 수 있었던 것이다.

'후후! 재미있게 되었군. 겉모습은 약해 보이지만 그 안에 활화산을 감추고 있군.'

백무의 살기를 느끼며 궁노는 자신의 생각이 맞았음을 알수 있었다. 문파의 오랜 숙원이자 자신에게 있어서 아쉬움의 대상이 되었던 인연을 백무에게 주어도 괜찮을 것 같다는 생각이 들었던 것이다.

'좋아. 어쩌면 그 인연은 저 아이를 위해 있는 것인지도 모르겠군.'

이곳으로 오는 동안 보여준 모습이나 살기를 감추는 모습을 보면서 백무의 모든 것이 마음에 들었다. 문파의 맥을 이을 기재로는 최상이었으나 가호가 문파를 이은 이상 그것은 어려운 일이었다.

자신과 문파에게는 오랜 숙적이었으나 잠들어 버린 전설이 아쉬운 터이다. 오랜 세월 결판나지 않았던 승부를 다시 시작하는 것도 나쁘지 않았다. 궁노는 끝나지 않은 승부를 다시 시작하기 위해 잠들어 버린 전설을 백무에게 주기로 결심했다.

"자네도 알겠지만 자네에게는 기존의 무공들은 거의 쓸모가 없을 걸세. 독선고의 치료가 어떤 것인지는 모르지만 자네의 혈도는 완전히 바뀌어 버렸으니 말이야. 그러니 기존의 내공심법으로 내공을 쌓는다는 것은 거의 불가능하다고 봐야하네. 그러니 모든 것을 스스로 만들어가야 할 것이네. 내공심법이건 무공이건 말이야."

"그렇다고 포기하지는 않습니다. 어려울 거라는 것은 짐작하고 있습니다만, 무슨 수를 쓰더라도 무공을 배울 겁니다."

"후후! 그럴 거라 생각했네. 자네의 모습은 스스로 포기한 자의 것이 아니었으니까. 그래서 자네를 위해 한 가지 이야기해 주고 싶은 것이 있네."

"저에게 말입니까?"

뭔가 희망이 있다는 것 같은 말투였기에 백무는 궁노의 말에 반문했다. 누가 보더라도 자신이 무공을 익히는 것이 불가능했기 때문이다.

"그렇네. 내가 해주는 이야기가 자네가 무공을 익히는 데 도움을 줄 수도 있을 것이네."

"어르신이 저에게 이야기해 주고 싶으신 것이 무엇입니까?"

한규민은 아버지와 함께 두어 번 본 터라 안면이 있었지만 궁노는 이번에 처음 만난 사람이었다. 아무런 인연도 없는 사람이 어째서 이런 이야기를 하는 것인지 의아했지만 궁노의 눈빛에서 자신에 대한 호의를 엿볼 수 있었다. 백무는 마음을 차분히 가라앉히고 궁노의 말이 이어지기를 기다렸다.

"난 지금까지 자네의 모습을 지켜보았네. 비록 하루뿐이지만 자네를 보며 많은 것을 알 수 있었지. 만약 내가 말해주는 인연을 자네가 얻는다면, 자네는 원하는 삶을 살 수 있을 것이라 생각하네."

"지금 말씀하시는 것이 정말입니까?"

당민도 치료를 하면 무공을 익힐 가능성이 있을 것이라고 이야기는 했다. 하지만 언제 치료가 끝날지는 장담하지 않았다. 그런데 궁노가 자신이 무공을 익힐 수 있을 것이라 확신하듯 말하기에 백무는 궁금하지 않을 수 없었다.

"그렇네. 세상에는 아주 많은 일들이 일어나고 많은 일들이 묻혀가네. 내가 지금부터 이야기해 주는 것도 묻혀진 이야기 중 하나지. 그들의 유진을 얻는다면 자네의 몸 상태로도 무공은 물론 내공까지 익힐 수 있는 방법을 얻을 수 있을 것이네. 그들은 불가능을 모르는 자들이었으니까."

"그런 곳이 정녕 있는 겁니까?"

"나도 그들에 대해 정확한 것은 알지 못하네. 그들은 이미 세상에서 지워진 존재이니까. 하지만 단언하건대, 그곳에서 나온 자들은 하나같이 상상을 불허하는 자들이었네. 말하자면 인간의 범주를 벗어난 존재라고나 할까. 하여튼 그곳에는 자네가 내공을 익힐 방법이 분명히 있을 것이네."

"도대체 어르신이 말씀하시는 그들이 누굽니까?"

"매자천(魅者天)! 아주 오래전 사람들이 그들을 부르는 이름이 바로 매자천이라네. 난 그들의 마지막을 알고 있는 유일한 사람이지. 나중에 시간이 나면 내가 말해주는 곳을 한번 찾아가 보게나."

“매자천이요?”

처음 들어보는 이름이었다. 궁노가 말한 대로라면 분명 무림에 발자취를 남겼을 것이 분명한 데도 들어본 적이 없는 이름이었다. 어지간한 무림 이야기는 아버지에게 들어 알고 있던 백무는 생소한 이름에 고개를 갸웃거렸다.

“후후! 이제는 잊혀진 이름이지. 그리고 중원무림에서 알 수 있는 이름도 아니고. 목단강(牧丹江) 상류에 있는 천허곡(穿虛谷)이란 곳을 찾아가게. 인연이 닿는다면 그들이 남긴 흔적을 찾을 수 있을 것이네. 그들이 남긴 것을 얻는다면 자네는 원하는 것을 얻을 것이네. 만약 자네가 그들의 무공과 내공을 익힐 수 있다면, 가문의 복수는 물론 살아 있다면 동생을 찾는 것은 문제도 아닐 것이네.”

“왜 제게 이런 말씀을 해주시는 겁니까?”

궁노가 하는 이야기는 무인이라면 욕심을 낼 만한 것이었다. 아무 이유도 없이 그저 마음에 든다는 이유만으로 자신에게 해줄 만한 이야기가 아니었던 것이다.

“인연이 닿아서라고만 알아두게. 아가씨를 살려준 자네의 은혜에 보답하는 의미도 있고. 하지만 그들의 유진을 얻는다는 것이 그리 쉬운 일은 아닐 걸세. 그들의 유진을 얻고 말고는 오직 자네에게 달렸으니 말이네.”

“으… 음!”

궁노가 자신에게 상당히 호의를 가지고 있다는 것을 느낄 수 있었다. 하지만 그런 것이라면 궁노 자신이 차지할 일이었다. 무인이라면 그런 기연을 놓치지 않을 것이기 때문이다. 어째서 자신에게 알려주는 것인지 자못 궁금하지 않을 수 없었다.

'후후! 내가 왜 그것을 자네에게 알려주느냐 하면, 난 가지려고 해도 그것을 가질 수 없는 처지라네. 자존심 문제도 있고.'

궁노는 골똘히 생각하는 백무를 바라보았다. 그리고 한 가지 다짐받을 것이 있다는 것이 생각났다.

"지금 내가 해준 말은 그 누구에게 해서도 안 되네. 비록 자네가 인연을 얻지 못한다고 해도 말이야. 자칫 마음이 선하지 못한 자가 매자천과 인연을 맺는다면 천하에 분란을 일으킬지도 모르니 말이네."

"알겠습니다, 어르신."

백무는 궁노가 범상치 않은 사람임을 느끼고 있었다. 바위 위로 올라오며 암암리에 손을 쓰는 궁노를 보며 살핀 결과였다. 전에는 느껴지지 않던 것들이 느껴졌다.

차분히 가라앉아 주변을 제어하는 것 같은 기운이 궁노의 몸에서 흘러나왔던 것이다. 궁노가 자신으로서는 상상도 할 수 없는 고수라는 것을 안 것이다.

그런 궁노가 이토록 다짐을 받아가며 이야기했다는 것은 매자천이란 곳과 뭔가 사연이 있다는 것이다. 그리고 매자천이라는 곳도 범상치 않은 곳이 분명해 보였다. 그런 중요한 곳이라면 궁노의 말대로 함부로 발설할 것이 못 된다는 생각이 들었다.

"그만 자게. 아침 일찍 일어나 출발하려면 말이야."

궁노가 잠을 자려는지 암반 위에 누웠다.

"알겠습니다. 저도 이만 자겠습니다. 전처럼 약을 먹을 터이니 내일 아침이나 되어야 깨어날 것입니다."

"알았네."

백무는 품에서 동굴에서 챙겨 나온 상자를 열고는 무엇인가를 꺼내 입에 물었다.

으드드득!

입 안에서 부서지는 소리가 난 후 백무는 정성껏 입에 든 약을 씹어 삼켰다. 다른 이에게는 천하의 둘도 없는 극독이지만 자신에게는 천하의 영약이었다.

꿀떡!

턱!

약을 삼키자 백무는 부러진 나무가 넘어지듯 힘없이 암반 위에 쓰러졌다.

"도대체 무슨 약이기에 바로 정신을 잃는 것인가?"

궁노는 정신을 잃고 쓰러진 백무의 품을 뒤졌다. 지금까지 보여준 능력이 아무래도 당민의 치료와 관련이 있을 것 같았기 때문이다.

"으… 음!"

상자를 열자 희미하지만 독향이 풍겼다. 자신이 어지러울 정도면 상당히 극독인 것이 분명했다.

"이 정도의 독기를 지닌 약재라면 견디기 힘들 터인데……."

하지만 백무의 모습은 한 가지만 빼면 지극히 정상이었다. 몸 전체가 붉게 변한 것 외엔 다른 이상은 없었다.

"약을 복용한 것과 몸이 저렇게 변한 것이 분명 상관이 있을 터인데, 어찌 된 영문인지 하나도 모르겠구나."

치료에 관여하지 않은 이상 백무에게 일어나는 현상에 대해 알 길이 없었다. 다만 고통스러워하지 않는 것 같아 그리 해가 되지 않는다는 사실만 알 수 있을 뿐이었다.

"아직은 살펴볼 수 있는 날이 많이 있으니 시간이 지나면 알 수 있겠지."

궁노는 백무를 바라보다 가부좌를 틀고 명상에 잠겼다. 아무리 암반 위라고는 하나 밀림은 위험한 곳이기 때문이었다.

삐비비비!!

이름 모를 새가 지저귀는 가운데 해가 떠오르는지 사위가 점점 밝아오고 있었다.

"으… 음!"

백무는 아침녘에 잠깐 이는 서늘한 기운에 잠에서 깨었
다.

"일어났느냐?"

"어르신도 잘 주무셨습니까?"

자신을 향해 아침 인사를 하는 궁노에게 백무 또한 인사를
건넸다.

"그만 가도록 하자. 이건 가면서 먹도록 하고."

궁노는 어제와 같이 백무에게 딱딱한 밀전병과 함께 대나
무통 하나를 건넸다.

"고맙습니다."

"그리고 이건 물이다. 마을까지 가는 동안 물을 구할 수 없
을 테니 아껴 마시도록 해라."

"알겠습니다."

궁노는 먼저 암반을 내려왔다. 백무 또한 조심스럽게 뒤를
따랐다.

'오늘은 시험하지 않는구나.'

궁노의 뒤를 따르며 어제와는 달리 자신을 시험하지 않는
다는 것을 느낄 수 있었다. 내려가는 길에 위험한 구석은 보
이지 않았던 것이다.

'누님께서 시술 후에 여러 가지 능력이 나타날 것이라고
하더니, 후후, 밀림에서도 그렇고, 저 어르신이 손을 쓰는 것
도 보이니 달라지긴 달라진 건가?

사실 백무는 어제 궁노가 자신을 업고 경공을 펼칠 때도 그렇고, 자신이 앞장서서 걸으면서 여러 가지를 느꼈다.

자신에게 위험한 것은 모든 것이 느낌으로 전해져 왔다. 멀리 숨어 자신을 노리고 있는 흑표의 움직임도 느낄 수 있었고, 먹이를 찾아 독아를 숨기고 있는 뱀의 기척도 느낄 수 있었다. 모든 것이 눈에 보이는 듯 확연히 자신에게 다가왔던 것이다.

바람의 움직임이나 습지가 머금고 있는 습기 등이 자신도 모르게 자연스럽게 느껴졌다.

처음 궁노가 자신을 업고 경공을 펼칠 때를 생각하면 지금도 아찔했다. 수없이 자신에게 전해오는 느낌에 고통스럽기까지 했던 것이다.

특히 놀란 것은 위험할 것이 없었던 곳에 갑자기 위험 요소가 생겼다는 것을 직감적으로 느낀 것이다. 바로 궁노가 자신을 시험하기 위해 암반에 수작을 부린 것을 바로 눈치 챌 수 있었다.

'하지만 누님께서 내공을 익혀서는 안 된다고 했으니……. 무공을 익히는 것은 아직도 요원한 것인가? 후후! 그렇다고 그냥 놀고 있을 수는 없으니 마을에 당도하면 소림오권이나 수련해야겠다. 이 상태에서 그것만큼 몸을 제대로 만들어줄 것은 없으니까.'

백무는 앞장서서 길을 걷고 있는 궁노의 뒤를 조심스럽게 따랐다. 위험한 요소는 별반 느껴지지 않았다. 어제같이 별도로 손을 쓰지도 않았다. 빠르게 길을 가려는 듯 궁노 또한 위험한 곳을 피하며 곧장 마을로 향하고 있다는 것을 느낄 수 있었다.

그렇게 뒤를 따르며 어젯밤 궁노가 자신에게 들려준 매자천에 생각이 미쳤다.

'어르신이 말씀하신 매차천이라는 곳은 어떤 곳이기에 그곳의 유진을 얻으면 내공을 익힐 수 있다는 것일까?

매자천이라는 곳에 대해 의문점을 느꼈다. 이야기를 하는 느낌으로는 분명 매자천이라는 곳은 궁노와 상당한 관련이 있는 것이 분명했다. 그의 눈빛에서 언뜻 매자천에 대한 애증의 빛을 엿볼 수 있었기 때문이다.

'으음! 아직은 아니다. 누님께서도 내게 뭔가 염원이 있는 것 같으니까. 누님은 자신의 치료가 성공할지 여부는 반반이라고 했다. 아직은 치료를 더 받아야 하니 누님의 치료가 성공하지 못한다면 그때에나 한번 가봐야겠다. 만약 누님의 치료가 실패한다면, 저 어르신이 말씀한 것이 마지막 방법이 될 수도 있으니……'

백무는 이내 상념을 접었다. 한 번에 한 가지씩 생각하기로 했다. 아무것도 준비되지 않은 상태에서 큰 것을 얻으려 한다면 그것은 실패를 자초하는 것이리라는 것을 잘 아는 까닭이었다.

'후후! 그나저나 우습군. 스스로 그 지겨운 것을 다시 시작할 줄이야. 하지만 지금 상태로써는 그것만큼 내게 맞는 수련법이 없으니…….'

어린 시절 아버지에게 혹독하게 가르침을 받았던 무공을 생각하면 아직도 기분이 좋지 않은 백무였다. 자신이 무공을 익히는 것을 등한시하고, 흑산에서 거칠게 놀았던 것도 알고 보면 그때 배우던 무공에 질린 것이 그 이유였다.

내공을 수련하지 못한 상태에서 무공을 익힌다는 것이 소용없음을 알기에 아버지의 처사에 불만을 품고 흑산을 들락거리며 사고를 치고 다녔던 것이다.

하지만 지금은 자신의 몸을 회복시키기 위해서 그만한 것도 없다는 생각이 들었다. 흑산의 건달패들을 모두 제압할 만큼 무인의 몸을 만드는 데 그 자신이 배웠던 무공만 한 것이 없었기 때문이다.

그렇게 백무는 앞으로의 일을 기약하며 한 발 한 발 궁노의 뒤를 따랐다. 당민이 자신을 치료하기 위해 돌아올 그날까지 자신이 할 수 있는 것을 하기로 결심한 것이다.

第六章 이류 무공을 다시 수련하다

九劈雷雲

밀림을 벗어나 마을까지 오는 길은 순조
로웠다. 희대의 고수이기도 한 궁노의 안내는 백무 못지않게
안전했기 때문이다. 속도 또한 빨랐다. 백무의 몸이 좋아지는
듯 걷는 속도가 빨라졌기 때문이다.

혈천독지를 떠난 후 사흘이 될 무렵, 두 사람은 한규민이
거주하고 있는 마을에 당도할 수 있었다.

"주인님, 궁노입니다."

마을에 도착한 궁노는 한규민의 처소로 가 자신이 돌아왔
음을 고했다. 밤이 늦은 시각이었지만 언제나 백무의 상태를
궁금하게 여기고 있는 한규민이었기에 곧바로 그의 처소를

찾은 것이었다.

"어서 들어오게."

대답이 들리자 궁노는 백무를 쳐다보았다.

"들어가세."

두 사람은 방으로 들어섰다. 한규민은 탁자에 앉아 차를 마시고 있었다. 궁노의 뒤를 따라 들어오는 백무를 보며 그의 눈에 기쁨이 잠시 스쳤다.

"다 나은 것인가?"

"예, 한 대인. 대인 덕분에 목숨을 구명할 수 있었습니다. 감사드립니다."

백무는 한규민에게 고맙다는 말과 함께 큰절을 올렸다. 한 대인이 자신의 집을 찾아올 때면 그의 아버지가 항상 큰절을 올리도록 했기 때문이다. 이것이 조선이라는 나라의 예법임을 백무도 알고 있었던 것이다.

"몸도 불편할 터인데 큰절은 무슨."

말은 그렇게 하면서도 기쁜 안색으로 백무를 쳐다보는 그였다. 치료가 된 것을 보자 마음속에 있던 짐이 벗어지는 것 같은 기분 때문이었다.

"어서 자리에 앉게. 내 자네를 기다렸네. 그런데 독선고는 어찌 안 왔는가?"

"저를 치료할 약재를 구하러 중원에 가신다 들었습니다."

"으음, 그랬군. 그래, 몸은 좀 어떤가?"

당민이 중원으로 갔다면 사해방에서 자신에게 알려왔어야 정상이다. 그런데 아무런 연락이 없다는 것은 다른 방법으로 중원으로 들어선 것이 분명했다. 한규민은 일단 의문을 접은 채 백무의 안위를 물었다.

"대인 덕분에 거동할 수 있게 되었습니다. 정말 감사드립니다."

"내가 한 것이 무엇이 있다고……."

약간은 미안한 마음이 든 한규민은 말끝을 흐렸다.

"아닙니다. 대인이 아니셨다면 전 죽은 목숨이나 다름없다고 들었습니다."

백무는 진심으로 한규민에게 감사하고 있었다. 자신이 어떤 상태에 놓여 있었는지 당민으로부터 누누이 들었기 때문이다.

"이런, 피곤할 텐데 내가 너무 잡고 있었군. 방은 마련해 놨으니 가서 좀 쉬게. 궁노가 알려줄 것일세. 못다 한 이야기는 내일 하기로 하고. 궁노는 저 아이를 쉴 수 있도록 해주게."

"알겠습니다, 주인님."

한규민은 몹시 피곤해 보이는 백무를 쉬도록 했다. 온전치 않은 몸이라 더욱 그런 것 같았다. 궁노는 한규민의 말에 백무가 머물 곳으로 안내했다. 한규민의 거처와 그다지 멀지 않은 나무 위의 집이었다.

얼마 안 있어 궁노는 백무에게 머물 곳을 안내해 주고는 다시 한규민에게 돌아왔다.

"그래, 궁노가 보기에는 어떤가?"

한규민은 백무를 데려다 주고 돌아온 궁노에게 궁금한 듯 물었다. 궁노라면 오는 동안 백무의 상태에 대해 살폈을 것이 틀림없었기 때문이다.

"사대근맥이 아직까지는 온전하지 않은 것 같습니다. 기혈의 운행도 순탄치 않고 말입니다. 독선고가 어떤 시술을 했는지는 모르겠지만, 기혈의 움직임이 정상인과는 완전히 다르게 변해 버렸습니다."

"그런 시술이 아니었다면 그 아이가 걷는다는 것은 불가능하겠지. 독선고가 약재를 구하러 중원으로 갔다고 했는데, 저 아이를 고칠 방법이 있다는 말인가?"

"혈천독지에서 치료를 끝내고 열흘 전에 중원으로 향했다고 하는데, 어쩌면 온전한 몸으로 되돌릴 수도 있다고 했답니다. 그리고 약재를 구하려면 일 년 정도의 시간이 걸리는지라 그동안 이곳에 머물도록 했다고 합니다."

"치료할 방법이 생겼다면 더할 나위 없이 기쁜 일이네만, 도대체 무슨 약재이기에 그 정도의 시간이 걸린다는 말인가? 내게 부탁하면 구해줄 터인데."

"그건 모르겠습니다. 그 아이도 그에 관해서는 들은 것이 없는 것 같았습니다."

“으음, 알겠네. 피곤했을 터이니 궁노도 돌아가서 쉬도록 하게.”

“알겠습니다, 주인님.”

궁노가 자신의 거처로 돌아가자 한규민은 생각에 잠겼다. 예상과는 달리 당민이 전력을 기울여 진정으로 백무를 치료하고 있다는 것에 조금은 놀라고 있는 중이었다.

“하여간 놀라운 일이로군. 그녀가 이곳에 온 이유가 백무를 치료하는 것과 무슨 관련이 있는 것인가?”

한규민은 백무를 치료하는 것이 당민이 이곳까지 온 것과 관련이 있을 것 같다는 생각이 들었다. 그렇지 않으면 그간의 행동으로 볼 때 그녀가 이토록 전적으로 매달릴 일이 아니었기 때문이다.

“독선고가 무슨 일을 꾸미고 있는지는 모르겠지만, 내일 저 아이의 상세를 한번 살펴봐야겠구나.”

한규민의 눈이 백무가 머물고 있는 곳으로 향했다. 그의 눈은 가슴이 시릴 정도로 무척이나 차갑게 빛나고 있었다. 만약 당민이 백무를 자신의 목적을 위해 실험 재료로 쓰고 있는 것이라면 용서할 생각이 없었던 것이다.

자신의 딸을 치료해 주기는 했지만 당민이 무엇을 위해 이곳까지 왔는지는 어렴풋이 짐작하고 있었기에 백무에 대해 지켜보기로 한 것이다.

궁노의 안내로 자신이 쉴 곳으로 온 백무는 사방을 둘러보았다. 무더운 지방답게 대나무로 만들어진 집은 통풍이 잘되도록 꾸며져 있었다.

백무는 침상에 앉은 후 자신의 품에서 작은 상자를 꺼냈다. 당민이 돌아올 동안 자신의 상세를 지켜줄 약이 들어 있는 상자였다.

딸각!

백무는 상자를 열었다. 상자 안에는 무엇인가 한지로 잘 싸여져 있었고, 그 옆에는 푸른색의 옥병 하나가 들어 있었다.

"후후! 천하의 극독이지만 나에게는 천하의 영약이나 다름없는 것이지."

백무는 한지를 조심스럽게 풀었다. 그 안에는 어른 손가락 크기만 한 붉은 물체가 여러 개 들어 있었다. 그것은 혈천독지에서 피는 혈수련의 연근이었다.

"혈천독지에서 나는 혈수련의 연근은 품고 있는 독기만 없다면 근골을 최상의 상태로 바꾸어주는 영약이다. 네가 비록 혈오의 피를 복용해 독기를 어느 정도 제어할 수 있게 되었지만 아직은 불완전한 상태다. 난 독기를 완전히 제어할 수 있는 약재를 구하러 중원으로 가야 하니 넌 그동안 한 대인의 거처에 머물러 있어라. 내가 전에 이야기해 준 것을 명심하고 말이다."

백무는 떠나기 전 당민이 남긴 마지막 말을 기억했다.

딸깍!

'으음! 누구지?'

상자를 연 순간 누군가 자신을 지켜보고 있다는 느낌이 강하게 들었다.

탁!

"누님이 돌아오실 때까지 앞으로 일 년 동안은 꼼짝없이 이곳에 머물러 있어야겠군. 그나저나 중원까지 다녀오시려면 먼 길인데 무사히 다녀오시기나 빌어야겠다. 으음! 피곤하니 이제는 잠자리에 들어야겠구나."

백무는 누군가 자신을 보고 있다는 느낌이 들자 상자를 닫고 일부러 혼잣말을 했다.

후우!

자신을 감시하는 자가 돌아갈 기척이 보이지 않자 등잔불을 끄고는 자리에 누웠다.

'누구지? 이곳에선 날 감시할 사람이 없는 것으로 알고 있는데…….'

자신을 지켜보고 있는 것이 누구인지 궁금했지만 잠시 후 기척이 사라지자 관심을 껐다. 살기도 흘리지 않고, 그저 자신을 살피다 불이 꺼지자 소리없이 사라졌기 때문이다.

'휴우! 이런 능력까지 있다니……. 도대체 누님께서는 날

어떻게 하신 것이지? 하지만 나쁠 거야 없지. 놈들에게 복수할 수 있는 밑거름이 될 테니.’

당민의 시술로 인해 자신이 가지게 된 능력에 대해 궁금했지만 곧 의문을 접었다. 자연적으로 깨어나는 능력은 할 수 없지만 인위적으로 자신의 능력을 깨운다면 불완전한 독의 균형이 깨질 수 있다는 당민의 당부가 생각난 때문이었다.

그리고 당민 스스로도 자신의 시술로 어떤 능력을 가지게 될지 상세히 모르는 상태였기에 아무런 말도 해주지 않았던 것이다.

‘천천히 생각하기로 하자. 어차피 몸을 함부로 굴릴 수 없는 처지이니. 누님이 말씀하신 대로 내일부터는 한 대인의 무공을 얻을 수 있는 방법이나 생각해 봐야겠다. 한 대인의 무공은 훗날을 위해서라도 반드시 얻어야 하는 것이라고 했으니……’

아직도 망설이고는 있지만 어쩔 수 없이 해야 한다는 생각이 들었다. 한 대인의 무공이 자신의 신체를 바로잡을 수 있는 역할을 할 수 있을지도 모른다는 당민의 당부가 귀에 쟁쟁했다.

딸깍!

백무는 어둠 속에서 상자를 열었다. 그리고 한지 속에 싸여져 있는 혈수련의 연근을 하나 집어 들어 입에 넣었다.

으드득!

무척이나 딱딱한 듯 연근 부서지는 소리가 들렸다.

“크… 윽! 여전히 쓰군. 하지만 어쩔 수 없지. 놈들에게 던져 줄 고통을 위해서라도…….”

으드득!

백무는 연근을 천천히 씹어서 삼켰다. 백무의 몸이 어둠 속에서 서서히 붉게 변하기 시작했다. 온몸으로 퍼지는 강력한 약효 때문이었다.

고통 속에 백무는 동굴에서 처음 정신을 차리고 난 후 당민과의 일을 기억해 내었다. 두 번 다시 겪고 싶지 않은 고통의 시간을 기억한 것이다. 그렇지 않으면 혈수련의 연근이 주는 고통을 견딜 수 없었기 때문이다.

가호는 백무가 불을 끄고 잠을 청하는 것 같아 보이자 자신의 처소로 돌아가고 있었다. 자신의 스승인 궁노가 백무를 데리고 온 것을 본 후 몰래 살피다 자신의 처소로 돌아가는 것이었다.

“저놈이 사지가 멀쩡하게 돼서 돌아오다니…….”

자신도 범접치 못할 선녀 같은 소령에게 피를 준 것도 모자라 이제는 한 마을에서 살게 됐다는 사실이 몹시 기분 나빴다. 자신을 살리기 위해 피를 주었다는 사실을 소령이 알고 있기에 같은 한족인 백무에게 마음을 줄까 걱정이 든 때문이었다.

“네놈이 왜 이곳까지 기어든 것인지는 모르겠지만, 아가씨를 넘본다면 내 가만두지 않을 것이다.”

가호는 나빠지려는 기분을 애써 돌리며 자신이 머물고 있는 처소로 돌아와 방문을 열었다.

‘으… 음! 누군가 있다.’

방 안으로 들어선 순간 가호는 위화감을 느꼈다. 그의 본능이 방 안에 누군가 있음을 알려준 것이다. 계속해서 신경을 거슬리는 위화감은 그의 촉각을 곤두세우게 만들었다.

‘허투루 상대할 자가 아니다.’

피잇!

어둠을 뚫고 무엇인가 자신을 향해 날아오자 가호의 신형이 꺼지듯 자리에서 사라졌다. 암습자가 공격하는 순간 스승에게 배운 은잠법을 이용해 신형을 감춘 것이다.

파파팟!

다시금 반 장여 떨어진 바닥으로 무엇인가 내리꽂혔다. 그것은 대나무 잎사귀였다. 암습자는 가호가 숨어든 곳을 정확히 찾아 적엽비화의 수법으로 대나무 잎을 날린 것이다. 그러나 그런 암습자의 공격을 이미 예상한 듯 그 자리에서 가호는 사라지고 없었다.

‘후후! 쓸데없는 짓만 하고 다니는 줄 알았는데 제법이군. 많이 늘었구나.’

소령에게 마음을 주고 있는 것 같아 이번 기회에 혼을 내주려던 참이었다. 하지만 예상외의 실력을 보이고 있는 가호의 모습에 대견한 마음이 드는 궁노였다.

'호오! 이번에는 반격까지.'

호흡은 물론 맥박까지 죽이고 자신이 있는 곳까지 접근하고 있는 가호를 느끼며 궁노는 흥미를 느꼈다. 회선비류(回旋飛流)의 수법을 이용해 발출한 적엽비화에도 가호가 자신의 위치를 정확히 찾아낸 때문이었다.

'가호의 성취가 이 정도라면 본격적으로 시작해도 되겠구나. 하지만 애증은 본 문의 무공과는 상극인 터. 가호야, 네가 그 시련을 이겨낼지 모르겠구나.'

궁노는 제자의 수련을 본격적으로 시작할 때임을 느끼고는 신형을 움직였다. 자신의 한계를 정확히 알게 해줄 필요성을 느꼈기 때문이다. 지금 자신이 익히고 있는 무공이 앞으로 익혀야 할 무공의 기초적인 부분이라는 것을 알게 해줄 필요가 있었던 것이다.

또한 소령을 마음에 두고 있는 가호에게 자신이 선택할 길에 대해서도 다시 한 번 알려줄 필요가 있었다. 정에 얽매이면 아무것도 할 수 없음을 주지시킬 필요가 있었던 것이다.

스으으윽!

방 안에 나 있는 유일한 창을 향해 어둠이 이동하고 있었다. 희미하게 달빛이 비치고 있었지만 꿈틀거리며 이동하고 있는 어둠을 밝혀주지는 못했다. 자연스럽게 창문을 향해 접근하고 있는 어둠은 은잠술을 이용해 자신을 감춘 가호였다.

'분명 사부님이시다. 나를 시험하시는 것인가? 후후! 사부님께서는 내가 이미 당신을 찾아냈다는 것을 모르시는 모양이로군.'

궁노를 향해 접근해 가는 가호는 꼼짝도 하지 않고 있는 스승이 자신을 발견하지 못했음을 직감했다. 스승을 잡을 기회를 찾은 가호는 암습할 거리가 가까워지자 기척도 없이 빠르게 움직였다.

팟!

'아차!!'

지법으로 스승의 마혈을 제압하려던 가호는 꺼지듯 사라지는 어둠과 함께 명문혈에 닿은 손을 느끼며 자신이 스승에게 당했다는 것을 알 수 있었다. 두 사람의 신형이 방 가운데 나타났다. 둘 다 은잠술을 푼 것이다.

"졌습니다, 스승님."

"후후! 오랜만에 시험해 본 것인데 그동안 많이 늘었구나."

"아닙니다."

"앉아라."

“예, 사부님.”

궁노가 바닥에 앉았다. 가호는 스승이 할 말이 있음을 알고는 조용히 무릎을 꿇고 궁노 앞에 앉았다.

“네가 이번에 행한 흑둔술(黑遁術)은 나도 감탄할 정도로 뛰어난 것이었다. 그런데 어찌 실패한 것인지 알겠느냐?”

“모르겠습니다.”

완벽하게 펼쳤다고 자부했건만 스승에게 간파당한 것은 성취의 차이라고 생각했으나 궁노의 말을 들으며 그것이 아님을 깨달은 가호였다.

“본 문의 삼법(三法)이 무엇이더냐? 말해보거라.”

무척이나 굳은 음색이었다. 가호는 자신의 스승이 지금 자신에게 화가 나 있다는 것을 느낄 수 있었다.

“무정(無情), 무심(無心), 무혼(無魂)입니다.”

궁노의 물음에 가호는 끊어지듯 또박또박 대답했다. 궁노의 제자가 된 후 끊임없이 들어온 말이었기 때문이다.

“잘 알고 있구나. 내 누누이 이야기하였지만 우리 천음문(天陰門)은 삼법을 행하기 위해 부단한 노력을 기울여 온 문파다. 네가 비록 어느 정도 본 문의 비기를 습득했다만 넌 삼법을 행하는 데 힘을 쓰지 않았다. 그렇기에 흑둔술을 완벽히 펼쳤는데도 나에게 잡힌 것이다.”

“무슨 말씀이신지……?”

“몰라서 묻는 것이더냐?”

언제나 부드러운 것 같지만 자신의 스승이 얼마나 무서운 존재인지 잘 알고 있는 가호였다. 조용히 말하고 있는 것 같지만 스승이 분노하고 있다는 것을 알게 된 가호는 머리를 조아릴 수밖에 없었다.

"무심은커녕 무정의 법도 행하지 못하는 놈이 소령이를 지키겠다는 이야기더냐?"

'아… 아! 알고 계셨구나.'

스승은 자신이 소령에게 마음을 주고 있다는 사실을 알고 있는 것이 분명했다.

"진정으로 소령 아가씨를 지키겠다고 생각했다면 무정해지고, 무심해지고, 그리고 종내에는 혼마저 사라져야 한다. 우리 천음문의 운명은 죽어서도 한가를 따르는 것이니 네가 선택한 운명대로 모든 것을 내던져야 할 것이다."

가호는 궁노에게 처음 무공을 배우며 약조한 것이 떠올랐다. 소령을 지키기 위해 수신호위가 되려 했던 그는 궁노의 시험을 받은 후 천음문에 들면서 궁노에게 한 가지 약조를 했던 것이다. 완전히 천음문을 계승해야만이 한가의 수신호위가 될 수 있기에 천음문의 계율을 따른다는 약속이었다.

"넌 본 문 역사상 처음으로 받아들인 외인이다. 그만큼 네 재질이 특출할 뿐 아니라 소령 아가씨를 위하는 마음이 지극하기에 그리한 것이다. 지금은 이해하지 못하겠지만 훗날 지극한 것을 지키려면 마음의 정도 버려야 한다는 것을 알게 될 것이라 누누이 말해왔다. 그것이 네가 선택한 길이다. 내 말이 틀리느냐?"

"아닙니다."

"나 또한 너처럼 그러한 마음이 있었기에 크나큰 슬픔을 맛보아야 했다. 무정하지 않았기에 본 문 역사상 처음으로 주인마님을 잃는 참담함을 겪었던 것이다. 너와는 다른 것이겠으나 그 또한 정에서 비롯된 것. 내 이제부터 너에게 본 문의 삼법을 행하기로 마음먹었느니라. 넌 내 전철을 밟지 말고 무정의 법을 완성하여야 할 것이다."

"알겠습니다, 사부님."

'하지만 사부님, 제가 아가씨와 맺어질 수 없다는 것은 잘 알고 있습니다. 그렇지만 저도 모르게 아가씨에게 마음이 가는 것을 저도 어쩔 수가 없습니다.'

가호는 궁노가 무슨 뜻으로 자신에게 이러한 말을 하는지 잘 알고 있었다. 자신의 전철을 밟게 하지 않겠다는 뜻을 누구보다 잘 알고 있었던 것이다. 그러나 마음 한구석에 피어나는 소령을 생각하는 마음을 자신도 어쩔 수가 없기에 눈빛이 흔들리고 있었다.

'불쌍한 녀석, 어찌하다가……'

가호의 마음을 잘 아는 듯 궁노는 측은한 눈빛으로 가호를 쳐다보았다. 자신에 이어 그의 제자도 애증이라는 깊은 늪에 빠져 있다는 것을 느낀 때문이었다.

"그럼 쉬거라. 내일부터 삼법의 관문이 시행될 것이니 마음의 준비를 하도록 하고, 주인님께는 이미 말씀을 드렸으니 내일 아침 일찍 길을 떠날 것이다."

"알겠습니다, 사부님."

궁노는 말을 마친 후 마음을 잡지 못해 흔들리는 가호를 뒤로하고 일어나 방을 나섰다. 자신의 제자가 앞으로 펼쳐질 난관을 뚫고 나가리라 믿으며 조용히 자신의 처소로 향했다.

'가호야, 어쩌면 이제는 적수가 없다는 천음문에 희대의 적수가 나타날지도 모르겠구나. 네 너를 위해서 은자의 가문 중 본 문과 쌍벽을 이루었던 그들을 깨우기로 했다. 어쩌면 네 평생의 숙적이 될지도 모를 자가 나타날 것이다. 만약 이번에 네가 본 실력으로 그를 꺾는다면 이 스승과 같은 전철은 밟지 않을 것이다. 단 한 번도 그들에게 이겨보지 못한 본 문의 숙원도 풀 수 있을 것이고……'

궁노가 숙적이라 할 수 있는 매자천의 유진을 백무에게 얻도록 한 것은 가호를 위하는 마음도 있었기 때문이다.

북방을 호령했던 은자의 가문 중 천음문과 함께 수위를 다투는 문파가 매자천이었다. 한데 그들이 자신들에 의해서가 아닌 다른 자들에게 꺾인 것은 천음문으로서도 한스러운 일이었다.

　궁노는 가호가 천음문의 숙원인 매자천을 꺾는 일을 이루어주길 바라는 마음이었다. 그것은 천하제일의 은자 가문을 가리는 일이었기에 무엇보다 중요했다. 대대로 이어온 천음문의 숙명이었기에 궁노는 인연의 열쇠를 백무에게 던졌던 것이다.

　다음날 아침, 한규민은 조반을 같이 들기 위해 백무를 불렀다. 아침 일찍 일어나 세수를 한 백무는 한규민의 처소에 들었다. 방 한가운데 놓인 탁자에는 모락모락 김이 나는 음식들이 놓여 있었고, 탁자를 중심으로 한규민과 소령이 앉아 있었다.

"앉거라."

"예."

이제는 살이 제법 올라 예쁘장한 얼굴로 자신이 빤히 바라보는 소령의 눈길에 부담을 느끼며 자리에 앉았다.

　'저 아이가 내 피를 수혈받았다는 소령이라는 아이구나. 그런데 어째서 나를 저렇게 뚫어져라 바라보는 것이지?

　흥미로운 눈으로 자신을 쳐다보는 소령의 눈길에 얼굴이 화끈거림을 느꼈다. 큰 눈동자로 바라보는 모습이 마치 하얀 토끼를 보는 것만 같았다.

　'멸문지화를 당한 놈이 아녀자의 눈길에 얼굴을 붉히다니. 후후, 아직도 멀었구나, 백무야.'

붉어지던 얼굴이 싸늘히 식었다. 아버지를 비롯한 가문의 모든 식구가 자신의 눈앞에서 참혹하게 죽었다. 그리고 하나밖에 없는 자신의 동생인 수린의 생사 여부가 불투명한 데도 이런 감정에 휩쓸리는 자신을 자책했던 것이다.

'이상하다. 내가 뭘 잘못했나?

소령은 자신이 바라보고 있자 얼굴을 붉히다가 갑자기 싸늘한 표정을 지어 보이는 백무를 보며 의아한 마음이 들었다. 소령은 자신이 뭔가 잘못한 것이 있는지 살펴보았지만 아무것도 없는지라 마음이 상해 버렸다.

'흥! 그리 잘나지도 않았으면서 비리비리한 모습은 또 뭐고. 피를 나누어 주었으면 다야?'

내색은 안 했지만 앉아 있는 것도 힘겨워하는 백무의 모습을 안쓰러워하던 소령이다. 그런데 자신을 보다 싸늘히 안색을 굳히자 백무에게 마음이 상한 것이었다.

소령은 백무가 자신을 위해 수혈할 피를 주었다는 것은 알고 있었지만 자신의 아버지와 백찬웅과의 관계는 알지 못했다. 한규민이나 궁노로부터 백무에 관한 이야기를 듣지 못한 상태였던 것이다.

"자, 드세. 그리고 식사를 하고 나서 자네의 상세를 한번 봤으면 하네."

두 사람의 분위기가 이상하자 한규민이 입을 열었다. 식사를 마친 후 백무의 상세를 한번 보아야 했기 때문이기도 했다.

“알겠습니다.”

세 사람은 식사를 시작했다. 소령은 자신의 앞에 놓인 요리를 깨작거리며 계속해서 백무를 쳐다보았다. 백무는 째려보는 소령의 눈길에도 아랑곳하지 않고 계속해서 요리를 먹고 있었다.

‘아휴! 정말 어찌 된 사람인지…….’

자신이 보고 있는 데도 아무렇지 않은 듯 음식을 먹고 있는 백무를 보며 소령은 약이 올라 있었지만, 백무는 그런 것을 생각할 만큼 여유롭지 못했다. 그의 뇌리에는 방금 전 한규민이 자신의 상세를 살피겠다는 말만 맴돌고 있었던 것이다.

“네가 가문의 복수를 하고자 한다면 반드시 얻어야 할 것이 있다. 그건 한 대인의 두 가지 절기다. 한 가지 권법과 신법이다. 아니, 어쩌면 둘이면서도 하나일지도 모르겠다. 나도 한 대인이 사해방주(四海幇主)를 제압할 때 한 번밖에는 본 적이 없으니 말이다. 훗날을 위해서라도 어떻게 해서든지 배우도록 해라.”

“무엇을 그리 생각하는가?”

“아닙니다.”

당민의 말을 생생히 되새기고 있다 자신을 부르는 한규민의 음성에 정신을 차릴 수 있었다. 정신을 차리고 앞을 보니 이미 소령은 자리에 없었다.

'내가 넋을 놓고 있었구나.'

소령이 나가는 것도 모를 만큼 정신을 팔고 있던 자신을 자책하며 한규민을 바라보았다.

"식사가 끝난 듯하니 차나 한잔 마시세. 소령이가 가지고 올 걸세."

"예, 한 대인."

자신이 정신을 팔고 있는 동안 어느새 식사를 마친 소령이 차를 준비하러 나간 모양이다.

잠시 후, 소령이 다기를 들고 방으로 들어왔다. 향긋한 냄새가 방 안 가득 퍼졌다. 처음으로 맡아보는 좋은 향기였다.

"말리화(茉莉花:재스민)로 만든 차라네. 심신을 안정시키는 데는 아주 그만이지."

"향기가 아주 좋군요."

세 사람은 탁자에 앉아 다도를 즐겼다. 기름진 음식을 먹고 난 후의 말리화 차는 입 안에 남겨져 있는 음식의 잔재를 말끔히 씻어내 주었다.

"백무의 상세를 살펴야 하니 소령인 그만 나가보거라."

차를 다 마시자 한규민은 소령을 나가도록 했다. 상세를 살피자면 옷을 벗겨야 할지도 몰랐기 때문이다.

“예, 아버지.”

소령은 차를 다 마신 후 자리에서 일어섰다. 소령은 일어서서 나가며 백무를 향해 한쪽 눈을 감고 혀를 내밀더니 빠르게 밖으로 나가 버렸다.

‘후후! 정신을 다른 곳에 팔고 있어서 화가 났나 보구나.’

밖으로 나가며 철없는 행동을 보이는 소령을 보며 백무는 헛웃음을 삼켰다. 하지만 겉으로는 아무런 내색도 하지 않았다. 이제부터가 자신에게는 중요한 순간이었기 때문이다.

“그래, 자네는 앞으로 어쩔 생각인가?”

“아직은 모르겠습니다. 누님께서 일 년 후에 약재를 가지고 와 치료하면 완치될 가능성도 있다고는 했지만, 가문의 복수를 할 수 있을지 모르겠습니다. 동생도 찾아야 하고요.”

“동생이 살아 있었나?”

“아버님이 마련해 놓으신 비밀 통로로 피신시키고 전 놈들을 유인했습니다. 하지만 살아 있는지 죽었는지 아직 알 수가 없습니다.”

“허허! 내 남아서 좀 더 살펴볼 것을……. 미안하네. 백가장의 혈겁에서 자네만이 살아남았다 여겼지. 거기다가 급한 일이 있어서 어쩔 수 없이 떠나야 했었네.”

“아닙니다, 어르신. 저를 구해주신 것만으로도 감사합니다. 동생은 반드시 살아 있을 겁니다. 그리 약한 아이가 아니니 말입니다. 수린이는 제 힘으로 찾을 겁니다. 그리고 놈들에 대한 복수도 꼭 제 손으로 할 겁니다."

"흉수들을 보니 무공이 보통이 아니었네. 자네를 해하려던 놈과 대적을 해보았지."

"놈들을 보셨다는 말씀입니까?"

"그렇네. 자네에게 잔혹한 손속을 쓰던 그자는……."

한규민은 요하의 갈대밭에서 백무를 구할 당시의 상황을 자세히 설명해 주었다. 백무의 눈에서 사실을 알고 싶은 열망이 느껴졌기 때문이다.

"한 대인의 말씀을 들어보니 어느 정도 단서를 찾은 셈이군요. 그런 병기를 쓰는 자는 흔하지 않을 테니 말입니다. 거기다가 아버님도 감히 범접하지 못할 정도의 고수인 한 대인께서 그런 상황을 당하셨다면, 분명 흔하게 볼 수 있는 자들은 아닐 것이니 말입니다."

한 대인은 자신이 봐도 고수였다. 전에는 느끼지 못했지만 당민에게 시술을 받은 탓인지 지금은 한규민이 얼마나 강한지 충분히 느끼고 있었다.

처음엔 긴가민가했지만 주변을 제어하는 기운을 흘리는 궁노를 보고서 그것이 무공으로 인한 것임을 알았다. 한규민은 그런 궁노가 주인으로 모시는 사람이었다.

자신이 보기에도 측량할 수 없는 능력을 가진 한규민을 곧

란하게 했다면, 그런 자는 무림에서도 얼마 되지 않을 터이
다.

'꽤나 차분한 아이다. 감정을 이토록 빨리 다스리다니. 전
에 들었을 때는 흑산에서 말썽깨나 피운다고 들은 것 같은데.
정말로 내가 잘못 알았나 보군.'

흉수에 대한 이야기인 데도 차분한 안색으로 상황을 파악
하려 애쓰는 모습을 보며 한규민은 백무에 대해 다시 생각하
게 되었다. 지난날 백찬웅을 만났을 때 그가 보이던 백무에
대한 걱정은 기우였음을 확인한 것이다.

"그렇기는 하지만 자네가 흉수를 잡고자 한다면 웬만한 무
공으로는 힘들 것일세. 그리고 자네의 상태를 보면 무공을 익
힐 수 있다는 보장도 할 수 없고. 어디 한번 자네의 상세를 보
세나. 저리 가서 눕게."

한규민은 백무를 자신의 침상에 눕도록 했다. 그리고 전신
을 자세히 살폈다. 처음에는 옷을 입은 채로 살폈으나 얼마
안 있어 옷을 모두 벗도록 했다.

졸지에 알몸이 된 백무는 부끄러움을 느꼈으나 그것은 잠
시였다. 당민에게 시술을 받을 때는 이보다 더한 일도 겪은
백무였다.

'내 몸을 보면 한 대인이 흥미를 가질 거라더니 누님의 말
씀이 맞는 것인가?'

심각한 표정으로 자신을 살피고 있는 한규민을 보며 당민

의 이야기가 들어맞는 것을 느낄 수 있었다.

백무의 생각처럼 한규민은 상세를 살피다 곤혹스러움에 빠져 버렸다. 백무의 몸이 궁노의 말처럼 일반적인 근혈과는 전혀 다른 형태를 보이고 있었기 때문이다. 내기가 흐르는 혈의 움직임 또한 정상인과는 확연히 달랐다. 그야말로 살아 있는 것이 기적일 정도였다.

그렇지만 몸 안을 흐르는 기운은 무척이나 안정되어 있는 상태였다. 한규민이 곤혹스러워하는 것도 그것 때문이었다. 일반적으로 근육과 혈의 움직임이 상궤를 달리한다면 죽어도 벌써 죽었을 것이다. 그러나 백무는 조금 근력이 딸려 보이기는 하지만 보통 사람과 같이 정상적인 모습을 보이고 있었기 때문이다.

특히 그의 관심을 끈 것은 관절과 근육이었다. 관절의 움직임이 보통 사람과는 완전히 달랐다. 그리고 근육의 섬세함은 이루 말할 수 없을 정도였다.

'근혈이 보통 사람보다 몇 배는 탄성이 강하다. 지금도 온몸이 크게 다친 자의 근혈이라고는 보기 어려울 정도다. 거기다 역으로 꺾어지는 관절까지. 보통 사람은 관절이 역으로 꺾이면 그에 맞춰진 근혈이 파열되거늘, 하지만 이 아이의 근혈은 자유자재로 그것을 받쳐 주고 있다. 어찌 된 일이란 말인가? 당민이 행하고자 했던 것이 바로 이것이란 말인가? 도대체 이 아이의 몸에 무엇을 했기에 이런 상태라는 말인가?'

한규민은 당민이 백무의 신체를 완전히 바꾸어 버렸다는 것을 알았다.

'어떻게 이런 일이 가능한지는 모르겠지만 이미 이 아이의 사대근혈은 모두 회복되었다. 혈맥의 움직임이 틀려 아직 힘을 쓸 수는 없겠지만 당민의 치료가 끝나면 아마도 완전히 회복될 수 있을 것이다. 그것도 불가사의한 상태로……'

"옷을 입도록 해라."

상세를 살피는 것을 끝낸 한규민은 백무에게 옷을 입도록 했다. 자신의 역량으로는 도저히 살필 수 없어 훗날 어찌 된 영문인지 당민에게 물을 심산이었다.

"어떻습니까?"

"자네 몸은 거의 회복된 것 같네. 하지만 무공을 익힐 수 있을지 여부는 두고 봐야 할 것 같네. 부끄러운 일이지만 나로서도 자네의 몸 상태를 파악할 수가 없네."

"그렇군요. 누님께서도 아직은 치료 여부가 불투명하다고 했습니다, 한 대인."

시술한 당민 또한 자신의 몸에 대해 확신을 가지고 있지 못했다. 그러니 한규민 또한 확실히 알 수 없을 것이 분명했다. 새삼스러운 일이었지만 백무는 한규민의 심정을 알 수 있었다.

"독선고가 치료할 수 있다고 했지 않은가. 어쩌면 무공을 익힐 수 있을지도 모르는 일이니 앞서 걱정하지는 말게."

근혈이 바뀌었다는 것은 정상적인 방법으로는 내공을 익힐 수 없다는 것과 상통했다. 당민의 치료가 끝나지 않았기에 장담할 수 없지만, 이런 상태라면 치료가 된다고 해도 무공을 익히는 것은 거의 불가능해 보였다. 한규민은 실망할 백무를 위해 위로의 말을 건넸다.

"누님을 믿습니다만, 치료가 실패한다고 걱정하지는 않습니다. 어떻게 해서든지 무공을 익히고 말 테니 말입니다."

"으… 음! 그래, 그런 생각이라면 뭐가 돼도 될 것이네."

자신이 보기에 근혈이 바뀌어 일반적인 무공을 익히는 것은 불가능했지만, 지금 같은 백무의 의지라면 무공을 만들어 내서라도 익힐 것이 분명했다.

"그러면 저는 이만 가서 쉬겠습니다. 좀 피곤해서 말입니다."

"그렇게 하게."

백무는 방을 나와 자신의 처소로 돌아갔다.

'만약 내공만 익힐 수 있다면 탄공신을 익힐 수 있는 최적의 신체이건만, 혈맥의 움직임이 달라 내공을 익힐 수 없는 상태이니 아쉬운 일이로군.'

천천히 방을 나서는 백무의 모습에 한규민은 안타까움을 느꼈다. 어찌 되었든 자신으로서는 특별히 해줄 만한 것이 없었기 때문이다.

처소로 돌아온 백무는 조금 전의 일을 생각해 보았다. 당민의 말처럼 한규민이 자신에 대해 관심을 가지고 있음이 분명했다.

하지만 실망한 것 같은 그의 표정을 보면 한규민의 무공을 배운다는 것이 어려운 일일지도 모른다는 생각이 들었다.

"누님께서 돌아오실 때까지는 시간이 있으니 천천히 노력해 보도록 하자. 한 대인의 무공을 배우지 못한다고 해도 방법이 없는 것은 아니니까. 아직은 무공을 배우지 못한다고 실망할 때가 아니다. 차근차근 준비하는 것이다. 지금은 고통스럽더라도 몸을 최대한 움직여 예전의 몸을 찾는 것이 우선이다. 당장 오후부터 시작해야겠다."

백무는 자신을 질리게 했던 이류 무공을 떠올렸다. 몸에 각인되어 잊으려고 해도 잊을 수 없는 무공 하나를 떠올린 것이다. 어려서부터 죽어라고 미친 듯이 배운 것이고, 흑산에서 사고를 치면 언제나 자신의 아버지가 체벌로 수련시키던 무공이다.

부르르!

백무의 몸이 떨렸다. 어린 시절 무척이나 혹독했던 수련 과정이 떠올랐기 때문이다. 내공을 익힐 수 없는 것도 문제였지만 백무가 무공을 등한시하게 된 것은 어쩌면 어린 시절 겪었던 그 혹독한 수련 때문인지도 몰랐다.

백가장의 무공은 누가 뭐래도 도법을 이어가는 가문이었

다. 요녕 일대에서는 적수가 없다는 연환십팔도(連環十八刀)가 가문의 절학이었던 것이다.

그런데 백무의 아버지는 가문의 장자인 백무에게 도법을 전혀 가르치지 않았다. 오히려 도법을 이은 것은 수린이었다. 내공을 수련하지 않은 것은 마찬가지지만 가문의 절기는 수린에게 이어졌다.

도법이 수린에게 전해진 대신 백무의 아버지는 백무에게 비밀리에 다른 것을 가르쳤다. 처음 세상에 나왔을 때는 그 위력에 모두가 경탄해 마지않았지만 지금은 이류 무공으로 전락해 버린 소림오권이었다.

소림오권이 처음 세상에 나왔을 때는 소림사의 직전제자가 아니면 익힐 수 없었다. 소림에서 전해지는 내공심법을 이용해 펼치는 위력은 가히 절공이라 불러도 손색이 없었다.

하지만 세월이 흘러 소림오권의 위상은 많이 바뀌었다. 본래의 내공심법의 사용하는 소림오권의 진정한 위력을 알고 있는 이들이라면 몰라도 세인들의 생각은 전혀 달랐다.

그것은 소림의 성세와 관련이 있었다. 소림의 성세가 커지고 속가들이 속속 생겨나자 소림에서 속가들에게 소림오권은 가르쳤기 때문이다.

물론 비인부전이라 원래 짝이 되는 내공심법을 쉽게 가르치지는 않았지만, 동공만으로도 무인의 몸을 만들어주기에 속가에게 가르친 것이었다.

그렇게 속가의 제자들이 소림오권을 익히기 시작하고, 그들이 세상에 나와 무관을 열면서 소림오권에 대한 무림인들의 인식이 많이 바뀌었던 것이다.

소림사에서 소림오권을 수련한 속가들 중 대부분이 세상에 나와 무관을 열었다. 그리고 그들은 자신이 연 무관에서 내공심법이 빠진 소림오권을 가르치기 시작했다.

비록 진정한 소림오권의 정수는 아니지만 어느 정도는 무인의 틀을 닦아주기에 형을 가르치기 시작했던 것이다. 그것은 소림오권의 특성 탓이었다. 동공뿐이지만 무인으로서 신골역기정(身骨力氣精)을 기르는 데 소림오권만 한 것이 없었기 때문이다.

그렇게 세월이 흐르면서 거의 모든 소림의 속가 무관에서 소림오권을 가르치자 어설프게 배운 자들도 호구지책으로 자신의 무관을 열기 시작했다. 그들이 가르치는 것은 동공의 정수도 빠져 버리고, 그저 형만 남은 것이라 그로 인해 소림오권의 명성은 많이 퇴락했다. 돈만 주면 소림의 속가 무관에서 누구나 배울 수 있는 것이 되었기에 세상은 소림오권은 그저 그런 무공으로 여겼던 것이다.

그렇다고 소림오권이 위력이 떨어지는 것은 아니었다. 소림의 속가 무관에서 가르친 것은 내공심법에 이어 동공의 정수마저 빠져서 그렇지 진정한 소림오권은 지금도 소림사 내에서는 아무나 익힐 수 없는 고절한 권법이었다.

만약 내공심법과 동공의 정수를 알고 소림오권을 배운다면 소림의 칠십이종절예와 비교해도 위력이 떨어지지 않는 무공이었다. 그렇기에 소림사 내에서는 진정한 소림오권이 전혀 다른 이름으로 불리운다는 것을 백무는 모르고 있었다.

용권연신(龍拳鍊神), 호권연골(虎拳鍊骨), 표권연력(豹拳鍊力), 사권연기(蛇拳鍊氣), 학권연정(鶴拳鍊精)으로 대변되는 소림오권을 걸음마를 시작하는 순간부터 배운 백무이다.

백무에 대한 백찬웅의 수련은 더할 나위 없이 혹독했다. 어린 아들이었지만 수련시킬 때의 아버지는 다른 사람이 보면 남이라고 할 만큼 무정했던 것이다.

그렇게 백무가 배웠던 소림오권은 내공심법이 빠지기는 했지만 동공의 정수는 하나도 빠짐없이 담긴 것이었다.

"설마 아버님의 간절했던 눈빛이 가문의 혈겁과 관련이 있었던 것인가?"

백무는 수련할 당시를 생각하며 아버지가 보였던 눈빛을 기억해 냈다. 무엇인가에 쫓기는 것 같은 아버지의 눈에는 간절함이 배어 있었던 것이다.

"휴우! 아직은 아무것도 알 수 없다. 일단 단서를 안 이상 이제부터는 나를 채찍질해야 할 시간이다."

백무는 계속해서 아버지의 눈빛이 마음에 걸렸지만 상념을 털어버리고는 곧 자리에서 일어났다. 가벼운 단삼 차림으로 밖으로 나가 한규민의 거처로 가며 봐두었던 마을의 뒤편 공터로 갔다. 나무에 가려져 있어 밖에서는 보이지 않았지만 누군가 수련한 흔적이 역력한 곳이었다. 평상시 한규민이 수련하던 곳이었다.

공터에 자리를 잡은 백무는 천천히 자세를 잡았다. 소림오권을 수련하기 위한 기수식이었다. 머리, 어깨, 팔굽, 권, 장, 손가락, 엉덩이, 허벅지, 무릎, 발 등, 신체의 열 부분을 상호 결합하여 최적의 형태로 사용하는 소림오권은 권법의 총아라 할 만큼 뛰어난 것이었다. 어릴 적에 이미 모든 형을 익히고 체벌로나마 수련했다고는 하지만 지금의 몸 상태로 소림오권을 시전한다는 것은 그야말로 고통을 자초하는 일이었다.

"으… 음!"

쌍룡도미(雙龍屠尾)의 자세를 취하던 백무는 어깨뼈가 빠지는 고통에 어금니를 부서져라 앙다물었다. 입술이 찢어졌는지 가는 핏줄기가 비쳤다.

"크… 으! 손이 앞서고 눈이 따르며, 몸이 따르고 보법이 따른다. 어깨와 허벅지, 팔굽과 무릎, 손과 발이 합일되면 이에 따라 심의(心意), 의기(意氣), 기력(氣力)이 합일된다."

앙다문 입에서 끊임없이 중얼거림이 흘러나왔다. 고통을

잊어버리기 위해 자신의 아버지가 일러준 동공의 구결이 형을 따라 흘러나오고 있었던 것이다. 형(形)을 취할 때마다 근육이 떨리고 말할 수 없는 고통이 뒤따랐으나 백무는 모든 것을 참아내었다.

털썩!

"헉! 헉! 우라질 나게 힘들군."

숨이 차올랐다. 비 오듯 땀을 흘리며 어설프게나마 용권연신을 끝낸 백무는 쓰러지듯 자리에 주저앉았다. 고통을 참을 수는 있었지만 근력을 소진했기 때문이다. 간신히 형은 시전할 수 있었지만 지금은 장장 한 시진에 걸쳐 힘겹게 펼친 탓으로 기진맥진했던 것이다.

용권연신은 근육의 변화로 인한 힘을 사용하지 않고 단전의 기를 끌어올려 수련하는 것으로 신룡과 같이 움직여 몸을 단련하는 것이다.

내공을 수련하지 못한다는 제약 때문에 완전한 수련은 아니었지만 형만큼은 완벽히 익히고 있었다. 용권연신은 온전히 근육을 사용할 수 없는 백무로서는 최적의 수련법이었다.

하지만 움직일 때마다 밀려오는 고통과 약한 근력으로 인해 그나마도 제대로 된 형을 구현하기가 힘들었다.

"휴우! 힘… 들군. 하지만 다시 시작해야겠지."

급한 마음과는 달리 온전히 소림오권이 시전되지 않는 것이 육신의 고통보다 괴로웠지만 마음을 다잡고 다시금 일어섰다.

'으음! 지켜보고 계셨던가?

몸을 일으키다가 자신의 뇌리에 잡히는 한규민의 시선을 느낄 수 있었다. 몸은 마음대로 움직이지 못하지만 당민으로부터 시술을 받으며 정신을 황폐화시킬 정도의 고통 속에 얻은 능력 중 하나였다.

한규민이 자신을 살피고 있었지만 백무는 마치 사명이라도 되는 듯 수련을 계속해 나갔다.

한 시진 가까이 다시금 형이 구현됐다. 이번에는 이전과 달리 끝나가는 데도 백무는 쓰러지지 않았다.

"오늘은 이만 접어야겠군."

시간이 많이 지난 탓인지 벌써 하늘이 어두워오고 있었다.

"조급한 마음에 너무 빨리 몸을 회복하려 한다면 예상치 못한 것에 부딪칠 수 있다. 지금은 모든 생각을 접고 수련에 매진해야 할 때다."

백무는 땀으로 흠뻑 젖은 채 비틀거리며 힘겨운 걸음으로 자신의 처소로 향했다.

스으윽!

공터에 한규민이 모습을 드러냈다. 백무의 느낌대로 그가 수련하는 모습을 계속 지켜보고 있었던 것이다.

“상당히 고통스러울 터인데 저런 몸으로 수련을 시작하다니. 지금 수련하는 것을 봐서는 형이 많이 틀어지기는 했으나 소림의 권법이 분명해 보였는데, 백가장이 소림과 인연이 있었던가?”

백무의 수련이 물 흐르듯 계속해서 이어지지 않고 끊어지는 관계로 어떤 권법을 수련하는지 확실하지는 않지만 소림과 연관이 있다는 것을 느낄 수 있었다.

도법으로 성세를 이어가던 곳이 백가장이었다. 한규민은 백가장이 소림과 관련이 있었는지에 대해 의문이 들었다.

“으… 음! 워낙 소림의 무공이 널리 퍼져 있으니 그럴 수도 있겠지. 그나저나 저런 식으로 해서 몸이 상하지나 않을지 모르겠구나.”

무리한 수련은 무가에서도 금하는 것이었다. 무공을 바르게 익히기 위해서는 적절한 수련과 명상, 그리고 내공심법이 하나로 조화를 이루어야 하는 것이 정석이었다.

하지만 백무의 수련을 보면 그건 처절한 몸부림에 지나지 않았다. 보통의 사람과는 다르게 완전히 바뀌어 버린 근혈과 완전하지 않은 혈맥의 흐름으로 지금과 같이 무공을 수련한다는 것은 무리였던 것이다.

“어쩔 수 없지. 말린다고 들을 것 같지도 않으니. 저리 지쳐 쓰러질 정도로 수련하는 것도 가문의 혈겁을 잊는 방편이 될 수도 있으니…….”

한규민은 고개를 저으며 자신의 처소로 돌아왔다.

"아버지, 그 오빠는 어때요?"

방 안으로 들어서자마자 다그치듯 소령이 물어왔다. 불안한 안색으로 백무의 상태를 묻는 소령의 음색에는 안타까움이 묻어 있었다.

"죽을 것 같지는 않더구나."

"안 그랬단 말이에요. 마치 학질 걸린 사람처럼 몸을 떨면서 쓰러져도 계속 이상한 자세만 취하고……."

소령은 거의 울상이었다. 눈물이 고여 금방이라도 떨어질 것 같은 표정이었다. 한규민은 소령을 달래줄 필요가 있다고 생각했다.

"소령아, 그 아이는 아픈 몸이지만 지금 수련 중이다. 자신이 걸어가야 할 길을 잘 아는 까닭이지. 그러니 걱정 말거라. 정 위험하다면 아비가 말리도록 하마."

한규민이 공터로 나간 것은 소령 때문이었다. 소령은 금원과 놀기 위해 공터로 나갔다가 수련하고 있는 백무를 보았다. 병자나 다름없는 모습으로 쓰러졌다 일어나기를 반복하며 수련하는 백무의 모습에 안타깝고 불안한 마음에 한규민을 찾았던 것이다.

"저, 정말이죠?"

백무가 아무렇지도 않을 거라는 말에 자신도 모르게 안도

감이 드는 소령이었다.

"그래, 그 아이는 괜찮다. 그 아이에게는 지금 하는 수련이 자신을 채찍질하는 것이니 너무 염려하지 마라. 그나저나 수련하는 모습을 보니 의지가 무척이나 강한 아이 같더구나. 너도 그런 그 아이의 의지는 배워야 할 것이다."

"난 아팠을 때 아무것도 하고 싶지 않았는데 말이에요. 그 오빠는 마치 안 하면 죽을 것 같은 표정으로 수련을 하는데 왜 그러는지 모르겠어요. 힘들 텐데……. 하지만 아버지가 왜 그런 말씀을 하시는지 모르지 않으니 열심히 할게요."

몸이 성치 않음에도 그런 수련을 한다는 자체가 믿어지지 않았지만 소령은 백무의 모습이 무서운 것만은 아니라는 것을 알 수 있었다. 자신을 채찍질하기 위해 수련한다는 그 말이 조금은 마음에 와 닿았던 것이다. 그만큼 소령이 본 백무의 수련하는 모습은 처절했던 것이다.

한규민이 소령과 자신에 관하여 이야기하고 있을 때 백무는 자신의 방에 들어 좌정하고 앉았다. 그리고 지칠 대로 지친 심신을 안정시켰다.

"휴우! 힘들구나. 그렇다고 포기할 수는 없지. 누님이 돌아오기 전까지 스스로에게 한 약속은 반드시 지킨다."

맥이 빠진 육신을 이끌어 이를 악물고 가부좌를 취했다. 삐거덕 소리가 들리는 듯했지만 육신의 고통쯤은 아무것도 아니었다. 식사하는 것도 포기한 채 가부좌를 취한 자세로 호흡에 전념했다. 시술받는 도중 뼈를 갈아내는 고통 속에서도 자신을 가장 편안한 상태로 이끌어냈던 호흡을 시작한 것이다.

'후후! 처음 시술을 받으며 누님에게 미친 듯이 울부짖었지. 차라리 죽여 달라고 말이야. 크크!'

시술이 시작되고 두 달 정도 접어들었을 땐 정말 미치는 줄 알았다. 끝없이 밀려오는 고통을 혼자 이겨내야만 했기 때문이다.

아무도 없었다. 시술을 해주는 당민도 자신의 고통을 해결해 줄 수는 없었다. 무조건 이겨내야만 했던 것이다. 가문의 혈겁을 돌이켜보고, 동생의 모습을 생각하며 이겨내는 것도 한계가 있었다.

그렇게 분노의 감정을 자양분 삼아 고통을 이겨내는 것도 한계에 다다를 무렵 한 가지 호흡법을 찾아낼 수 있었다. 끝없이 찾아오는 고통을 조금이나마 줄일 수 있는 호흡법을 스스로 찾아낸 것이다.

다른 무인들이 보기에 자신이 찾아낸 것은 호흡법이라고도 할 수 없었다. 평범한 토납법에도 미치지 못했던 것이다. 그렇지만 백무에게 있어선 고통을 줄일 수 있는 최상의 호흡법이었다.

시술을 받을 때마다 숨을 쉴 수조차 없었다. 시술과 치료가 병행되고 고통의 시간은 끊임없이 지속되었다. 그러던 어느 순간에 자신도 모르게 고통에 집중할 수가 있었다. 살과 뼈를 가르는 시술의 고통이 인간이 견딜 수 있는 한도를 넘어버린 후의 일이었다.

보통 사람이라면 의식을 잃었겠지만 구전회혼단을 복용해 의식을 잃지 않았기에 가능한 일이기도 했다. 고통이 한계를 넘어버리고 정신이 붕괴될지도 모를 지경에 이르렀을 즈음 근혈이 호흡하는 소리를 들을 수 있었다.

처음엔 환청으로 생각했다. 그러나 환청이 아니었다. 근혈이 호흡하는 곳에서 고통이 조금 가시는 것을 느낀 것이다. 필사적으로 그곳에 집중했다. 어떻게 그런 일이 일어나는지 살폈던 것이다.

한가닥 희망을 잡고 의식적으로 살피자 고통이 줄었던 부위가 조금 커지는 것을 느낄 수 있었다. 손톱보다 작았던 부위가 점점 커진 것이다.

그 다음부터는 고통을 줄이기 위해 필사적이 될 수밖에 없었다. 자신의 근혈을 관조하며 고통이 줄어드는 부분을 점차 늘려갔던 것이다.

그렇게 시작된 자신만의 호흡법으로 이제는 거의 전신을 이용해 할 수 있었다. 고통이 현저하게 줄어든 것이다. 그렇다고 해서 고통이 완전히 사라진 것은 아니었다. 다만 조금 줄어든 것뿐이었다.

“으음! 좀 괜찮아졌구나. 그럼 또 시작해야지. 고통의 바다
로 들어가는 의식을 말이야. 후후!”
　의식적인 근혈의 호흡을 통해 고통을 얼마간 줄인 후 상자
를 열어 혈수련의 연근을 꺼내 씹기 시작했다.
　턱!
　얼마 안 있어 약 기운이 전신으로 도는지 정신을 잃고 침상
위로 쓰러져 버렸다. 의식을 잃고 쓰러지자 그의 몸이 붉게
달아올랐다. 처음 궁노가 보았을 때보다는 붉지 않았지만 여
전히 피처럼 붉은 모습이었다. 그리고 일각이 지나지 않아 정
상의 모습으로 되돌아왔다.

　수련은 이튿날도 계속되었다. 해가 뜨지 않은 아침 일찍부
터 수련은 시작됐다. 그렇게 시작된 수련은 동이 트고 어둠이
내릴 때까지 계속됐다.
　쓰러지고 일어나기를 반복하며 필사적으로 수련에 매달렸
다. 수련이 시작되자 한규민 또한 백무를 살폈다. 혹시나 하
는 염려에서였다.
　그러나 한규민의 염려와는 달리 백무의 수련 속도는 아주
조금씩 빨라지고 있었다.
　그렇게 수련의 날이 반복되었다. 끊임없는 고통 속에 수련
을 하고 밤이면 혈수련의 연근을 씹어 먹는 날이 계속되었던
것이다. 수련을 하다 쓰러지는 일은 여전했지만 시간이 지날

수록 그 시간이 줄어들고 있었다. 조금씩 근혈이 제자리를 찾아가고 있었던 것이다.

　'으… 음! 벌써 열흘째라니. 근혈이 보통 사람과는 다른 상태이고, 혈도마저 정상이 아닌 것이 분명하다. 움직이면 움직일수록 상상할 수 없을 정도로 엄청난 고통이 느껴질 텐데 그래도 수련을 멈추지 않다니. 의지가 범인을 뛰어넘는 아이로구나. 잘하면 저 아이나 백찬웅에게 진 마음의 빚을 갚을 수도 있겠구나.'

　한규민은 열흘간의 수련을 지켜보면서 백무가 강한 의지의 소유자라는 것을 알 수 있었다. 사대근맥이 모조리 박살났고, 회복되었다고는 하지만 자신이 보기에는 매우 불완전한 상태였다.

　그러나 수련의 효과인지 비정상이기는 하나 근혈은 조금씩 회복되고 있었다. 연근을 씹고 의식을 잃고 난 뒤면 언제나 얼마 안 있어 상세를 살폈다. 소령에게 한 약속대로 백무의 상세를 살펴 위험한지의 여부를 판단하려 했던 것이다.

　별 이상은 없었다. 오히려 지독한 수련 덕분인지 근혈에 힘이 붙고 있었다. 한규민은 백무의 근혈이 강해지고 있다는 것을 알고 있었던 것이다.

　'소령이도 슬슬 수련을 시작할 때가 되었으니 이 아이 옆에서 수련시키다 보면 자연스럽게 알게 되겠지. 탄공신은 거

저 얻을 수 있는 절기가 아니니까. 네 운을 시험해 보마.'

한규민은 결심을 굳혔다. 사승을 잇는 것이 아니기에 직접적인 가르침을 베풀 수는 없지만 자신이 소령을 수련시키는 동안 그것을 지켜보다 보면 뭔가 얻을 수도 있을 것이라 생각한 것이다. 완전한 것은 아니겠지만 어느 정도 백무의 수련에도 도움을 줄 것이 분명하기에 소령을 같이 수련시키기로 결심한 것이다.

'궁노도 가호를 수련시키기 위해 떠났고, 나 또한 이곳에 머물 수 있는 시간이 이제는 얼마 없으니 그동안 소령이의 기초를 다져 놓는 것이 좋을 것이다. 저 아이 또한 옆에서 지켜보다 보면 얻는 것도 있을 것이고.'

한규민은 백무의 수련을 지켜보다 자신의 처소로 향했다. 소령을 수련시키기로 한 이상 빠르면 빠를수록 좋았기 때문이다.

第七章 소림오권을 수련하며 탄공신(彈空身)을 배우다

九劈雷雲

방으로 돌아온 한규민은 소령을 불렀다.
자신이 생각한 바를 말해주기 위해서였다. 소령이 자신의 방
으로 오자 수련 이야기를 꺼냈다.

"소령아, 이제부터 너도 아비의 무공을 수련해야 할 것이
다."

자신의 처소로 소령을 부른 한규민은 이제 가문의 무공을
수련해야 함을 주지시켰다.

"무공을요? 하지만 아버지, 무공을 배우는 것은 고향에 돌
아가서 시작한다고 했잖아요?"

무공을 배워야 한다는 것은 이미 알고 있었지만 느닷없이

시작한다는 소리에 소령은 아버지를 쳐다보았다.

"생각이 바뀌었다. 네 말과 같이 전에는 고향에 돌아가면 가르치려 했다만, 지금부터 수련하는 것이 좋을 것 같아서이다. 아비가 생각이 바뀐 것은 지금도 수련하고 있는 백무 때문이다. 백무의 모습을 보면서 수련하다 보면 너의 성취에 도움이 될 것이다. 그러니 너도 내일부터 공터에 나가 수련하도록 해라."

"……."

한규민은 백무가 고통이 크다 해도 이대로 수련을 그만둘 것이 아님을 알고 있었다. 자신 또한 백무 정도는 아니지만 그와 같은 처절한 수련을 통해 지금의 수준에 오른 사람이었다. 한규민은 소령이 백무와 같은 수련 자세를 가졌으면 하는 바람이었다.

이제 어느 정도 준비가 된 이상 앞으로 걸어가야 할 길은 고난의 연속이 될 것임이 분명했다. 장래에 자신의 딸이 좋은 남자를 만나서 행복하게 사는 것이 소원이지만, 작금의 돌아가는 상황으로 봐서는 그렇게 되지 않을 확률이 컸다.

무공을 가르치려는 이유도 그것 때문이었다. 그리고 이왕 가르칠 바에는 제대로 가르치는 것이 낫다는 생각을 지난 열흘간 백무의 수련을 지켜보면서 하게 되었다.

처절한 백무의 수련을 지켜보면서 자신의 딸이 무인으로서의 처절함을 배우기를 바랐던 것이다. 무공이라는 것이 스스로 절실함을 갖지 않을 때는 그 참뜻을 알기 어려운 것이었기 때문이다.

"싫은 것이냐?"

"예, 아버지. 무서워서 싫어요."

소령은 백무의 모습이 무서웠다. 몰래 지켜보다 보면 그 처절함이 가슴에 절절히 와 닿았기 때문이다.

"무서워서 싫다? 후후, 소령아. 전에 아비가 무공이 뭐라 했더냐?"

"무공은 삶이라고 하셨잖아요."

"그래, 무공은 삶이다. 그 어느 것보다 처절한 삶이란다. 넌 줄곧 병상에 누워 세상을 보아왔다. 누워 있는 동안 네게 가장 간절했던 것이 무엇이었더냐?"

"으음, 마음껏 세상을 살아보고 싶었던 거요."

소령은 자신있게 대답했다. 병상에 누워 죽음을 기다리던 그녀에게 그것은 간절한 바람이자 처절함이었다.

"그래, 병상에 누워 있는 동안 네가 마음껏 세상을 살아보는 것이 꿈이었다면, 무공을 수련하는 것이 백무의 꿈이다. 스스로 자신만의 세상을 살기 위해 무공을 수련하는 것이다. 네가 병상에서 누워 있을 때 보통 사람처럼 세상을 살고 싶었던 것처럼 말이다. 이 아빈 네가 그 아이로부터 간절함을 배웠으면 하는 바람이다. 이왕 무공을 수련하기로 한 이상 제대로 해야 하지 않겠느냐. 만약 네가 그 아이의 간절함의 반이라도 따라간다면 아마도 넌 네가 원하는 삶을 살아갈 수 있을 것이다."

백무가 복수를 위해서 무공을 배운다고는 말해줄 수가 없었다. 무공을 배우는 참뜻이 복수에 있는 것이 아니기에 말을 돌린 것이다.

"으… 음."

소령은 아버지의 말에 생각에 잠겼다. 백무처럼 간절히 무공을 배우기를 원하느냐는 자신을 향한 물음이었다.

하지만 결론은 아니었다. 자신에게는 백무와 같은 그런 간절함이 없었던 것이다.

'어찌하면 좋지? 그저 아버지를 기쁘게 해줄 수만 있다면 좋겠다고 생각했는데…….'

소령은 조용히 한규민을 바라보았다. 나이 어린 자신을 위해 가문의 업마저 뒤로 미룬 채 모든 것을 희생한 아버지를 생각하면 안타까웠다.

고향에 돌아가 무공을 배우겠다고 한 것은 가문의 전통상 여아에게 무공을 가르치지 않았지만 자식이 자신밖에 없어 무공을 이어주기를 바라는 아버지의 염원을 생각해 승낙했던 것이다.

그러나 지금 아버지의 말을 들어보니 이왕 익히려면 그런 간절함이 필요할 것도 같다는 생각이 들었다. 자신이 원하는 삶을 살려면 힘이 필요하다는 것을 느낀 것이다.

자신을 위해 희생한 아버지와 가문의 업을 풀기 위해서이기도 했지만 자신이 원하는 삶을 살기 위해서도 필요할 것 같았다.

아버지는 말을 돌렸지만 백무가 복수를 위해 무공을 수련한다는 사실은 이미 알고 있었다. 백무에 대해 알려달라고 조르자 가호가 모두 말해주었기 때문이다.

"아버지가 무슨 말씀을 하시는지 알겠어요. 아버지 말씀대로 내일부터 백무 오빠와 같이 수련하도록 할게요."

소령은 한규민이 무슨 뜻으로 자신을 백무와 같이 수련시키려는 것인지 알 수 있었다. 자신의 뜻대로 세상을 살아가기를 원하는 아버지의 간절한 바람이 깃들어 있다는 것을 느낄 수 있었다.

무공을 익히기 힘든 몸으로 자신이 해야 할 일을 위해 처절히 몸부림치는 백무를 보며 수련하다 보면 아버지의 바람대로 될지도 모른다고 생각했다. 그리고 무엇보다 자신을 이토록 건강하게 만들어준 백무와 함께 있고 싶은 마음 때문이기도 했다.

다음날, 소령과 한규민은 아침 일찍 백무가 수련하고 있는 곳으로 향했다. 아니나 다를까, 백무는 오늘도 간신히 움직이며 수련에 임하고 있었다.

"으흠!"

한규민은 일부러 인기척을 냈다.

"오셨습니까?"

"몸도 좋지 않은데 수련을 하는 것인가?"

"누님이 약을 찾아오기 전까지 어느 정도 몸을 만들어놔야 할 것 같아서 말입니다."

"몸을 만들어놓다니, 무슨 말인가? 치료 여부도 불투명하다고 하지 않았는가?"

"누님의 말로는 이미 근골은 치료되었지만 치료하느라 쓴 약재에 독성이 남아 있어 여독을 해독해야 한다고 합니다. 그것 때문에 아직 사대근맥이 제자리를 찾지 못하는 것이라고 말입니다. 또 이런 상태로는 내공도 쌓을 수 없다고 해서요. 고통스럽기는 하지만 몸을 움직인다고 해서 독성이 발작하지는 않는 것 같으니 그동안 근력을 좀 키워놓으려 합니다. 그래서 아버님이 생전에 가르쳐 주셨던 권법을 수련하고 있습니다. 누님이 찾아온 약으로 여독을 제거하면 내공을 쌓을 수 있을지도 모른다고 했으니 미리 준비를 해야 할 것 같아서 말입니다."

"치료가 된다면 내공도 쌓을 수 있다는 말인가?"

척추로 파고든 기운으로 인해 독맥이 상해 있는 데도 치료가 끝나고 나면 내공을 쌓을 수도 있다는 말에 한규민이 눈빛을 빛냈다. 자신은 알지 못하지만 그리 말했다면 당민에게 무엇인가 방법이 있다는 것을 뜻했기 때문이다.

“누님께서는 치료에 이삼 년 정도 걸리겠지만, 치료만 된다면 분명 내공을 쌓을 수 있다고 했습니다.”

“으… 음.”

내공을 쌓을 수 없다고 여겼는데 아닌 모양이다. 뭔가 속셈이 있는 것은 확실하지만 독선고는 자신의 말에 책임을 질 줄 아는 사람이었다.

말대로라면 비록 시간이 걸리기는 하겠지만 내공을 쌓을 수 있을 것이라는 생각이 들었다.

‘훗날 내공을 쌓을 수 있다면 미리 형을 가르쳐 놓는 것도 나쁘지는 않겠지. 탄공신을 익히려면 우선 외공을 먼저 완전히 익혀야 하니까. 정상적인 내공은 익히기 힘들겠지만, 이 아이와 인연이 닿는다면 가문의 비전을 전할 수도 있을 것이고…….’

“하하하! 그 말이 사실이라면 정말 다행이네. 난 자네가 이대로 좌절하는 것이 아닌가 해서 걱정했는데 말이네. 오늘부터는 내 딸아이도 이곳에서 수련할 걸세. 자네가 수련하는 것과 같이 권법을 수련할 것이니 어쩌면 자네에게도 많은 도움이 될 걸세. 훗날 자네의 복수와 동생을 찾는 데도 도움이 될지도 모르고 말이야.”

‘됐다. 한 대인의 무공을 훔쳐 배울 수 있겠구나.’

한규민은 자신의 절기를 훔쳐 배우라는 듯 노골적으로 말했다. 가문의 복수와 동생을 찾길 원하면 훔쳐 배우라는 뜻이 분명했기 때문이다. 그렇지 않다면 소령이 가문의 비전을 배우는 곳에 자신을 같이 있게 할 리가 없었던 것이다.

눈빛을 빛내는 백무를 보며 한규민은 자신의 뜻을 알아들었다는 것을 알 수 있었다.

"후후, 시간은 얼마 없을 걸세. 여섯 달 정도 후에는 이곳을 떠나야 하니 말이네. 그리고 뭔가 깨달아 내게 배운 것을 완성하면 북경으로 와서 한가장을 찾게. 기혈의 움직임은 어느 정도 가르쳐 줄 것이나 자네가 배우게 될 무공은 반드시 한 가지 내공심법을 알아야 하니 말이야. 하지만 자네가 아무것도 완성하지 못한다면 이 약속은 무효네. 석년에 자네 아버님이 베푼 은혜가 크기는 하지만, 가문의 법도상 나로서도 이 정도까지밖에는 해줄 수가 없다네."

한규민의 전음이 귓가로 흘러들었다. 자신의 예상대로 무공을 배워도 좋다는 한규민의 승낙에 고개를 약간 숙여 보였다.

'한 대인, 저는 그것만으로도 괜찮습니다. 누님께서 아직 내공심법을 배워서는 안 된다고 했으니 한 대인의 절기라는 권법의 형과 기혈의 움직임을 알게 된 것만으로도 고마울 뿐입니다. 제 몸 안의 기혈의 움직임이 범인과 다른 이상 나머지는 제 몫이니까요.'

속마음은 내보일 수는 없으나 백무는 진심으로 감사를 표시했다.

잠시 후 백무는 한규민의 말에 신경을 집중했다. 전음을 마치고는 이내 소령에게 보신경(步身輕)과 권법의 이치를 하나하나 설명해 주었기 때문이다.

한규민의 설명은 자신에게도 도움이 되었다. 지난날 자신에게 소림오권을 가르친 아버지보다 권과 보신경에 있어 더 깊은 심득을 가진 사람의 설명이었기 때문이다. 한규민의 설명은 장장 한 시진이 넘게 이어졌다.

"오늘은 이 정도로 하자. 내가 이처럼 한 시진이 넘도록 보신경과 권에 대해 먼저 설명한 것은 모든 무예의 근간이 바로 이것이기 때문이다. 그리고 마지막으로 한 가지 무예를 보여주도록 하마. 이것은 앞으로 소령이 네가 익힐 무예이니 잘 봐두어야 할 것이다. 보고 난 후 느낌을 물을 터이니 잘 보아두어야 한다."

"예, 아버지."

소령은 눈빛을 빛냈다. 이미 아버지가 말한 내용은 빠짐없이 그녀의 뇌리에 각인되어 있었다. 아파 누워 있을 때도 재지가 넘쳐 났었지만, 태음참맥이 치료된 후 그녀의 능력은 그 끝을 알 수 없을 정도로 무척이나 깊어졌기 때문이다.

소령에게 당부를 한 후 한규민은 서서히 몸을 움직이기 시작했다. 천천히 보여주는 그의 동작은 무척이나 간결하면서도 깨끗했다. 연이어지는 동작마다 물이 흐르듯 자연스러웠다. 오랫동안 단련한 듯 무리가 없었던 것이다.

'참으로 아름답다. 인간의 움직임이 이토록 아름다울 수 있다니 믿을 수가 없구나. 한 대인이 하고 있는 동작 하나하나에 담고 있는 뜻도 무척이나 심오해 보인다. 그러나 지금의 나로서는 그 뜻을 전혀 알 수가 없으니…… . 누님께서 한 대인의 무공이 세상에 보기 드문 절학이라고 하더니 정말이구나.'

한규민의 동작을 보면서 무공이라는 생각이 들지 않았다. 그것은 한바탕 아름다운 춤사위였다. 자신에게는 한규민의 모든 동작이 너울거리듯 춤을 추는 것같이 보였던 것이다. 동작이 표현하고자 하는 참된 뜻에 대해서는 아직 확실히 모르겠지만 모든 것이 마음에 와 닿았다.

자신은 모르고 있었지만 궁노와 함께 이곳으로 오면서 무의식중에 나타났던 능력이 다시금 발휘되고 있었다. 적혈신을 이룬 후 백무에게 생긴 공능이었다.

발끝 하나, 손끝 하나가 움직일 때마다 그 안에 따르는 기운의 움직임도 같이 느껴졌다. 어째서 그런 것이 느껴지는지는 생각할 틈이 없었다. 한규민이 보여주는 탄공신의 움직임에 푹 빠져 있었던 것이다.

한규민은 지금 최대한 천천히 탄공신을 펼치고 있었다. 내공을 사용해 원래의 탄공신을 펼친다면 소령이나 백무는 탄공신의 진정한 움직임을 보지 못할 것이기 때문이다. 두 사람을 위해 천천히 펼쳤기에 춤사위처럼 보였던 것이다.

한규민의 동작은 장장 한 시진을 이어졌다. 그 긴 시간 동안 같은 동작이 단 한 번도 없었다. 손과 발끝에 이르기까지 자세 하나하나가 모두 달랐던 것이다.

"후우! 내공을 담지 않고 시전한 것도 오랜만이군. 소령아, 이것이 앞으로 네가 배워야 할 무공이다. 어떠냐?"

심호흡을 하며 시전을 끝낸 한규민은 소령에게 무공에 대한 느낌을 물었다.

"너무 어려운 것 같아요, 아버지. 제가 할 수 있을까요?"

인간으로서는 도저히 불가능할 것 같은 동작도 여럿 있었기에 소령은 불안한 목소리로 대답했다.

"이 아비도 배웠지 않느냐? 너 또한 백무와 같은 간절함만 가진다면 충분히 이 아비의 무공을 배울 수 있을 것이다."

한규민은 소령의 마음을 다독거렸다. 그리고 은근한 눈빛으로 백무를 바라보았다.

"자네는 느낌이 어떤가?"

"무공이라 여기기에는 참으로 아름다웠습니다."

처음 자신이 느꼈던 것을 제외하곤 나머지 것들은 숨겼다. 자신이 느낀 것이 정확한지 알 수 없었기 때문이다.

"호오, 그래?"

그렇지만 예상외의 답변에 한규민은 약간 놀란 표정이었다.

"그렇습니다."

“아름답다는 말은 자네에게 처음 들어보는군. 후후!”

“그러고 보니 제가 보기에도 아버지의 무공은 참으로 아름다웠던 것 같아요.”

“후후후! 그랬느냐? 소령아, 그렇다면 되었다. 이제 오늘은 이만 하고 내일부터 본격적인 수련을 시작할 것이다. 너도 내일부터는 무복을 입고 나오너라.”

“예, 아버지.”

“자네는 수련을 계속할 텐가?”

“예, 조금 더 하다가 들어가겠습니다.”

“알겠네. 너무 무리는 하지 말게.”

한규민은 발걸음을 옮겼다. 소령 또한 뒤를 따라 자신의 처소로 향했다.

두 사람이 공터를 떠나자 백무는 다시금 소림오권을 수련하기 시작했다. 지난 열흘 동안의 수련보다 오늘의 수련이 더욱 힘들었다. 뇌리에서 떠나지 않는 한규민의 춤사위 때문이었다.

한규민은 예상하지 못한 일이지만 백무는 탄공신이 보여준 춤사위를 모두 기억하고 있었다. 그가 행하는 모든 움직임뿐만 아니라 전신에서 흐르는 기운도 선명하게 기억되었다.

내공을 사용하지 않았지만 손끝에서 발끝까지 전신에서 아지랑이처럼 휘돌던 기운은 이미 백무를 사로잡은 상태였다. 만약 내공을 사용해 기운들이 힘을 얻는다면 그것은 천지를 휘감아 버리는 폭풍이 될 것이 분명했다.

또한 아무리 적혈신을 이루어 감각이 최고조에 이른 몸이라고 해도 한규민이 내공을 사용해 탄공신을 펼쳤다면 모든 동작을 기억하기는 힘들었을 것이라는 생각이 들었다. 사방을 휘몰아치는 경기로 인해 연계되는 동작을 모두 알아보는 것은 불가능했을 것이기 때문이다.

근력을 단련하기 위해 소림오권에 매진해야 하지만 머릿속에 아른거리는 한규민의 기운에 정신만 산만해질 뿐이었다.

'으음, 이대로는 아무것도 제대로 수련할 수 없겠구나. 어째서 한 대인이 펼친 동작이 이토록 머릿속에 선명히 남아 있는 것인지. 역시 이것도 적혈신의 공능인가?'

그렇게 반 시진을 끌던 수련을 멈췄다. 너무도 변해 버린 자신의 신체 때문이었다. 지난 시간 동안 절정고수인 한규민이 자신을 몰래 지켜보고 있다는 것이 시간이 지날수록 선명하게 느껴졌다. 그리고 오늘의 일까지. 너무도 변해 버린 자신의 몸을 생각하다 보니 마음이 심란했기에 수련을 접었다. 백무는 해가 아직 많이 남아 있음에도 자신의 처소로 돌아왔다.

처소로 돌아온 후 가부좌를 틀고 앉아 명상에 들었다. 한규민이 보여준 춤사위로 인한 상념 때문에 소림오권의 수련이 어려웠기에 그가 들려주고 보여준 것에 대해 생각해 보기 위해서였다.

'아버지에게 권법을 익히며 알지 못했던 것들이 모두 이 안에 녹아들어 있구나.'

소림오권을 수련하며 미진했던 이치도 한규민의 설명에 모두 포함되어 있다는 것을 알 수 있었다. 그리고 그가 보여준 동작들 속에도 말로 표현하지 못한 현오한 이치가 숨어 있음도 알 수 있었다.

"으음, 한 대인이 보여줬던 동작에는 이해가 가는 부분보다 모르는 부분이 더 많구나. 하지만 내일부터 본격적으로 수련을 시작한다고 하니 차차 알 수 있겠지. 재주껏 훔쳐 배우라 했으니 모두 배울 것이다."

한규민이 보여주었던 동작에는 무가의 이치로 따져 봤을 때 이해가 안 가는 부분이 많았다. 소림오권과 비슷하면서도 전혀 다른 이치가 숨어 있었던 것이다. 생각을 거듭했음에도 더 이상 진전이 없었기에 차차 알아보기로 했다.

"이렇게 시간이 흐르다니……. 이제 자야겠다. 이것도 자는 것이라고 할 수 있나? 후후, 우습군. 살려면 빠뜨릴 수 없는 것이니……."

자신의 생각이 맞는 것인지 아버지에게 배웠던 소림오권과 한규민의 탄공신을 하나하나 비교하며 생각에 잠겼던 동안 방이 완전히 어둠으로 물들어 있음을 발견한 것이다.

연근을 꺼내 씹어 삼켰다. 그리고 잠시 후 여느 때와 같이 독한 약 기운으로 인해 정신을 잃었다. 곧 약 기운이 도는 것인지 쓰러진 백무의 몸이 붉게 물들어갔다. 피처럼 붉었던 전과는 달리 몸의 색깔이 조금은 옅어 보였다.

다음날부터 본격적인 소령의 수련이 시작되었다. 첫날 보신경을 설명해 주고 앞으로 익힐 무공을 시연해 보여준 것과는 달리 이튿날부터 시작된 한규민의 수련은 단순하면서도 혹독했다.

얼마 전까지 사경을 헤매던 딸에게 하는 것이라고는 생각할 수 없을 정도로 강도가 높은 수련이었다.

처음으로 시작한 수련은 어디서 구해온 것인지는 모르나 철사(鐵砂)가 가득 든 주머니를 사지에 달고 공터를 뛰어서 도는 것이었다.

공터의 둘레는 사십여 장. 그리 길지 않은 거리였지만 짧다고도 할 수 없는 거리였다. 한규민은 소령으로 하여금 공터를 뛰어서 돌도록 했다. 묘시 무렵부터 오시까지 무조건 달리기만 하는 것이다. 한규민은 소령과 함께 달리며 호흡과 기혈의 운용에 대해서 설명해 주었다.

두 사람이 공터를 달리는 것과는 달리 백무는 공터 가운데서 그동안과 마찬가지로 어설픈 소림오권을 수련했다. 그러나 적혈신을 이뤄 변화된 신체 능력 때문인지 한규민이 소령에게 하는 소리를 모두 들을 수 있었다.

백무는 한규민이 하는 말을 기억하려 애썼다. 아직 그의 무공을 수련한다는 것은 어렵지만 훗날 도움이 될 것이 분명하기에 잊지 않도록 노력하며 소림오권을 수련했다.

오전 수련이 끝나고 점심을 먹었다. 수련하는 동안 화식이 금지되었기에 과일이 소령과 백무의 주식이었다. 선도를 수련한다는 도사들이 먹는 벽곡단은 아니었지만 몸 안에 탁기가 쌓이는 것을 막기 위한 조치로 한규민은 섬에서만 나는 특이한 과일을 소령과 백무에게 먹였던 것이다.

수련은 점심을 먹고 난 이후에도 이어졌다. 오후의 수련은 형의 수련이었다. 한규민은 자신이 추었던 춤사위와 같은 무공의 형에 설명을 하나하나 곁들여 가며 소령을 수련시켰다.

소령은 어설픈 자세로 한규민이 취하는 동작을 따라 했다. 여러 번 쓰러지기는 했지만 그녀는 동작을 멈추지 않았다. 자신보다 더 많이 쓰러지면서도 기어코 일어나 다시 자세를 취하는 백무가 옆에 있었기 때문이다.

백무 또한 어설픈 자세지만 소림오권을 멈추지 않았다. 고통이 지나가고 나면 근육 하나하나가 깨어나는 느낌에 고통을 잊어가며 수련에 매진했다.

자신의 몸이 점점 좋아지고 있다는 사실을 고통 속에서 느낄 수 있었다. 점점 힘이 붙어가고 있는 것이다. 고통이 지속됐지만 소림오권을 수련하면서 동작 하나하나에 한규민이 말한 이치를 담아내기 위해 노력했다.

　이해가 되면 되는 대로, 이해가 가지 않는 부분은 훗날을 기약하며 소림오권을 수련하는 데 매진했다.

　'이미 기회를 준 것이니 알아서 하겠지. 저것에 매달리는 것도 나름대로 사정이 있을 것이니 그냥 지켜보도록 하자.'
　한규민은 훔쳐 배우라는 자신의 뜻과는 달리 계속 쓰러지면서도 소림오권만을 수련하는 백무에게 아무런 말도 하지 않았다. 탄공신을 배우고 있는 것인지 모르겠지만, 소림오권을 수련하는 데에 뭔가 이유가 있다고 생각했기 때문이다.
　한규민은 백무에 대한 마음을 접고는 이내 소령을 가르치는 일에만 열중했다. 이미 기회를 준 이상 자신의 무공을 배울 것인지 말 것인지의 선택은 스스로의 몫이었기 때문이다.
　그것은 한규민이 백무의 상황을 몰라서 하는 소리였다. 자신이 보기에 백무는 소림오권만을 수련하는 것처럼 보였지만 그것이 전부가 아니었던 것이다.
　소림오권을 수련하면서도 한규민의 설명과 동작을 모두 기억하고 있었다. 형을 가르치고 난 이후 소령에게 설명하는 것 하나하나를 기억하고, 밤이면 명상을 통해 그것을 되새겼다.

그리고 다음날이면 소림오권에 탄공신의 이치를 담으려 노력하고 있었던 것이다.

소령의 수련은 언제나 유시(酉時) 초 무렵이면 끝을 맺었다. 공터에서의 수련이 끝나면 소령은 한규민의 처소에서 내공과 기타 잡다한 것을 익혔다.

하지만 백무의 수련은 계속됐다. 혼자서 수련할 때와는 달리 소령과 함께 수련을 시작한 이후로는 두 사람이 떠난 뒤에도 공터에 남아 소림오권을 수련해 나갔던 것이다.

소령에게 설명해 줄 때 들었던 이치와 한규민이 보여줬던 동작을 곱씹으며 소림오권을 계속 수련했던 것이다.

그렇게 수련을 시작하고 한 달여가 지나자 어느 정도 근력이 붙은 백무는 예전보다 쓰러지는 횟수가 줄어들었다. 소령 또한 형을 취하며 하루에 한 번 정도 쓰러지는 것이 고작이었다.

수련은 지루하도록 같은 일상의 반복이었다. 소령은 공터를 뜬 후 형을 배우고, 백무는 소림오권을 수련하는 일상이 지루하도록 계속됐다.

같은 일상의 반복이었지만 백무와 소령은 각자의 수련을 거울 삼아 피나는 노력을 기울이고 있었다. 서로의 수련을 보며 각자 힘든 수련을 이겨내고 있었던 것이다.

그렇게 시간이 흘러 육 개월가량이 지나자 그동안 수련의 성과가 있었는지 백무는 보통 사람이 처음 무공을 배울 때처럼 정상적인 모습으로 소림오권을 수련할 수 있게 되었다. 소령 또한 처음과는 몰라볼 정도로 진전을 보이고 있었다.

'처음과는 달리 몰라볼 정도로군. 하기야 그리 노력을 했으니……'

오늘도 백무는 어릴 적 아버지에게 배운 것과는 많이 달라진 소림오권을 수련하며 소령의 수련을 지켜보고 있었다. 어쩐 일인지 오늘은 수련이 잘 되지 않았다. 내일이면 한규민과 소령이 이곳을 떠나기 때문이다.

육 개월 동안 참으로 고통스러운 수련이었지만 가문의 혈겁을 생각하며 참을 수 있었다. 혈수련을 이용해 치료하는 동안 끊임없는 고통의 나락 속에서도 의지로 버틴 자신이었기에 육체의 고통은 이미 문제가 되지 않았다.

그런데 내일이면 소령이 떠난다는 사실이 그의 마음을 흔들고 있었다. 자신도 어쩔 수 없는 마음의 동요가 일어나고 있었던 것이다.

백무에게 있어 수련하는 육 개월여 동안 가장 힘들었던 것은 수련으로 인한 고통보다도 변해가는 소령의 눈빛이었다. 수련을 방해하지 않으려는 듯 서로 간에 이렇다 할 말이 오간 것은 아니지만 소령의 눈빛에 어떤 의미가 깃들어가기 시작했던 것이다.

뼈가 부서지고 근육이 찢기는 고통은 차라리 나았다. 하지만 연민인지 각오인지, 아니면 연인에게 보내는 눈빛인지는 모르겠으나 수련하는 동안 자신을 바라보는 소령의 눈빛이 점점 변해가자 마음의 부담을 느끼기 시작했다.

자신을 보면서 고통스러운 수련을 참아내며 변해가는 소령의 눈빛이 마음에 걸렸던 것이다. 언젠가 저잣거리에서 보았던 연인의 눈빛처럼 자신을 보는 소령의 눈빛이 변했을 무렵부터는 흔들리는 마음을 다잡아야 했다.

동생을 찾고 가문의 복수를 이루기 위해서 애써 무관심하려 했기에 제대로 된 대화조차 한 번 나누지 않았지만 백무를 대하는 소령의 태도는 확실히 처음보다 달라져 있었다.

처음 봤을 때 혀를 내밀던 장난기 가득한 모습은 어느새 사라지고 없었던 것이다. 따가운 태양 빛에 그을리고 수련으로 인해 온몸이 흙투성이였지만 소령은 백무가 보아왔던 그 누구보다 아름다웠다. 붉은빛에 비추어진 홍루의 기녀들은 그에 비하면 명월 앞의 반딧불이었다.

애틋한 눈빛으로 쳐다보는 소령에게 조금씩 마음이 기우는 자신을 깨달으며 백무는 애써 소령의 눈빛을 피하곤 했던 것이다.

'후후! 내일이면 이곳을 떠날 사람들이다. 나와는 다른 길을 걸을 사람들이니 마음을 주지 말자. 언젠가는 인연이 이어질지도 모르지만 지금은 나 자신을 갈고닦을 때다.'

소령이 마지막 수련을 끝내고 처소로 돌아간 후 홀로 공터에 남아 수련을 계속하던 백무는 시간이 되자 수련을 끝냈다.

근처 샘에서 몸을 씻은 후 옷을 갈아입고는 한규민의 처소로 발걸음을 옮겼다. 오늘 밤 섬에서의 마지막을 기념하기 위해 세 사람이 저녁 식사를 같이하기로 한 때문이었다.

한규민의 처소에 들어가자 탁자에는 몇 가지 요리가 놓여져 있었고, 탁자를 마주하고 두 사람이 백무를 기다리고 있었다. 백무는 가볍게 고개를 숙인 후 비어 있는 자리로 가 앉았다.

"자, 들지."

한규민은 백무가 자리에 앉자 식사를 시작했다. 세 사람은 식사가 끝날 때까지 말이 없었다. 식사는 금방 끝이 났다. 식사가 끝나자 소령은 밖으로 나가 차를 준비해 왔다.

공터에서의 마지막 수련을 끝내고 함께 저녁 식사 자리를 마련한 한규민은 차를 마시는 자리에서 백무에게 작별 인사를 했다. 내일 아침 일찍 해가 뜨기 전에 떠날 것이기 때문이었다.

"내일이면 우리는 떠나게 되네. 자네도 그간의 수련으로 어느 정도 몸이 정상으로 돌아와 움직일 수 있게 되었으니 다행이네. 남아 있는 사람들에게 말을 해놓았으니 독선고가 돌아올 때까지 지내기에는 불편함이 없을 것이네."

“그동안 감사했습니다. 어르신 덕분에 몸을 회복할 수 있었습니다.”

“아니네. 자네가 이만큼 움직이게 된 것은 자네가 필사적으로 노력한 결과이네. 자네 아버지가 내게 베푼 은혜에 비하면 아무것도 아니니 그런 소리는 하지 말게.”

“맞아요. 무 오빠의 노력은 아무나 따라 할 수 없는 거예요.”

소령 또한 백무가 얼마나 처절한 노력을 기울였는지 알기에 한규민을 거들었다. 반신불수의 몸이 이 정도까지 움직이게 된 것은 백무의 노력이 아니면 불가능하다는 것을 잘 아는 까닭이었다.

“아닙니다. 소령이야말로 피나는 노력을 했다는 것을 압니다. 그건 남자들도 이겨내기 어려운 일입니다.”

오빠라 칭하는 소령의 말이 거북했기에 짐짓 격식을 차려 말하는 백무였다. 백무도 소령이 얼마나 노력했는지 잘 알고 있었다. 여자의 몸으로는 견디기 어려운 수련을 해냈다는 것을 알기에 그녀의 노력을 칭찬해 주었다.

“호호! 별말씀을요. 제가 그렇게 할 수 있었던 것은 모두 무 오빠 때문인걸요.”

소령의 얼굴이 약간 붉어졌다. 처음 들어보는 백무의 칭찬이었기 때문이다. 지난 여섯 달 동안의 수련으로 힘들었던 순간들이 모두 사라지는 것 같았다.

‘후후! 저 녀석이 벌써 저렇게 컸나? 오래전부터 내려온 가문의 업만 아니라면 저만한 짝도 없을 터인데. 탄공신에 대해 관심을 버린 것 같으니 그럴 일은 없겠지만, 훗날 인연이 닿기를 바랄 수밖에…….’

백무에 대한 아쉬움이 컸지만 거기까지였다. 지난 여섯 달 동안 자신이 소령에게 가르치는 탄공신에 대해서는 일절 관심을 보이지 않고, 오로지 소림오권만을 수련하는 모습을 보며 이미 마음을 접은 한규민이었다.

소림오권만을 수련하는 것은 백무에게 나름대로 이유가 있을 것이라고 생각했다. 또한 백무에겐 앞으로 가문의 복수와 동생을 찾아야 한다는 절실한 사정이 있었기에 자신의 일만으로도 벅찬 한규민은 백무에게 기대하던 마음을 접은 것이다.

“자네에게 나름대로 생각이 있는 것으로 아네. 그것이 독선고와도 연관이 있다는 것도 어느 정도 짐작하고는 있네. 독선고가 도와준다면 자네의 뜻을 이룰 수도 있을 것이네. 그렇지만 내 자네에게 한마디만 해주고 싶네. 군자의 복수는 십 년이 흘러도 늦지 않네. 또한 청산이 마르지 않는 한 언제나 땔감은 있는 것이고, 자넨 아직 몸 상태도 불완전하네. 그에 반해 지난날 자네의 가문을 멸문시킨 흉수들은 무서운 자들이지. 그러니 모든 것을 완벽히 갖추고 나서게.”

“알겠습니다. 한 대인의 말씀, 명심하겠습니다. 한 대인께서도 하시는 일이 아무쪼록 건승하시길 바랍니다.”

“고맙네. 자네도 뜻한 바를 이루게.”

“그리고 소령이도 건강을 되찾고, 힘든 수련이었지만 이제 무공까지 지니게 되었으니 축하한다. 그간의 노력이라면 앞으로 큰 성취가 있을 것이다.”

“고마워요, 무 오빠. 언젠가는 오빠도 아버지 못지않은 고수가 될 거예요.”

딱딱한 말투가 아쉬웠지만 자신에게 다시 한 번 칭찬의 말을 건네자 소령의 눈빛이 한없이 부드러워졌다. 그동안 같이 수련하면서도 칭찬의 말 한마디 건넨 적이 없었다.

그저 무뚝뚝하니 자신의 질문에 대꾸만 하던 사람이다. 사정을 알기에 조르지는 않았지만 그동안 소령은 무척이나 서운했다. 상상할 수도 없는 고통 속에서도 앞날을 위해 노력하는 모습을 보며 이미 마음에 두고 있었기에 칭찬을 듣는 그녀의 기쁨은 그 어느 때보다 컸다.

백무는 몇 가지 잡다한 이야기를 나누다 처소로 돌아왔다. 지나간 시간 동안 자신이 수련한 것을 되돌아보기 위해서였다.

“후후, 보기보다는 당차단 말이야. 두 달 전부터 한 대인께서 형을 하나로 이어가는 수련을 시켰는데 그 힘든 동작들을 군소리 하나 없이 모두 수련해 내다니. 후후, 그간 정이 들었던가? 막상 헤어진다고 생각하니 섭섭한 생각이 드는구나. 하지만 이제부터 나도 남에게만 기댈 수는 없지. 연근도 이제 떨어져 가니 어르신이 떠나면 곧장 혈천독지로 떠나야겠다. 이곳보다는 그곳에서 수련하는 것이 나을 테니까. 지금은 이대로 헤어지지만, 훗날 모든 일을 끝내고 나서 기회가 되면 내게 베풀어준 은혜는 꼭 갚을 것이다.”

그간 정이 들었던 사람들과 헤어져야 한다는 사실에 아쉬움이 들었지만 어차피 갈 길이 다른 사람들이라는 것을 알기에 마음을 접었다. 언젠가 때가 되면 만날 날을 기약할 뿐이었다.

마음을 다잡고 가부좌를 틀고 앉았다. 지난 시간 동안 수련해 온 것을 기억하려 애썼다. 자신의 머리에 담아둔 한규민의 탄공신을 머릿속에서 하나하나 펼쳐 냈다.

“휴우!”

한 시진이 넘게 한규민의 동작을 기억해 낸 후 명상에서 깨어났다.

“아직은 한 번도 해보지 않은 동작이지만 충분히 할 수 있을 것 같다. 아직 근력이 완전히 붙지 않아 정확한 형을 취할 수는 없겠지만, 이것으로 한 대인이 소령에게 가르쳐 준 동작을 모두 기억하게 됐구나.”

탄공신의 동작과 근혈의 움직임, 자신이 느낀 내력의 운행까지 모두 기억했음을 확인한 후 상자에서 연근을 꺼냈다.

“후후후, 이제는 나아질 때도 됐건만……. 어쩔 수 없지.”

으드득!

연근을 입에 집어넣고 씹었다. 연근은 침과 섞여 빠르게 녹아내렸다. 붉은 핏물 같은 액체로 변한 연근은 곧장 식도를 타고 내부로 흘러들었다.

“으… 으음!”

털썩!

의식을 잃고 쓰러지듯 침상에 누웠다. 얼마 안 있어 단삼 밖으로 드러난 피부가 붉게 달아오르더니 이내 원래의 피부색을 찾았다. 처음과는 달리 이제 피부가 제 색으로 돌아오는 시간은 촌각도 걸리지 않았다.

다음날 아침 해가 아직 뜨지 않았음에도 한규민은 소령과 함께 서둘러 길을 떠날 준비를 마쳤다. 이십여 명이 넘는 원주민들이 등짐을 메고 따를 준비를 하고 있었다. 백무는 남아 있는 원주민들과 함께 떠나는 사람들을 배웅했다.

“안녕히 가십시오. 훗날 시간이 된다면 어르신을 찾아뵙겠습니다.”

“그렇게 하게. 자네와의 인연을 잊지 않겠네.”

“무 오빠, 잘 있어요. 그리고 원하시는 것을 얻기를 바라겠어요.”

한규민이 인사를 끝내자 소령 또한 백무에게 인사를 건

넸다.

"잘 가라. 부디 몸조심하고."

"소령아, 가자. 시간이 많이 지체되었다."

"알았어요, 아버지."

이제 떠나야 하는 시간이었다. 두 사람은 발걸음을 돌렸다. 소령이 애틋한 눈빛으로 쳐다보았지만 백무는 무심한 눈빛으로 소령을 보냈다. 소령이 어떤 마음을 가지고 있는지 알고는 있었지만 자신은 가야 할 길이 달랐기에 미련을 접은 것이다.

'소령, 미안하다. 내가 갈 길은 언제 끝날지 모르는 길이다. 한 대인께 일이 있다는 것을 안다. 그 일이 어떤 것인지는 모르겠지만 그것이 매우 어려운 일이라는 것도 느껴지고. 훗날 인연이 된다면 다시 만날 것이다. 그때까지……'

큰 은혜를 입은 사람들이지만 자신이 가야 할 길이 있기에 이제는 마음에서 잠시 접어야 했다. 멀어져 가는 한규민 일행을 바라보던 백무는 그들이 시야에서 사라지자 자신의 처소로 돌아왔다.

"후후, 가지고 온 것도 없으니 가는 데 그리 크게 챙길 것도 없구나."

백무는 동굴에서 가져왔던 물건들을 챙기기 시작했다. 조그마한 상자와 단검 하나를 품에 챙긴 백무는 한규민이 마련해 준 옷가지도 챙겼다.

“이제 이곳과도 작별인가? 짧지 않은 시간 동안 얻은 것이 너무도 많다. 누님께서 돌아오면 놀라시겠군. 내가 이 정도까지 몸을 놀리게 된 것을 보면 말이야.”

짐을 모두 챙긴 백무는 처소를 나섰다. 아직 해가 뜨지 않은지라 배웅을 나왔던 모든 이가 처소로 들어간 탓에 사위가 조용했다. 아무에게도 알리지 않고 백무는 조용히 마을을 떠났다.

第八章

음모를 파헤치는 사람들!

九劈雷雲

백무가 본격적인 수련을 위해 혈천독지로 떠나고 있을 무렵, 북경의 한 장원에서는 실랑이가 벌어지고 있었다. 무공을 배우려는 수린과 그것을 만류하는 주무성이었다.

"정녕 내 무공을 익히고 싶은 것이냐?"

"가문의 복수를 하고 싶습니다, 의부님!"

다른 대답이 나올 것을 기대한 것은 아니지만 딱 부러지는 대답이었다.

"무공이 고작 복수를 위한 도구더란 말이냐?"

주무성은 복수를 위해 무공을 익히겠다는 수린의 말에 노성을 터뜨렸다. 자신이 비록 세상에 드러내서는 안 되는 일을 하고는 있지만 무인으로서의 긍지가 있기에 수린을 나무란 것이다.

"죄송합니다, 의부님. 무공이 복수를 위한 도구가 아님은 알고 있으나 놈들을 잡기 위해서는 어쩔 수가 없습니다. 의부님의 무공이 고절하다는 말씀을 천 오라버니에게 들었습니다. 제발 저에게 무공을 가르쳐 주십시오."

막무가내였다. 화도 내보았지만 어찌나 고집이 센지 말릴 수가 없었다. 주무성은 난처한 입장에 처해 있었다. 백가장에서 구해온 수린이 자신의 무공을 가르쳐 달라며 며칠째 조르고 있었던 탓이다.

일반적인 무공을 가르치는 것은 할 수 있겠으나 지금 수린이 가르쳐 달라고 요구하는 것은 황실의 비전이었다. 비인부전이라 아무에게나 전할 수 있는 무공이 아니었던 것이다.

"허허!"

주무성은 너털웃음만 지으며 이 난감한 상황에서 어떻게 빠져나가야 할지 고민했다.

"의부님, 웃지만 마시고 허락해 주십시오. 아버지가 제 눈앞에서 돌아가시고, 오빠의 행방도 알 수가 없습니다. 지금 제가 할 수 있는 일은 무공을 익히는 일뿐입니다. 그러니 제발 의부님의 무공을 익힐 수 있도록 해주십시오."

멸문당한 백가장에서 수린을 데려온 후 육 개월 동안 지난 사십여 년의 세월을 보상받는 것 같은 느낌이 들었다.

수린은 의지가 강하고 천성이 활달해 북경에 있는 자신의 집으로 온 한 달 후부터는 백가장의 무예를 수련하면서도 주무성에게 부모만큼이나 최선을 다했다. 이제는 천애고아인 자신에게 의부가 되어주었다는 고마움 때문인지 친부모에게 보다 정성을 다하는 수린을 보며 안타까운 마음에 고민하지 않을 수 없었다.

'이 아이가 무공을 배우는 것은 말리지 않겠지만, 이쪽 세계에 뛰어든다는 것은 죽음을 전제로 해야 하건만……. 그놈이 쓸데없는 소리를 해가지고서…….'

지금도 어디선가 백주 한잔에 낙화생을 씹고 있을 천위현을 생각하면 부아가 치미는 주무성이었으나, 그 또한 수린의 재주를 아깝게 여기고 있었다.

여아의 몸이라 백가장에서는 무공을 익히는 데 자유스럽지 못했으나 수린은 이미 아버지인 백찬웅의 모든 절기를 알고 있었다. 북경에 도착한 후 지난 오 개월 동안 친부의 무공을 착실히 자신의 것으로 만들고 있었던 것이다.

'으음! 일단 형님과 의논을 해봐야겠구나. 자질로 본다면 저 아이만큼 뛰어난 인재를 찾기도 힘든 것이 사실이니.'

갈망의 눈빛으로 자신을 바라보는 수린을 보며 주무성은 결심을 굳혔다. 더 이상 수린의 눈빛을 거절할 수 없었기 때문이다.

"확답은 못하겠다만 기다려 보거라."

"고맙습니다, 의부님! 정말 고맙습니다!"

'애고! 내가 잘하는 짓인지…….'

연신 머리를 조아리는 수린을 보며 자신이 잘하고 있는지 걱정이 되는 주무성이었다.

그날 밤, 주무성은 변복을 하고 진무사의 수장이자 사사로 이는 자신이 형님으로 모시고 있는 장수보의 집을 찾았다. 당 금 천하의 일인지하 만인지상의 몸이라 할 수 있는 장수보는 전 황제인 융경제(隆慶帝)의 고명을 받은 대신이자 어린 나이 에 황위에 오른 만력제를 보필하여 명의 분위기를 일신하고 있는 사람이었다.

추밀사가 발톱을 숨기고 있는 동창을 견제하기 위해 그의 의지로 만들어진 만큼 수린이에게 무공을 익히게 하기 위해 서는 장수보의 허락이 필요했던 것이다.

미리 밀마를 통해 연락을 취했던지라 암로를 통해 장수보 의 집을 찾은 그는 집무실이 있는 전각을 바라보며 시간이 되 기를 기다렸다. 동창의 눈이 언제 어디서 자신을 감시하고 있 을지 몰랐기 때문이다.

스으윽!

장수보가 머물러 있는 전각에 불이 꺼지자 주무성의 몸이 꺼지듯 사라지며 전각 안으로 스며들었다. 주무성은 익숙한 듯 자신이 숨어든 서재의 벽면으로 다가가 몇 권의 책을 꺼냈다.

그르릉!

나지막하게 기관이 돌아가는 소리가 들리고 서가의 한쪽
이 밀리며 통로가 나타났다. 주무성이 안으로 들어서자 비밀
통로는 다시금 작은 소리를 내며 닫혔다.

화르르르!

화섭자를 이용해 불을 붙인 팔자 눈썹의 사람 좋아 보이는
초로인이 주무성을 맞았다. 긴 얼굴에 당당한 풍채는 물론 심
유하게 빛나는 눈은 예사 사람이 아닌 듯 보였다.

"어서 오시게."

반기는 목소리였으나 어쩐지 장수보의 목소리에는 서운함
이 묻어 있었다.

"그간 강녕하셨습니까, 형님?"

"자네 덕분에 무탈하다네. 북경에 온 지 반년이 다 되도록
찾지 않다가 이제야 찾다니, 서운하이."

"놈들의 움직임이 심상치 않아 어쩔 수 없었다는 것을 아
시지 않습니까?"

주무성은 미안한 듯 연신 머리를 긁어댔다. 곤란한 상황에
부딪치면 나오는 그의 버릇이었다.

"후후, 아니까 그러지."

"요즘 놈들의 눈이 형님 댁에서 뜸해진 것 같아 이제야 올

수밖에 없었습니다.”

“후후, 자네가 이번에 들인 수양딸 때문이 아니고?”

“그놈이 벌써 말씀을 드린 모양이로군요.”

“후후, 그렇네. 평생 독신으로 살 줄 알았던 자네가 수양딸을 들이다니 여간 궁금해야지. 그래서 밤부엉이같이 고약한 놈을 불러 내가 물어보았네.”

오랜 세월 홀로 지내온 자신을 언제나 안타까워했던 사람이다. 미소를 지으며 자신을 바라보는 장수보를 보며 주무성은 그가 진정 기뻐하고 있다는 것을 알았다.

장수보는 호북성 강릉현 출신으로 나이 십오 세에 수재에 급제한 사람이었다. 급제 당시 호광순무가 그의 문장을 보고 나라를 다스릴 인재라고 칭찬했을 정도이다.

엄정한 기강으로 명의 부흥을 위해 애쓰고 있는 그가 사사로운 일로 이렇게 기뻐하는 모습은 한 번도 보인 적이 없었기 때문이다.

“별말씀을 다 하십니다. 사실 재지가 총명하고 품성이 밝은 아이라 저에게 인생의 참맛이 뭔지 알게 해주는 아이입니다. 늘그막에 제가 복이 터진 것이지요. 하하하!”

“후후, 자네가 그토록 칭찬을 하는 것을 보니 내 짐작이 가네. 그런데 혹 오늘 나를 찾은 이유가 그 아이를 추밀사에 들이기 위한 것이 아닌가?”

자신이 찾아온 목적을 아는 것을 보면 천위현이 수린의 자질에 대해서도 상세히 보고를 한 모양이다.

“저… 그게…….”

자신의 내심을 들키자 주무성은 어쩔 줄 몰라 하며 말을 잇지 못했다.

“하하! 자네가 사사로운 부탁을 위해 나를 찾을 때가 있다니 놀라운 일이로구면. 내 이미 위헌이에게 그 아이 이야기를 들었네. 재지가 하늘에 닿을 만큼 놀라운 인재라고?”

“그렇습니다. 그 아이를 추밀사에 들이고 싶습니다, 형님.”

“사사로운 복수를 위해 추밀사가 만들어진 것이 아니라는 것쯤은 알고 있을 텐데, 어쩌려고 그러나?”

이미 수린에 대해 알아본 장수보였다. 그는 수린의 원한이 문제를 불러일으킬지도 모른다는 염려를 하고 있었던 것이다.

“그 아이가 그 정도로 분별이 없지는 않습니다. 그리고 추밀사에 인재를 보충할 때도 되었고 말입니다.”

“그 정도인가? 자네가 추밀사에 정식으로 추천할 정도면 상당한 인재라는 말인데…….”

장수보는 놀라움을 금할 수 없었다. 주무성은 황실의 인척으로 무척이나 공사를 따지는 사람이었다. 흔들리는 명을 위해 결혼을 하지 않고 자신을 희생할 정도로 지금까지 노력해 온 사람이기에 그가 사사로운 정만으로 수린을 추천하는 것이 아님을 알 수 있었던 것이다.

"형님, 폐하께서는 이제 춘추 열셋이십니다. 황위에 오른 지 삼 년째가 되어가지만, 형님이 아무리 노력하신다 해도 그동안 기울어진 국운을 바로 세우기 위해서는 어려운 점이 많을 것입니다. 특히 무림과 맥이 닿아 있는 동창을 상대하자면 뛰어난 인재들이 필요하지요. 하나 무림에서 인재를 들여오는 것에는 분명 한계가 있습니다. 동창의 눈도 눈이지만 각파에서도 뛰어난 인재를 쉽게 내줄 수 없을 테니 말입니다. 그동안 나름대로 인재를 선발해 추밀사로 들였지만 어쩌면 수린이는 그동안 모아놓은 인재보다 더 뛰어날 수도 있을 것이라는 것이 제 생각입니다. 비록 공력이 일천하다고는 하나 그아이의 나이 이제 열셋. 그런데 아버지인 백찬웅의 절기를 모두 이해하고 있더이다. 요녕제일도라 칭해지는 백찬웅의 절기를 말입니다."

수린이 백찬웅의 절기를 모두 이해하고 있다는 말에 장수보는 어째서 주무성이 수린을 추밀사로 집어넣으려는지 알 것 같았다.

그동안 알게 모르게 수많은 인재들이 추천되어 온 곳이 추밀사였다. 대부분 어느 정도 나이가 있는 자들이었다. 그 정도의 인재는 그로서도 아직 본 적이 없는 상태였던 것이다.

"으음, 그 정도라는 말인가?"

“그렇습니다. 놓치기 아까운 아이이지요. 그 아이가 제게 무공을 가르쳐 달라고 떼를 쓰고 있습니다. 가문의 무공으로는 복수를 하지 못한다는 것을 인식했기 때문인 것 같습니다. 제가 보기에 그리 약한 무공이 아닌 데도 말입니다.”

“그렇다면 더더욱 아니 되는 일 아닌가? 그 아이의 원수들이 그 정도의 무력을 갖추었다면 분명 무림에서도 알아주는 방파와 연관되어 있음이 분명할 터인데, 행여 추밀사가 무림의 은원에 얽매인다면 문제가 커질 것이 아닌가?”

장수보는 사사로운 원한으로 인해 추밀사의 본래 기능이 흐트러지는 것을 우려했다.

“저도 그런 생각을 하지 않은 것은 아니지만 흑혈의 겁풍에 아무래도 동창이 연관되어 있다는 느낌을 지울 수가 없어서 그렇습니다.”

“동창이 말인가?”

흑혈의 겁풍에 동창이 개입되어 있을지도 모른다는 말은 장수보에게도 충격이었다. 동창이 그토록 오랜 세월 일을 꾸미고 있었다면 예삿일이 아니었기 때문이다.

“형님은 제가 이무량을 요녕으로 보내도록 한 까닭을 아십니까?”

느닷없이 이무량에 대해 언급하자 장수보의 눈이 빛났다. 주무성이 뭔가 단서를 쥐고 있다는 것을 느낀 때문이다.

“그야 그가 뛰어난 사람이고, 명에 충성을 다하는 이라 그런 것이 아닌가? 자네가 그를 추천할 때도 그리 말했고.”

“그런 이유도 있지만 흑혈의 겁풍과 장성 너머 여진의 일을 그에게 알아보게 하기 위해서입니다.”

“여진의 일을 알아본다?”

“예. 그동안 그가 알아본 바에 의하면, 흑혈의 겁풍은 무엇을 찾는 것과 동시에 요녕 인근에서 무림 세력이 자라나는 것을 억제하고 있는 것이 분명했습니다.”

“요녕에서 무림 세력이 자라나는 것을 누르고 있다는 말인가? 그 척박한 땅에 무엇이 있다고?”

요녕 동북쪽은 여진의 세력이 거주하는 곳이다. 거기다 워낙 땅이 척박한 탓에 그야말로 이권이라고는 거의 없는 곳이었기에 장수보는 궁금하지 않을 수 없었다.

“제가 요녕에 있을 때 동창에서 이무량을 다른 곳으로 부임시키려 한다는 형님의 말을 듣고는 우리가 제대로 놈들의 뒤를 쫓고 있다는 생각에 제가 북경으로 다시 돌아온 것입니다.”

“그래서 나에게 그런 연락을 한 것이로구먼. 이무량을 절대로 다른 곳으로 부임시켜서는 안 된다고 말이야.”

“그렇습니다. 흑혈의 겁풍이 그토록 아무도 모르게 혈겁을 자행할 수 있었던 것은 누군가 뒤를 봐주고 있지 않는 한 불가능한 것입니다.”

“나도 그리 생각하네. 여태까지 그런 가공할 혈겁을 일으킨 그들이 아무런 단서도 남기지 않았다는 것은 누군가 그들의 행적을 지우지 않는 한 불가능한 일이지. 그럴 수 있는 힘을 가진 곳도 얼마 되지 않고 말이야. 그런데 자네는 그들이 노리는 것이 무엇이라 보는가?"

"일단 알아봐야겠지만 요녕의 상권이 의심스럽습니다."

"상권? 강남이라면 몰라도 그곳은 상권이 클 만한 여지가 없지 않는가?"

"후후, 형님은 잘 모르시겠지만 어쩌면 그곳의 상권이 더욱 클 수도 있습니다. 조선과의 밀무역은 물론 왜(倭)의 은이 들어오는 길목이니 말입니다."

"암상을 말함인가?"

"그렇습니다. 그렇지 않고는 그들이 요녕을 노리는 이유가 설명이 되지를 않습니다."

"으음! 동창의 입김이 개입되었다고 하지만 움직이고 있는 세력도 만만치 않을 것 같군. 아무리 동창이 비호했다고 해도 지금까지 멸문한 문파들의 면면이 그리 약한 것이 아니었으니 말이네. 그들의 정체에 대해서는 알아낸 것이 있는가?"

"아직입니다. 그들에 대해서는 아직은 더 알아봐야 할 것 같습니다."

"자네가 그리 말하는 것을 보니 뭔가 짚히는 것이 있는 것 같은데……."

“좀 더 확실해진 뒤에 말씀드리겠습니다. 아직 확인되지 않은 것들이 있어서 말입니다.”

“으음.”

주무성이 함부로 말하는 사람이 아님을 잘 알고 있는 주무성이었다. 그가 뭔가 알아봐야 할 일이 있다면 분명 흑혈의 겁풍을 주도한 자들에 대해 단서를 잡은 것이 분명했다.

장수보는 그에 대한 의문을 접었다. 확인되지 않은 이상 물어보았자 주무성이 말해주지 않을 것이 분명했기 때문이다. 자신은 그저 이런 일이 있다는 것을 기억하고 있기만 하면 되었다. 추가로 확인할 것이 있다면 적어도 석 달 안에 자세한 내용을 보고받을 것이 틀림없었다.

“그건 그렇고, 어차피 복수의 대상이기도 한 그들을 쫓아야 하니 수린이라는 아이를 추밀사에 넣자는 이야기로군.”

장수보는 수린에 대한 이야기로 화제를 돌렸다. 주무성의 생각을 충분히 알 수 있었기 때문이다.

“그렇습니다. 그리고 그곳도 열어주십시오.”

“그곳을?”

장수보는 주무성을 보며 눈을 크게 떴다. 그가 말한 곳이 어디인지 잘 아는 까닭이었다. 설마 주무성이 거기까지 요구할 줄은 몰랐다.

“그렇습니다. 수린이는 그곳에 들 수 있을 겁니다.”

“자네는 그것이 가능하다고 생각하는가? 일단 그 아이의 신분이 그곳으로 들어갈 수 있는 것이 아니지 않은가?"

장수보는 안 된다는 듯 고개를 흔들었다. 그가 생각하기에 그것은 불가능한 일이었다.

"그 아이의 신분은 제가 보장하겠습니다. 정식으로 딸로 삼을 겁니다. 그러면 신분에 대한 문제는 사라지게 될 겁니다. 그리고 형님의 힘이면 황제 폐하의 윤허를 받아 그곳을 열 수 있을 테니 꼭 열어주십시오."

"으음!"

장수보는 신음을 삼켰다. 주무성이 말하는 곳은 일인지하 만인지상인 자신으로서도 함부로 장담할 수 없는 곳이었다.

하지만 얼마 안 있어 그는 결심을 굳힐 수 있었다. 주무성의 안목을 믿기로 한 것이다.

"알겠네. 대신 내 그 아이를 한번 봄세. 조금 있으면 내 생일이 되니 그때 내 집으로 데리고 오게나. 내가 한번 보고 결정을 내리도록 하겠네."

"감사합니다, 형님."

주무성은 진심으로 감사를 표시했다. 장수보가 이렇게 말했다는 것은 승낙한 것이나 다름없었다. 수린을 한번 보자고 한 것은 자신이 수양딸로 삼은 수린이 궁금했기 때문일 것이다.

"형님, 동창 놈들의 눈이 있으니 전 이만 가봐야 할 것 같습니다. 방금 전에 말씀드린 사항은 확인이 되는 대로 보고드리겠습니다."

"알았네. 잘 가도록 하게."

주무성은 장수보에게 작별을 고하고 비밀 석실을 나와 자신의 집으로 향했다. 추밀사로 들이는 것은 어느 정도 설득이 된 것 같아 걱정을 덜었지만, 자신이 수린을 들여보내려고 하는 곳에 정말 갈 수 있을지는 아직 미지수였기에 걱정스러운 마음이 없지 않았다.

주무성은 장수보의 집을 빠져나와 집 근처에 이르렀을 때 누군가가 자신의 뒤를 따르는 것을 느낄 수 있었다. 예상은 하고 있었으나 지난날과는 달리 쫓는 자들의 실력이 상당해 보였다.

'으음, 역시 따라붙었군. 후후, 어디 그놈이 그동안 얼마나 늘었는지 한번 볼까?'

스스!

담을 돌아서며 주무성의 신형이 사라졌다. 그는 집으로 돌아가려는 발걸음을 돌려 한 사람이 술을 마시고 있을 곳으로 향했다. 오늘 밤 그를 장수보의 집으로 발걸음하게 한 장본인이었다.

"놈이 눈치를 챘다. 어디를 갔다 오는지는 모르지만 뒤를 쫓아라. 어서!"

주무성의 신형이 사라진 골목길에서 사람은 보이지 않고 난데없는 음성이 허공을 울렸다.

스스스!

누군가 떠난 것이 느껴지고 잠시 후, 골목길 안에는 섭선을 들고 있는 청년이 하나 나타났다.

"듣던 대로 무공이 상당하군. 기척을 숨기고 내빼다니. 그동안 네놈이 어디를 갔다 왔는지는 모르겠으나 내가 왔으니 이제부터는 달라질 것이다. 후후, 그나저나 바짓가랑이에 오줌이나 적시는 놈들을 상대하러 가야 하니 향낭이나 하나 사 가야겠군. 지린내는 체질적으로 싫으니 말이야. 하하하!"

청년은 주무성이 사라진 방향을 바라보고는 이내 발걸음을 돌려 걷기 시작했다. 자신에게 주무성의 일을 부탁한 자에게 가기 위해서였다. 무엇이 그리 재미있는지 그의 입가에는 웃음이 떠나지 않았다. 하지만 그의 눈은 밤하늘의 별빛만큼이나 차갑게 빛나고 있었다.

멀리 주작대로가 보이는 길가에 위치한 환희원(歡喜園)은 북경에서도 알아주는 홍루였다. 만금을 가진 거부라도 씀씀이를 아껴야 할 정도로 모든 것이 비싼 환희원의 이층에는 한 남자가 백주 한 병을 놓고 식초에 절인 낙화생을 안주 삼아 술잔을 기울이고 있었다.

다른 손님이라면 눈에 불을 켜고 내쫓았을 점소이들이었으나 누구 하나 그에게 행패를 부리지 못했다. 북경의 밤을 지배하는 흑염방이 아무리 무섭다고는 하나 탁자에 홀로 앉아 술잔을 기울이고 있는 남자에 비하면 조족지혈이었기 때문이다.

사나이의 이름은 야류혼(夜鷗魂). 본명인지 별명인지는 모르겠으나 북경의 밤거리에서 그는 야류혼으로 통했다. 피비린내 나는 북경의 밤거리를 홀로 일통한 자. 북경에서 흑도를 걷는 자치고 그 누구도 그의 앞에서 오금을 펴지 못했다. 미안(美顔)에 언제나 웃음을 달고 다니는 그였지만 그의 손속만큼은 지옥의 악귀나찰보다 더 무서웠기 때문이다.

야류혼이라는 이름을 지닌 사나이는 혼자서 북경의 밤을 평정한 후 흑염방에게 모든 것을 맡기고 홀로 유유자적하기를 좋아하는 자였다. 그는 매일 밤 이곳에 앉아 백주 한 병에 낙화생 한 접시를 비우는 것을 일과로 삼고 있었다. 북경의 밤을 평정한 이후 반년 전부터 어제까지의 기간을 제외하고는 그것은 변하지 않았다.

반년 만에 나타나 백주를 기울이고 있는 야류혼에게 신경이 몰려 있는 사람들이었지만 그들은 알지 못하고 있었다. 어린 시절부터 북경의 밤거리에서 잔뼈가 굵은 그에게 가공할 또 하나의 신분이 있다는 것을…….

"잘 봐. 야류혼이 낙화생을 몇 개 집어먹는지 잘 보라고.

앞으로 우리의 생사가 달려 있는 일이니까.”

야류혼의 주변에는 탁자에 앉아 술을 마시는 자들이 상당
수 있었다. 옆에 기녀를 끼고 앉아 술을 마시고 있었지만 그
들의 시선은 모두 야류혼이 술을 마시고 있는 탁자로 쏠려 있
었다.

조르르륵!

작은 잔에 백주를 따른 야류혼은 길게 내린 머리카락 사이
로 잔을 가져다 대고 한입에 털어 넣었다. 앞머리에 숱이 많
아 얼굴을 분간하기는 어려웠지만 간간이 비치는 그의 눈빛
은 사람들의 오금을 저리게 할 만큼 차가운 광채로 빛나고 있
었다.

탁!

백주를 비운 그는 잔을 내려놓고는 젓가락을 들어 접시 위
의 낙화생을 집었다.

꿀꺽!

젓가락이 접시 위로 향하자 누군가 마른침을 삼켰다.

“두, 두 개다.”

“진짜야?”

사람들의 눈이 커졌다. 젓가락으로 조그마한 낙화생 두 개
를 집어 든 것이 무엇이 그리 대단한 거라고 낮게 소곤거리며
좋아하고 있었다. 그렇지만 한 방면의 사람들은 인상을 찡그
린 채 야류혼을 바라보았다.

번쩍!

야류혼의 눈에서 시퍼런 안광이 불을 뿜었다. 불만스러운 눈빛을 보냈던 사람들은 언제 자신이 그런 눈빛을 보냈냐는 듯 서둘러 고개를 숙이고는 자신 앞에 있는 잔을 집어 들고 술을 마시기 시작했다.

"마이 형, 이번에는 상인들이 이익을 본 것 같지?"

"그래, 지난 반년 동안 무지하게 뜯겼으니 그럴 만도 하지. 흑염방이나 다른 방파들은 죽을 맛이겠고."

지켜보던 점소이들이 낮게 속삭였다. 이런 일이 한두 번이 아닌 듯 그들은 이내 말을 마치고는 각자 분주하게 손님들의 시중을 들기 시작했다.

"두목!"

"왜, 임마?!"

"대형이 아신 것 같지요?"

"그럼 모르시겠나? 휴우! 그나저나 어떻게 하냐? 일 년 동안 이 푼이라니. 이 할도 모자라는 판에……."

"불만인가?"

"아, 아닙니다, 대형."

어느새 다가온 것인지 야류혼은 두목이라 불리는 사나이의 옆에 서 있었다. 아무리 북경의 밤을 통일했다고는 하지만 장경은 야류혼에게 불만을 토로할 수 없었다. 오십 중반에 이른 자신이었으나 언제나 야류혼의 앞에서만 서면 다리가 후들거리는 것이 학질 걸린 개처럼 떨리는 것을 멈출 수 없는 그였다.

"대, 대형, 앞으로 일 년 동안 이 푼이면 형제들이 불만이 많을 겁니다."

떨리지만 할 말은 해야 했다. 상인들에게 받는 보호세를 이 푼으로 낮추면 흑염방의 식구들은 일 년 동안 궁핍한 생활을 해야 했기 때문이다.

"누가 일 년이라고 했나?"

장경의 얼굴에 희색이 돌았다. 일 년 동안이 아니라 잠시간이면 참을 수 있을 정도였기 때문이다.

"그럼?"

"이 년. 앞으로 이 년 동안 보호세는 이 푼만 받는다."

푸른 섬광이 야류혼의 눈에서 뿜어졌다.

"애고!"

질겁한 장경은 하마터면 실례를 할 뻔했다. 야류혼의 눈에서 살기를 읽은 것이다. 육 개월 동안 야류혼이 없는 틈을 타 마음대로 보호세를 올려 받은 것이 화근이었다. 자신의 수하로 있는 몇몇 방파의 두목들과 의논은 했지만 목이 달아나지 않은 것만으로도 다행스러운 일임을 이제야 깨달은 것이다. 장경이 놀라 혼비백산한 사이 야류혼은 어느새 자신의 자리에 앉아 백주를 마시고 있었다.

저벅저벅!

누군가 발걸음 소리를 내며 이충으로 올라오고 있었다. 장경 앞에서 살기를 뿜은 야류혼으로 인해 정적만이 감돌고 있는 이충에는 유난히 크게 들렸다.

올라온 이는 건장한 체구의 중년인이었다. 장수보의 집을 방문한 후 미행하는 이들이 있음을 알고 발길을 돌려 환희원을 찾은 주수명이었다. 그는 이충에서 일고 있는 조용한 분위기는 개의치 않고 이충으로 올라와서는 야류혼이 앉아 술을 마시는 탁자로 다가갔다.

턱!

주수명이 자리에 앉으며 야류혼의 술잔을 빼앗아 술병을 들어 술을 따르기 시작했다.

쪼르르륵!!

"저, 저자가 죽으려고 환장을 했구나."

상인들의 얼굴이 하얗게 질리기 시작했다. 북경의 밤을 지배하는 야류혼의 술잔을 빼앗아 술을 따라 마시는 미친 자의 행패로 인해 피바람이 일 것이 두려웠던 것이다. 또한 간신히 보호세가 이 할에서 이 푼으로 바뀐 것이 혹여 틀어질까 노심초사했다.

하지만 피바람은 일지 않았다. 야류혼은 그저 가만히 중년인이 술을 마시는 것만을 지켜보고 있었다. 아무 일도 일어나지 않자 상인들의 인상이 펴진 것과는 달리 흑염방을 비롯한

혹도 사람들의 얼굴은 있는 대로 구겨졌다.

"어이! 새우!"

주수명이 장경을 쳐다보며 입을 열었다.

타타타탁!

"예, 대인!"

주수명이 부르자마자 장경은 쏜살같이 달려가 주수명의 앞에 선 후 머리를 조아렸다. 야류혼이 악귀나찰이라면 자신을 부른 주수명은 염라대왕이었기에 고개를 조아린 그의 등에서는 식은땀이 흐르고 있었다.

"요새 잘하고 있나? 안 좋은 소문이 들리던데……."

"무슨 말씀을요, 대인? 요새는 조용히 살고 있습니다."

"흐음, 그래? 조용히 사는 것이 좋을 거야, 괜히 미치고 싶지 않으면. 원래 미친개한테 물리면 헷가닥 돌아버리거든."

"예, 예, 알겠습니다."

"그럼 가봐. 난 술 한잔해야겠거든."

"아, 알겠습니다."

경을 치지나 않을까 걱정했는데 조용히 끝난 것이 다행이었다. 장경은 식은땀을 흘리며 자리로 돌아와서는 이내 주변의 수하들을 이끌고 자리를 떴다. 더 이상 이곳에 있다가는 정말로 오늘 실례를 해버릴 것 같은 느낌이 들었기 때문이다.

‘제기랄! 미친개라니. 하지만 저놈이 대형을 찾아온 것 같
은데, 어째서지? 대형은 꼬리를 밟힐 분이 아닌데…….’

어째서 미친개라 불리는 저승사자가 야류혼을 찾은 것인
지 궁금했지만 장경은 그저 묵묵히 계단을 내려갔다. 잘못하
다가는 명년 오늘이 제삿날이 될지도 몰랐기 때문이다.

“저자가 누구기에 성난 고래라는 흑염방주도 가만히 있고
야류혼도 가만히 있는 것인가?”

궁금한 것은 몇몇 상인들뿐이었다. 오랜 세월 북경에서 잔
뼈가 굵은 상인들은 조용히 술을 마시고 있었지만 장사를 시
작한 지 몇 년 안 된 상인들은 궁금함을 감출 수 없었기에 알
고 있을 것 같은 상인들에게 주수명의 정체를 묻기 시작했
다.

“조용히 하게. 저 사람이 바로 형옥의 저승사자라는 미친
개라네. 범죄자들 사이에서는 염라대왕으로 통하지.”

“저 사람이요?”

“그래. 몇 년 전에 금의위로 들어갔다는 이야기는 들었는
데 어째서 이곳에 나타났는지 궁금하구먼. 야류혼이 저리 살
기는 짙어도 우리들에게는 필요한 존재인데 말이야.”

야류혼의 자리가 비어 있는 동안 흑염방의 행패를 지켜보
았던 노상인의 눈에 그늘이 짙어졌다. 비록 기생하는 존재지
만 적정한 보호세를 받도록 통제하는 야류혼은 상인들에게
없어서는 안 될 존재였기 때문이다.

　백주를 다 따라 마신 주수명이 일어서자 야류혼 또한 자리에서 일어났다. 주수명이 일어선 후 일층으로 내려가자 야류혼 또한 아무런 말 없이 묵묵히 그의 뒤를 따랐다. 노상인의 눈에 이채가 스쳤다. 한바탕 싸움이 벌어질지도 모른다고 생각했는데 의외로 아무런 일도 일어나지 않았던 까닭이다.

　'이런 일도 있군. 자신에게 무례하게 군 것이 분명한 데도 야류혼이 참다니. 역시 광견이라는 것인가?

　상인의 눈에 비친 두 사람은 어느새 이층을 완전히 빠져나가고 없었다. 두 사람이 나가자 불안감을 조성하는 존재들이 사라졌다는 사실에 이층에서는 조그만 환호성이 들렸다.

　"어르신!!"

　야류혼은 인적이 드문 곳에 이르자 앞서가는 주무성을 불렀다.

　"왜?"

　"위신 좀 세우려는데 방해하시는 건 또 뭐예요?"

　"이놈아, 그 머리나 잘 묶어. 위신은 무슨. 자꾸 그러면 이번에는 아주 박살을 낸다?"

　"알았어요, 뭐."

　야류혼의 무지막지한 명성과는 달리 기어가는 것 같은 목소리가 그의 입에서 흘러나왔다. 야류혼은 마지못해 자신의 머리를 틀어 올려 상투를 지었다. 달밤에 빛을 받아 하얗게 빛나는 얼굴이 나타났다.

그곳에는 몇 달 전 요녕성에서 주무성을 모셨던 천위현의 얼굴이 달빛을 받아 빛나고 있었다. 천위현은 북경 인근의 정보 수집을 위해 야류혼이라는 이름으로 암흑가를 장악하고 있었던 것이다.

"그 보기 좋은 얼굴을 머리카락으로 가리고 다니는 이유는 뭐냐?"

"멋있잖아요."

"멋은 얼어 죽을! 그 잘난 멋은 그만 찾고, 우리 뒤를 따르는 놈들이나 처리해라. 귀찮은 것은 질색이니 놓치는 일이 없도록 하고. 그렇지 않으면……."

자신들의 뒤를 미행하는 놈들은 환회원을 나서는 순간부터 알고 있었다. 어떤 놈들이 광견이라 불리는 주무성을 간 크게도 미행하는지 몰랐지만 천위현은 손을 쓰는 것을 주저하지 않았다.

피피피핑!

그의 손이 품에 들어갔다 나오는 순간 무엇인가 허공을 날았다. 언제나 심심풀이를 위해서 가지고 다니는 낙화생이었다.

퍼퍼퍽!

털썩!

은잠술을 이용해 신형을 감추고 담 위에서 두 사람을 쫓던 암중인들이 바닥으로 떨어져 내렸다.

"어쭈!!"

한 명이 피했다. 순간적으로 날렸는 데도 자신이 날린 낙화생을 피해내자 천위현의 검미가 일그러졌다.

파팟!

천위현의 신형이 담장 위로 날았다.

퍽!

담장의 그늘진 부분에 강력한 일격이 강타하자 썩은 나무처럼 부서져 나갔다. 그러나 이번에도 암중인은 천위현의 일격을 피했다. 어두운 그늘이 늘어나며 자리를 옮긴 것이다.

"네놈이 얼마나 버티나 보자."

담을 부순 천위현은 운룡번신(雲龍翻身)의 자세로 몸을 뒤집더니 담을 빠져나간 그늘을 향해 발을 뻗었다.

파파팡! 퍽!

공기를 가르는 파공음이 장내에 울려 퍼졌다.

'분명 발끝에 걸리는 느낌이 있었는데……'

여러 번의 발길질로 울타리를 치듯 상대의 사방을 차단하는 채련각(寨攣脚)에 암중인이 걸린 느낌이 분명 있었지만 어느새 빠져나간 것이다.

스르르!

어두운 밤 구름에 가린 달이 나타나듯 암중인의 신형이 나타났다. 복면을 한 그의 눈에는 다급함이 서려 있었다. 방금 전 천위현의 공격을 가까스로 피하기는 했지만 스쳐 간 발길질에 내부가 진탕되었기 때문이다.

'젠장! 이런 놈들이었다니…….'

동창에서 준 정보는 잘못돼도 한참 잘못된 것이 분명했다. 자신의 정체를 순식간에 파악할 정도의 고수는 무림에서도 드물었다. 일파의 장문인이라 해도 자신의 기척을 감지하는 것은 쉬운 일이 아니었다.

'으음! 저놈도 문제지만 뒤에 있는 놈도 마찬가지다. 살기만을 흘려내 움직임을 차단하다니…….'

복면인은 자신의 뒤에서 살기를 흘리고 있는 주무성에 대해 신경을 쓰지 않을 수 없었다. 어떻게 알았는지 자신이 도주할 방향을 생각하면 그곳에서 살기가 쏟아져 들어오고 있었던 것이다.

"이봐, 그만 순순히 잡히는 것이 어때? 나도 사람 다치는 것은 싫으니까. 네놈에게 알아볼 것도 있고."

"으음."

자신에게 다가오는 천위현의 주위로 아련한 기운이 흐르기 시작하자 복면인은 긴장하지 않을 수 없었다. 자신으로서도 처음 느껴보는 기운이었다.

팟!

천천히 다가오던 천위현의 신형이 꺼지듯 사라졌다.

'어디지? 엇! 위다!!'

머리 위로부터 은밀하면서도 강력한 기운이 느껴졌다. 하지만 피할 여유가 없자 복면인은 그대로 앞으로 몸을 굴렸다.

퍽!

천위현의 공세를 피해 앞으로 구르다 일어선 복면인의 안면에 주먹이 작렬했다.

"크… 으… 어… 떻……."

어떻게 된 것인지 알 수 없었다. 분명 머리 위에서 공세가 시작된다고 생각해 자리를 피했음에도 당한 것이다. 마치 원래부터 그 자리에 있었던 듯 자신의 안면에 주먹을 꽂아 넣고 희미하게 미소를 짓는 천위현을 보며 복면인은 의식을 잃어야 했다.

천위현은 처음부터 움직이지 않았던 것이다. 빠른 보법으로 잔상을 남기며 사라졌다 다시 돌아온 것이다. 보법을 이용해 자리를 벗어나면서 머리 위로 살기를 날리고는 제자리에 돌아와 있었던 것이다. 후면은 주상명이 지키고 있었고, 양옆에는 담벼락이 있어 머리 위를 공격한다면 앞으로 피할 것이 분명했기에 천위현이 머리를 쓴 것이었다. 하지만 이것도 이형환위에 버금가는 보법과 살기를 마음대로 발출할 수 있는 경지에 이르지 않고는 불가능한 일이었다.

“처음부터 그렇게 할 일이지. 쯔쯔, 그놈하고는. 넌 그놈하
고 다른 한 놈을 들쳐 업어라. 행여 자결하지 못하도록 조치
하는 것 잊지 말고.”

“알겠습니다.”

천위현은 빠르게 쓰러져 있는 복면인들에게 다가가 그들
의 입을 벌리고 안을 살폈다.

“역시 독단을 가지고 있군.”

그들의 입 안에는 깨물면 바로 퍼지도록 독단이 들어 있었
다.

으드득!

천위현은 손가락을 집어넣어 이빨 사이에 끼어 있는 독단
을 이빨과 함께 제거하고는 그들의 품을 뒤졌다.

‘간만에 위신 좀 세우려다 내가 방해하니 삐친 모양이로
군. 쯔쯔, 언제쯤 철이 들려는지…….’

독단만 제거하면 될 것을 이까지 뽑아버리는 천위현의 심
통을 보며 주무성은 속으로 혀를 찼다.

“아무것도 없습니다, 어르신.”

“그럼 내가 두 놈을 들 테니 나머지 두 놈은 네가 데리고 오
너라.”

주무성은 암중인 중 한 명을 옆구리에 끼고는 빠르게 골목
길 안으로 사라졌다.

“젠장, 내가 어쩌다가 짐꾼 노릇까지 하게 됐는지…….”

"빨리 쫓아와라. 네놈이 한 짓을 생각하면……."

투덜거리는 그의 귀로 주무성의 전음이 들려왔다.

'귀는 밝으셔 가지고……. 이놈들이나 데리고 가서 화풀이나 해야지, 원.'

천위현은 두 사람을 옆구리에 끼고는 경공을 시전해 빠르게 골목길로 사라졌다. 그가 향하는 곳은 북경의 밤을 지배하고 있는 흑염방의 본거지가 자리 잡고 있는 곳이었다.

찜찜한 기분으로 흑염방으로 돌아온 장경은 때 아닌 봉변을 당해야 했다. 막 잠자리에 들려는 순간 누군가 자신의 방 안으로 들어왔던 것이다.

"누구냐? 웬 놈들이기에 감히 본좌의 처소에 난입한 것이냐?

불이 꺼져 있는 탓에 두 사람을 몰라본 장경은 짐짓 험상궂게 인상을 쓰며 엄포를 놓았다.

"본좌? 주접은! 임마, 빨리 불 켜!"

"대, 대형!"

장경은 빠르게 초에 불을 당겼다. 목소리의 주인공이 누구인지 알았던 것이다. 불을 켠 후 장경은 더욱 놀라야 했다. 미친개라 불리는 주무성이 그 옆에 있었기 때문이다.

"여기에 지하 감옥에 있지?"

"네… 네."

간혹 고리채를 갚지 않는 자들을 잡아다 가두는 곳이 있었
기에 장경은 서둘러 대답했다.

"이놈들을 좀 거기다가 가둬놔. 내가 올 동안 일체 음식 같
은 것은 주지 말고. 알았어?"

"알았습니다, 대형."

장경은 머리를 조아리며 천위현의 눈치를 살폈다.

"얼마 있지 않아 다시 올 테니까 정신 차리고 지키고 있어
라. 도망치면 알지?"

잡아온 자들이 도망치면 확실한 보복이 있을 것임을 암시
하듯 천위현이 주먹을 들어 보였다.

"예, 예! 한두 번 해본 것도 아니니 염려하지 마십시오, 대
형!"

"그럼 우린 간다."

암중인들을 바닥에 내려놓은 두 사람은 흑염방을 나섰다.
방주인 장경의 침소에 침입했을 때와 마찬가지로 그 누구도
두 사람이 밖으로 빠져나가는 것을 보지 못했다.

"이놈들 입에서도 곧 곡소리가 나겠군. 무림인인 것 같은
데, 이런 놈들이 밑에 있다고 생각하면 영 잠이 올 것 같지 않
은데……."

장경은 곧바로 자신의 침상 모서리 한 부분을 누르자 그 밑
에 숨겨진 지하 감옥으로 통하는 입구가 나타났다. 장경은 한
사람씩 감옥으로 옮기기 시작했다. 비록 무공은 익히지 않았

지만 타고난 장사였기에 그는 힘들이지 않고 바닥에 쓰러져 있는 자들을 옮길 수 있었다.

두 사람이 장경에게 자신을 추적하던 자들을 맡기고 집으로 돌아오고 있을 때, 그리 크지는 않지만 단아한 정원에는 수린이 근심 어린 표정으로 서성이고 있었다.

화상을 입은 왼쪽 얼굴을 치렁한 머리카락으로 감춘 수린은 걱정스러운 마음에 부산히 발걸음을 옮기고 있었다. 무리한 부탁을 한 것이 아닌지 사과도 할 겸 자신의 장래를 의논하러 들렀던 주무성의 처소에는 오래전 방을 나선 듯 찬바람만이 감돌고 있었기 때문이다.

"의부님께서는 아직도 돌아오지 않으시니 걱정이구나. 천 오라버니도 소식 하나 없고."

생각을 하다 보니 어느새 연무장까지 온 수린은 자신의 허리에 매어져 있는 연도를 만지작거리고 있었다. 열 살 무렵에 아버지가 자신에게 선물로 준 것으로 자신에게 남아 있는 유일한 유품이었다.

"마음이 답답하니 딴생각만 드는구나. 연무나 해야겠다."

비록 내공이 일천하기는 하지만 아버지의 도법을 모두 기억하고 있는 자신이다. 오빠인 백무가 무공에 관심이 없어 수련하는 것을 등한시하였기에 백가장에서도 일부러 자신의 재주를 드러내지 않았던 수린이다.

그러나 생사를 알 수 없는 백무와 가문의 복수라는 명제가 자신 앞에 놓인 수린의 마음은 북경에 온 후로 바뀌었다. 비록 나이는 어리지만 오빠인 백무만큼이나 의지가 강한 수린은 무공을 수련해 가문의 복수를 하기로 결심한 것이다.

허리춤에서 연도를 풀어내 서서히 연무를 시작했다. 낭창거리는 연도가 힘에 겨웠지만 수린은 한 걸음 한 걸음 보법을 밝으며 도법을 시전해 나갔다. 잘못하면 낭창거리는 연도에 맞아 부상을 입을수도 있는 위험한 수련이었지만, 표정 하나 변하지 않고 도무에 빠져 있는 수린의 모습은 처절하면서도 아름다웠다.

"네놈이 보기에는 어떠냐?"

"어르신이 보기에는 어떠세요?"

"이놈아, 난 네놈 의견을 물었다. 네놈도 생각이 있으니 미주알고주알 형님께 다 일러바친 것 아니냐?"

"보시고도 몰라요? 타고났지요. 내력도 없이 연도를 저리 다룰 줄 아는 것을 보면 타고났다고밖에 볼 수 없어요. 모르지요. 어쩌면 우리가 장래의 도후(刀后)를 보고 있는 건지도요."

이미 돌아와 수린의 연무를 지켜보고 있는 주무성과 천위현은 전음으로 툭탁거리고 있었다.

"그래, 네놈 말대로다. 타고난 아이지. 어떻게 저런 아이가 그냥 묻혀 있었는지 이해가 가지 않을 정도로 말이다. 그래서 형님께 부탁을 드렸다. 그곳에 들여보내 달라고 말이다."

주무성의 전음에 천위현의 눈이 동그랗게 커지며 주무성을 쳐다보았다. 그의 눈에는 미쳤냐는 듯 어이없다는 표정이 역력했다.

"아니, 애 잡을 일 있어요? 그곳에 들여보내겠다니. 그리고 그게 쉬운 일이에요?"

막 나가기로 했는지 천위현의 전음에는 거침이 없었다.

"이놈아, 보옥을 잘못 닦으면 길가에 굴러다니는 돌멩이만 못한 법이다. 내가 생각하기로는 수린이가 가지고 있는 재주를 갈고닦아 줄 곳은 오직 그곳밖에는 없다."

단언하는 것 같은 전음이었다.

"그야 그렇지만 그곳은 남자들도 견디기 힘든 곳이란 말입니다. 수린이가 그곳에서 견딜 수 있을 것 같아요? 아마 미친 사부들이 가만두지 않을 걸요."

"충분하다고 본다. 저 아이의 지금의 마음가짐이라면 말이다. 그리고 그곳에 들어가는 것이 허락만 된다면 난 저 아이에게 만년화리 내단을 줄 생각이다."

"미쳤군요. 만년화리 내단을 주다니요? 수린이가 여자라는 것을 잊었어요?"

만년화리는 극양의 영물이었다. 만년화리의 내단은 인세에 찾아보기 힘든 극양의 기운을 내포하고 있어서 남자라면 어느 정도 극복하고 기운을 흡수할 수 있지만, 여자라면 이야기가 달랐다. 몸속에 들어가는 순간 수린은 폭주하는 극양지기에 전신 심맥이 파열되어 죽을 것이 뻔했기 때문이다.

"잊지 않았다. 입전할 수 있는 허락이 떨어지면 비고의 문도 열릴 것이다. 그리고 그 안에는 만년화리의 내단이 가진 극양의 기운을 제어할 물건이 있다. 그것을 수린이가 얻는다면 음양이 조화를 이룬 최상의 신체로 만들어줄 기물이지. 그거면 저 아이도 막강한 내공을 가질 수 있을 것이고."

"참 무모하군요. 제가 들어갈 때까지는 있었지만 그게 지금까지 남아 있을 거라고 생각하세요? 벌써 누군가 해치웠을 겁니다."

"그 기물은 아직까지 있다."

"정말이요? 조사가 끝나신 겁니까?"

"그래, 아직 비고 안에 있다. 빙정이라면 만년화리의 내단이 내뿜는 극양의 기운을 제어할 것이 분명하다. 그리고 네놈 사부들이 수린이가 영약의 기운을 흡수하는 것을 도울 것이니 이 방법을 생각한 것이다."

"마음대로 하십시오. 이미 결심을 굳히신 것 같으니 말입

니다. 수린이가 빙정을 얻는다면 큰 도움이 될지도 모르겠고
요. 그런데 그 미친 양반들이 저 아이를 가만히 둘지 모르겠
네?"

"들어갈 때까지 혹독한 수련을 시켜야겠지. 어차피 그 양
반이 부탁하면 황제 폐하께서는 허락하실 테니까."

"악역은 제가 하게 되겠군요."

"그럼 네놈이 저지른 일이니 네놈이 해결해야지. 그리고
그곳에서 나온 유일한 놈이니 네놈 도움이 있어야만 저 아이
가 무사히 수련을 마치고 나올 수 있을 것이다."

"얼마나 시간이 있는 겁니까?"

"삼 개월. 더 이상은 시간을 끌 수 없을 거다. 그전에 네가
저 아이를 어느 정도 무인으로 만들어놔라."

"어쩔 수 없지만 그렇게 하지요. 아마도 오 년 후 강호에는
도후가 등장하게 될 겁니다. 그 미친 양반들도 저 아이를 보
면 다시 한 번 미칠 테니까요."

"그렇겠지. 저 아이의 재질은 그분들이 꿈에서도 바라는
것이니까."

천위현의 전음을 들으며 주무성은 정말로 도후가 탄생할
지도 모른다는 생각이 들었다.

잠시 후 천위현의 기척이 사라졌다. 이제 그만의 수련 방식
으로 수련을 가르칠 것이 분명했다. 촌각에도 몇 번씩 죽고
싶은 고통스러운 수련이 수린에게도 시작된 것이다.

　추밀사의 삶은 죽음의 수렁 속에 언제나 자신의 발을 하나 담그고 사는 것이었기에 천위현의 수련은 지독하리만큼 수린을 괴롭힐 것이 분명했다.

『구벽뇌운』 2권에 계속…

초등학생이 반드시 읽어야 할 좋은 책 49권

각 학년별로 초등학생이 반드시 읽어야할 좋은 책을 선정하여 통합논술의 기본이 되는 '올바른 독서법'을 일깨워 줍니다.

교과서와 함께하는 초등학교 통합논술

초등1학년 | 값 12,000원 / 초등2학년 | 값 9,500원 / 초등3학년 | 값 11,000원 / 초등4학년 | 값 9,500원 / 초등5학년 | 값 9,500원 / 초등6학년 | 값 11,000원

♣ **혼자 할 수 있어요.**

엄마가 책 읽는 방법을 가르쳐 주어도 좋아요.
독서지도하는 선생님이 가르쳐 주어도 좋답니다.
"초등 교과서와 함께하는 **통합논술 시리즈**"는
아이 스스로 독서할 수 있도록 꾸며진 책이에요.
엄마와 선생님은 요령만 가르쳐 주시면 된답니다.

♣ **교과서의 중요한 내용이 총정리되어 있어요.**

각 학년별로 중요한 교과 내용이 함께 수록되어 있어요.
초등학생은 교과서 내용을 충실하게 공부해야 합니다.
아울러 그와 병행한 독서가 대단히 중요하지요.
"초등 교과서와 함께하는 **통합논술 시리즈**"는
두가지 방법 모두 알려준답니다.

♣ **이 책은 훌륭하신 선생님들이 함께 쓰신 책이랍니다.**

동화작가 선생님들이 쓰셨어요. 소설가 선생님도 쓰셨답니다.
국어 논술독서지도 선생님들도 함께 쓰셨지요.
"초등 교과서와 함께하는 **통합논술 시리즈**"는
엄마의 마음으로 모든 선생님들이 함께 꾸민 책이랍니다.

입소문을 통해 아는 분은 다 알고 계십니다!
올 한해 공인중개사 최고의 화제작!

1~2권 합본 | 이용훈 지음
3~4권 합본 | 이용훈 지음
5~6권 합본 | 이용훈 지음
용어해설 | 이용훈 지음

수험생 기본 필독서
만화 공인중개사